커피점 탈레랑의 사건 수첩 5

부디
이 원앙차가
맛있어지기를

COFFEE TEN TAREERAN NO JIKENBO 5
by Takuma Okazaki

Copyright© 2016 Takuma Okazaki
Original Japanese edition published by TAKARAJIMASHA, Inc.
Korean translation rights arranged with TAKARAJIMASHA, Inc.
Through JM Contents Agency Co., Korea.
Korean translation rights © 2025 O'FAN HOUSE

CAFÉ TALLEYRAND 5

오카자키 다쿠마 지음

양윤옥 옮김

커피점 탈레랑의 사건 수첩 5

부디
이 원앙차가
맛있어지기를

차례

프롤로그 009

제1장	소녀의 쇼트커트는 왜 매력적이었을까	017
제2장	사루가쓰지에서 젖은 옷소매	051
제3장	월드 커피 투어스 엔드	105
제4장	커피 인형의 레종데트르	157
제5장	대하소설은 서서히 막을 내리고	207
제6장	태풍의 밤에 떠오른 배	245

에필로그 285

특별 수록 307

옮긴이의 말 317

일러두기

— 본문의 괄호 안 문장은 옮긴이 주입니다.
— 본문의 볼드 서체는 원서에서 방점으로 강조된 부분입니다.
— 인명과 지명을 비롯한 고유명사의 외래어 표기는 국립국어원 외래어표기법에 따랐으며, 관례로 굳어진 것은 예외로 두었습니다. 특히 커피에 관한 용어는 익숙한 입말을 살리기도 했습니다.

가장 오래 지속되는 사랑은
다시는 돌아오지 않는 사랑이다.

서머싯 몸

프롤로그

큰 강이 흐르는 풍경

내가 태어나고 자란 동네에는 큰 강이 있었다.

현재 살고 있는 교토보다 한참 서쪽의, 그리 큰 도시는 아니지만 그렇다고 시골 마을이라고 할 만큼 작지도 않았다. 딱히 내세울 만한 특색도 없고, 유명한 것이라야 강 정도일까. 그런 동네가 나의 고향이다.

초등학생 때는 학교가 끝나면 집까지 얼른 뛰어갔다가 다시 강변에 모여 친구들과 술래잡기나 축구를 하곤 했다. 포장도 안 된, 그저 넓기만 한 풀밭이 우리의 놀이터였다. 너무 신나서 해 저무는 줄도 모르고 컴컴해질 때까지 놀다가 아버지 어머니에게 혼이 난 적도 한두 번이 아니었다. 석양에 비친 강물처럼 반짝거리는 그 시절의 추억이 아직도 그 강변에 가면 여기저기 굴러다닐 것 같다.

중학교에 올라갔을 때, 부모님이 단독주택을, 이른바 '마이 홈'을 지었다. 원래 살던 아파트에서 겨우 몇 킬로미터 거리의 이사였다. 강변에서 찧고 까불며 함께 놀던 친구들도 마음이 내키면 언제든지 만나러 갈 수 있었다. 그래서 중학교 학군이 달라진 것에도 그리 낙담하지는 않았다.

하지만 새로 입학한 중학교에 나는 좀처럼 정을 붙이지 못했다.

두 군데 초등학교 졸업생으로 구성된 중학교는 입학 시점에 벌써 출신 학교에 따라 친한 친구 그룹이 있었고, 기존의 그 교우 관계를 발판으로 다른 학교 학생들과도 교류를 꾀하려는 흐름이 생겼다. 양대 세력의 어느 쪽에도 속하지 못한 나는 마치 빨간색과 파란색 마블링 위에 점점이 튄 흰색 물감처럼 고립되었다. 똑같은 상황이었던 학생이 소수이기는 해도 나 혼자만은 아니었기 때문에 흰색 물감이 점점이 튀었다는 표현은 딱 맞는 말이었다고 생각한다.

외롭다기보다 불안감이 더 컸다. 이대로 친구가 생기지 않으면 어떡하지? 3년 동안 외톨이로 지낼 수 있을까? 아직 열두 살 소년에게 그 불안은 거의 절망이라고 해도 무방했다. 그런데도 누군가에게 말을 건넬 용기가 나지 않았다. 아주 조금씩이지만 하루하루 정신적으로 점점 약해지는 걸 나도 느끼고 있었다.

입학하고 한 달쯤 지난 어느 날, 학교가 끝나고 새로 지은 우리 집 근처의 강변으로 나갔다.

예전에 놀이터 삼아 뛰어놀던 강변은 그곳보다 상류 쪽에 있었다. 경치는 별반 다를 것도 없지만 항상 약속 장소로 정해두었던 철교가 눈에 띄지 않아 마치 그 자리에 구멍이 뻥 뚫린 것처럼 섭섭한 마음이 들었다.

제방의 비탈면을 뒤덮은 풀밭에 교복 차림 그대로 털썩 앉았더니 약간 마음이 놓였다. 눈앞에 흘러가는 강물도 불어오는 바람도 햇살의 향기도 추억 속의 강변과 이어져 있었다. 만일 상류 방향으로 보트를 저어갈 수 있다면 그곳에는 분명 내 자리가 있으리라…….

목줄을 손에 들고 산책하던 어른 둘이 마주 지나치는 참에 서로 왕왕 짖는 개들을 보고 곤혹스러운 웃음을 지었다. 그러고는 아무 일도 없었던 듯 멀어져 가는 개들을 멍하니 바라보는데 갑작스레 뒤에서 누군가 말을 걸었다.

―어이, 중학생! 왜 그렇게 기운이 없어?

뒤를 돌아보았다. 석양이 눈부셔서 나는 저절로 실눈이 되었다.

낯선 여자가 서 있었다. 청 재킷에 폭 좁은 검은색 바지를 입었다. 약한 반곱슬의 갈색 머리는 위로 빗어 올려 크림색 리본으로 묶었다. 이쪽을 내려다보며 꾸밈없는 웃음을 짓고 있었다.

지금 돌이켜 보면 당시 그녀는 젊은 나이였다. 하지만 중학생인 나에게는 엄청 어른으로 보였다. 오른손에 커버 없는 문고본 책을 들고 있었기 때문일까. 아니면 왼손의 캔 커피에 블랙이라는 글씨가 찍혀 있었기 때문일까.

―옆자리, 괜찮아?

그녀는 그렇게 말하고 내 대답도 기다리지 않은 채 옆에 와서 앉았다. 어떤 반응을 보여야 할지 몰라서 나는 왠지 토라진 척했다.

"맘대로."

―뭐야, 무뚝뚝하기는? 네가 외로운 것 같아서 누나가 위로해 주려는 건데.

"뭔 상관? 그보다, 누구?"

―누구든 상관없어요. 여기서 만났으니까 우린 친구라네. 그렇지?

그녀는 노래라도 하듯이 말하고 캔 커피를 땄다.

이상한 사람이라면 잽싸게 도망쳐야 한다는 생각도 들었다. 하지만 옆에서 무릎을 안고 있는 누나에게서 위험한 기척은 느껴지지 않았다. 마른 편인 데다 키도 크지 않아서 여차하면 어떻게든 대처할 수 있겠다는 여유도 있었다.

나도 모르게 찬찬히 쳐다본 모양이다. 커피를 마시던 그녀는 이쪽의 시선을 알아차리고 알루미늄 캔을 가볍게 흔들었다.

―너, 목마르지? 마실래?

목이 마른 건 아니었지만 나는 고개를 위아래로 끄덕였다. 캔을 받아 입에 대보았다.

짧은 순간, 달콤한 맛이 나는 것 같았다. 하지만 그 직후에 강한 쓴쓸함과 신맛이 혀에 느껴졌다. 무의식중에 얼굴이 일그러졌다.

―후훗, 맛없는 모양이네? 어린애한테는 아직 빠른가.

그녀가 웃는 것이 신경에 거슬렸다. 캔을 쑥 돌려주면서 부루퉁하게 말했다.

"어린애라니, 나도 중학생인데."

―응, 교복 입은 거 보면 알아.

"근데 왜 어린애래? 그리고 그런 걸 맛있다고 마시는 사람이 더 이상해."

그녀는 대꾸하지 않았다. 그 대신 강물을 향해 바람에 목소리를 실어 보내듯이 읊조렸다.

―좋은 커피란 악마처럼 검고, 지옥처럼 뜨겁고, 천사처럼 순수하고, 그리고 사랑처럼 달콤하다.

"……뭐야, 그게?"

내가 묻자 그녀는 이쪽으로 얼굴을 돌리고 미소를 지었다.

―탈레랑이라는 옛날 프랑스 정치가가 이상적인 커피의 조건을 표현한 격언이야.

최근에 읽은 책에 나온 구절이라고 그녀는 덧붙였다. 나는 그녀의 오른손에 들린 문고본을 보면서, 책을 좋아하는구나, 라고 생각했다.

"좋은 커피라는 건 달콤한 거야?"

─그렇지. 하긴 사랑을 해본 적이 없는 너는 그 달콤함을 알지도 못하겠지.

"왜 자꾸 그런 말을 해? 그럼, 누나는 알아?"

─흠, 사랑을 해본 적은 있지. 근데 그것과 비슷한 달콤함을 가진 커피는 아직 만나지 못했어.

그 말만 보면 그녀는 이상적인 커피를 아직 만나지 못했다는 얘기였다.

하지만 내 귀에는 왠지, 그녀가 진짜 사랑을 해본 적이 없다는 말처럼 들렸다. 실은 이상적인 커피는 진즉에 만났지만, 그 비슷한 달콤함은 아직 사랑에서 맛본 적이 없다는 뜻으로.

어째서 그다음 말이 입을 뚫고 나왔는지 나도 잘 알지 못한다.

"그럼 내가 찾아볼까? 그 이상적인 커피."

옆에서 그녀는 흠칫 놀란 기색이었다. 깜빡하면 웃음이 터질 만큼 눈을 휘둥그렇게 뜨는 바람에 그제야 나는 그녀가 화장했다는 걸 알았다.

─네가 찾겠다고? 커피 맛도 사랑의 맛도 모르면서?

"아니, 이상적인 커피는 달콤하다면서. 나는 보통 커피는 좋아하지 않지만, 달콤한 커피라면 맛있게 마실 거 같아. 그러니까 내가 맛있게 마신다면 그건 이상적인 커피라는 얘기야. 항상 마시던 사람이 찾는 것보다 훨씬 더 잘 알아맞힐걸?"

─오, 맞는 말이네. 묘한 이론이지만, 응, 일리가 있어.

소슬바람이 그녀의 머리칼을 흔들었다. 바람 아래 위치한 내 코끝에 은은한 향기가 실려 왔다.

─좋아, 혹시 찾으면 나한테도 알려줘. 나도 마시고 싶거든, 탈레랑이 격언으로 남겼던 그 이상적인 커피.

─그래, 알았어.

나는 자신 있게 내 가슴팍을 툭 치며 대답했다. 기대할게, 라면서 그녀가 웃었다.

그날 처음 만났는데 그녀와 나는 해가 저물도록 함께 이야기를 나눴다. 강변에 왔을 때는 약해져 있던 정신이 집에 돌아갈 때쯤에는 상당히 치유되었다. 보트로 강을 거슬러 올라가지 않아도 드디어 그곳에 내가 있을 자리가 생긴 것 같았다.

그때부터 이상적인 커피를 찾아 헤매는 나날이 시작되었다.

결론부터 말하자면, 그 여정은 상상을 훌쩍 뛰어넘을 만큼 오래 걸렸고, 목적을 이루기 위해 어느새 나는 본격적인 커피의 세계에 발을 들이게 되었다. 그녀가 무심코 입에 올린 탈레랑의 격언이 내 인생까지 바꿔버렸다고 해도 과언이 아닐 것이다.

그러면 그날 나는 어째서 이상적인 커피를 찾겠다는 그런 말을 한 것일까.

지금도 그건 확실하게 알지 못한다. 다만 자신이 있었다고는 생각한다.

'네가 찾겠다고?'라는 그녀의 물음에 나는 의도적으로 반절밖에 대답하지 않았다. 커피 맛을 잘 모르는 게 오히려 플러스로 작용하지 않겠느냐는 말. 하지만 나머지 반절은 그 자리에서는 도저히 할 수 있는 말이 아니었다.

내 안에는 분명 다음과 같은 답이 떠올랐던 것이다.

어쩌면 나는 지금 누구보다 확실하게 알고 있는지도 모른다. 아까 받아 든 캔 커피를 입에 댔을 때, 이미 알아버린 것 같으니까. ……좋은 커피처럼 달콤한 사랑의 맛, 이라는 것을.

제1장

소녀의 쇼트커트는 왜 매력적이었을까

1

5월 하순, 하늘이 파랗게 맑은 날이었다. 교토 거리는 아오이 축제―해마다 치르는 가미가모 신사와 시모가모 신사의 제사로, 교토 3대 축제 중 하나로 손꼽힌다―가 막 끝난 참이라서 저마다 안도의 한숨을 내쉬는 것처럼 온통 여유로운 분위기가 감돌았다.

그 월요일에 나는 교토시 사쿄구 이마데가와 길가에 자리한 록온 카페에 있었다. 따뜻한 햇살이 졸음을 부르는 오후, 카페 안에는 근처 대학교 학생들이 아주 난해해 보이는 강의 교재를 펼쳐놓고 공부도 하고 소속 동아리끼리 모여 얘기도 하면서 저마다 좋을 대로 시간을 보내고 있었다.

평소와 다름없는 광경이 그곳에 있었다. 하지만 흔한 일상이란 매우 견고하게 보여도 실은 검지 하나로도 무너져버릴 만큼 취약한 것인지도 모른다. 이를테면 내리는 방법을 조금만 삐끗해도 당장 이상적인 것과는 거리가 멀어져 버리는 커피의 풍미처럼.

유리문이 열렸다. 나는 반사적으로 가게 입구로 시선을 던졌다.

순간, 시간이 멈췄다. 물론 그건 착각이지만, 그 한순간이 내게는 영원과도 같았다.

문을 열고 들어선 긴 머리의 여자 손님과 눈이 마주쳤다.

그다음 말은 의식하기도 전에 먼저 입 밖으로 튀어나왔다.

"……마코 씨?"

그녀의 얼굴에 의아한 표정이 떠올랐다. 그로부터 몇 초, 역시 웃음이 터져버릴 만큼 눈을 둥그렇게 뜨고 그녀가 나를 가리켰다.

"혹시 아오……."

내 이름을 그녀는 기억하고 있었다.

순수했던 추억이 되살아났다. 그녀는 내가 중학생이던 무렵, 근처 강변에서 우연히 만나 이야기를 나눈 사이였다. 나보다 여덟 살이 많았으니까 지금 서른두 살일 터였다.

한눈에 그녀라는 걸 알아볼 만큼 예전 얼굴 모습이 그대로 남아 있었다. 하지만 전혀 변함없다고는 생각하지 않았다. 11년 전의 그녀와 비교해 전혀 변화가 없다면 그건 그것대로 실례되는 말이고, 무엇보다 거짓말이 될 뿐이다. 11년이라는 세월이 그녀에게 내려앉은 건 분명했다. 나 역시 그럴 것이다.

록온 카페는 스타벅스 등의 시애틀 계열 카페와 동일한 시스템으로, 손님은 우선 카운터에서 마실 것을 주문한 뒤에 잔을 받아 자리에 앉는다. 마코가 빈 2인용 테이블 자리에 앉기를 기다려 나는 그녀에게로 갔다.

"정말 오랜만이에요. 벌써 11년쯤 됐나?"

마코는 지극히 짧은 동안 시선을 떨구었다. 지나간 날들을 계산하는 것이리라.

"그래, 11년이네. 근데 금세 나라는 걸 알아봤어?"

처음 만났을 때와 똑같이 꾸밈없는 정직한 웃음이었다.

"마코 씨야말로 나를 기억하셨네요. 흐뭇한데요."

"……그렇게 존댓말 쓰는 거, 내 귀에는 어색하게 들리는데?"

"존댓말쯤은 써야죠. 나도 이제 어른인데."

쓴웃음을 지었다. 어쩐지 겸연쩍었다.

말을 주고받는 우리를 보고 오랜 친구인 록온 카페의 점장이 옆으로 다가왔다.

"이쪽 손님, 아는 분?"

"네, 꽤 오래전에 알고 지내던 분이에요. 고지마 마코 씨."

점장에게 소개했더니 마코는 인사를 건네려다가 정정해 주었다.

"성씨가 달라. 이제는 고지마가 아니거든."

바라보니 왼손 약지에 심플한 은반지가 끼워져 있었다.

"그럼 꿈이 이루어졌군요! 멋진 신부가 될 거라는……."

그때 그녀가 내보인 미소가 으스름달처럼 애매한 것이었기 때문에 나는 중간에 입을 다물었다.

어린 시절의 천진한 소원을 많은 것들이 닳아빠질 만큼의 세월을 건너뛰어 본인 앞에 들이댄다는 것은 잔혹한 짓인지도 모른다. 한 여성이 서른두 살을 맞이하기까지 결혼하고 성씨가 바뀌었다. 꿈이 이루어졌다고 추켜세울 만큼 특이한 일도 아니다. 게다가 그걸 마냥 기뻐할 수 없는 복잡한 일들을 지금껏 겪어왔고, 그래서 내보인 애매한 반응일 것이기 때문이다.

"그럼, 현재는 이름이 어떻게 되시지요?"

옆에서 점장이 대화를 이어준 것이 고마웠다. 마코는 곁에 둔 작은 핸드백에서 알루미늄 명함첩을 꺼냈다.

"간자키 마코라고 합니다. 이거, 너한테도 한 장 줄게."

명함 두 장을 꺼내 하나는 점장에게, 또 하나는 내게 주었다. 일할 때 쓰는 명함인지 맨 위에 교토 시내의 직장 이름, 끝에는 메일 주소와 전화번호, 그리고 한가운데 '간자키 마코'라는 네 글자가 인쇄되어 있다.

"고맙습니다. 내 명함도 아직 어딘가 있을 텐데……."

점장은 혼자 중얼거리면서 직원용 공간으로 사라졌다. 나는 명함을 손에 든 채 다시 대화를 시작했다.

"지금도 일을 계속하는군요. 아이는요?"

"없어."

마코는 컵 뚜껑의 작게 뚫린 곳에 입을 댔다.

"설마 고향에서 멀리 떨어진 이런 도시에서 만날 줄은 생각도 못 했어요. 언제 교토에 왔어요?"

마지막으로 헤어질 때, 그녀는 도쿄에 간다고 했다. 그런 그녀가 교토에 살고 있는 건 바로 전까지도 나는 전혀 알지 못했다.

컵 밑바닥을 테이블에 비비듯 가볍게 흔들면서 그녀는

대답했다.

"그 동네를 떠난 뒤에 도쿄에서 5년쯤 살았나? 근데 좀 안 좋은 일이 있어서……. 그래서 에이, 교토에나 가자, 하고 그대로 우지(교토시와 인접한 도시로, 전철과 버스 등의 교통망으로 교토 시내와 연결된다.) 쪽으로 이사해 버렸어."

안 좋은 일? 명백히 위화감이 있는 그 말을 나는 의도적으로 흘려들었다.

"그럼 지금도 우지에?"

"응, 전철로 출퇴근하고 있어." 마코는 짧게 고개를 끄덕이며 말을 이어갔다. "넌 이런 카페에 와 있는 걸 보니 커피를 좋아하게 된 모양이지? 그때는 진짜로 쓰고 맛없다는 얼굴이었는데."

"그야, 뭐 그때는……." 몹시 겸연쩍었다. "중학생이었잖아요."

"내가 아는 바로는 꽤 건방진 중학생이었어. 근데 정말 멋진 어른이 됐네."

"과찬의 말씀을. 그런 마코 씨도 딱 자리가 잡힌 느낌이……."

그리고 우리는 한참 동안 추억으로 이야기꽃을 피웠다. 시간의 격벽이 느껴지지 않을 만큼 대화는 즐겁고 막힘없이 흘러갔다.

하지만 역시 옛날로 되돌아간 느낌은 들지 않았다. 어디가 어떻다고 말할 수는 없지만 뭔가가 ―아니, 모든 것이―그 무렵과는 달랐다.

당연한 일이다. 똑같을 리가 없다.

지난 11년의 세월만큼 우리는 나이를 먹었으니까.

2

가차 없이 퍼붓던 비가 갑자기 잦아들었다.

―웬일이야, 그렇게 흠뻑 젖어서?

등 뒤에서 누군가 우산을 받쳐주었다. 학교에서 돌아오는 길, 강변을 걸어가던 나는 뒤를 돌아보았다.

"마코 누나."

첫 만남 이후로 나는 거의 매주 월요일마다 강변에서 마코를 만났다.

―왜 우산을 안 썼어? 오늘은 아침부터 비가 왔잖아. 지난번에 썼던 그 우산은? 그 큼직한 모스그린 색 우산.

그녀는 내 젖은 앞머리를 손빗으로 다듬어주며 물었다. 비 냄새에 뭔가 꽃향기 비슷한 향이 아주 잠깐 섞였다.

그녀의 말이 맞다. 지난주 금요일부터 내린 비는 주말을 거쳐 월요일까지 온 동네를 적셨다. 일기예보에서는 이런 비를 '장마 만물'이라고 했다. 장마철이 되기 전의 흐린 날씨를 가리키는 말이라고 한다.

한 우산을 쓰고 마코와 함께 걸었다. 나는 통학용 흰색 운동화를 물끄러미 내려다보며 말했다.

"내 우산, 누가 훔쳐 간 거 같아……."

―훔쳐 가? 오늘은 우산 안 가져온 애는 없었을 텐데?

"나를 놀리려고 일부러 그랬겠지. 이름을 적어놨으니까 잘못 가져갔을 리도 없고."

―놀리다니, 전부터 그런 일이 있었어?

"우리 반 애들이 잘 안 놀아줘. 벌써 입학한 지 두 달이 다 됐는데."

별로 인정하고 싶지 않은, 말로 내뱉고 싶지 않은 일이었다. 하지만 마코에게는 처음 만났을 때 당장 내가 외톨이인 것을 들켜버렸다. 괜히 숨기려고 해봤자 쓸데없다고 생각했다.

―너, 혹시 괴롭힘을 당한 적도 있어?

"그건 아냐. 그냥 상대하지 않는 것뿐이지. 나도 말을 잘 못 붙이니까 친구가 안 생겨. 다른 애 중에는 괴롭힘 비슷한 일도 있었고 선배한테 찍힌 애도 있어. 그런 거에 비하면 나는 훨씬 나은 편이야."

―근데 우산은 누군가 훔쳐 갔다?

"아마도? 지금 중간고사 기간이라 동아리 활동이 없으니까 학교 끝나면 다들 곧장 집에 가거든. 근데 나는 집에 가봤자 아무도 없고 혼자 빈둥빈둥 놀기만 해서 시험 기간에는 날마다 학교에 남아서 공부했는데……. 한참 있다 보니까 교실에 아무도 없었어. 나도 집에 가려고 나왔더니 우리 반 우산꽂이에 투명 비닐우산 하나뿐이고. 신발장도 확인해 봤는데 우리 반 애들은 다 가버렸는지 실내화밖에 없었어."

―우산 훔쳐 가는 게 따돌림인가?

"따돌림인지 그냥 장난인지는 모르겠어. 근데 같은 반에 친구가 없으면 일단 따돌림의 대상이야. 분명 다들 어딘가에 숨어서 나를 비웃고 있었을걸? 화가 나서 그냥 모르는 척하고 와버렸어."

―그렇다고 이렇게 젖은 생쥐 꼴이 될 것까지는 없잖아.

"그럼 어떡해? 우리 집은 부모님이 맞벌이라서 마중 나올 사람도 없어."

―그 남은 비닐우산을 쓰고 올 생각은 안 했어?

"그러려고 한번 펴보기는 했어. 근데 남의 물건을 말도 없이 가져오면 안 좋을 거 같아서. 신발장에 운동화가 없다고 꼭 집에 간 게 아닐 수도 있잖아. 우산 주인이 학교 근처 비 안 맞는 곳에 있었는지도 몰라. 게다가 그게 장난이라면 걔들은 어딘가에서 몰래 나를 지켜봤을 거야. 내가 남의 우산을 가져가면 마침 잘됐다고 일러바칠걸."

―으이그, 착실하다고 할까, 융통성이 없다고 할까…….

"그만큼 조심하지 않으면 항상 아슬아슬한 거야, 친구가 없다는 건."

터벅터벅 집을 향해 계속 걸었다. 사실은 마코에게 바래

다주어서 감사하다고 해야 했는데 그때는 미처 거기까지 생각하지 못했다.

집으로 향하는 옆길로 꺾어 들었다. 그러자 마코가 불쑥 말했다.

─그러면 그 남아 있던 비닐우산, 망가진 건 아니었구나?

"별문제 없이 쓸 수 있는 우산이었어."

─학교에서 필요한 사람 쓰라고 비치해 둔 예비 우산일 가능성도 없고?

"우리 학교에는 원래 예비 우산이라는 게 없어. 이런 식으로 누군가 훔쳐 가는 걸 피하기 위해서래. 우산꽂이에 두고 간 우산은 모두 분실물로 교무실에서 보관해. 근데 그게 왜?"

그녀가 문득 멈춰 서서 나도 걸음을 멈췄다. 우산을 두드리는 빗소리를 뚫고 나오듯이 내 귀에 와 닿은 그녀의 말은 전혀 생각지도 못한 것이었다.

─혹시, 어쩌면, 네 우산이 지금 너희 반 친구를 지켜주고 있는지도 몰라.

"응?"

3

커피점 탈레랑.

교토시 나카교구, 니조 길과 도미노코지 길의 교차로에

서 북쪽으로 조금 올라간 곳에 그 커피점은 자리 잡고 있다. 복고풍의 전기 간판에 그려진 검지 마크가 가리키는 대로 쌍둥이처럼 나란히 선 두 채의 가옥 처마가 만든 터널을 지나면 교토 시내 한복판이라는 것을 깜빡 잊어버릴 만큼 널찍한 정원이 나온다. 그 깊숙한 안쪽의 예스러운 목조 단층 주택이 지금 내가 와 있는 커피점 탈레랑이다.

돌이켜보면 처음 이 커피점을 찾은 날로부터 세월도 빠르지, 벌써 2년이 지났다. 11년 전에 마코와의 약속이라는 형태로 시작한 나의 이상적 커피를 향한 탐구는 이 커피점을 찾은 것으로 일단락을 지었다. 탈레랑 백작을 가게 이름으로 내건 이곳의 커피는 바로 그 격언을 완벽히 재현하는 향미를 지녔기 때문이다.

그로부터 2년 동안, 나는 커피점 탈레랑에 매일 같이 들러 커피를 마시며 크고 작은 다양한 사건과 소동을 함께해 왔다. 이제는 한낱 단골손님이라는 입장을 뛰어넘어 완전히 이 가게의 일원이 되었다고 자부하고 있다.

처음 이 커피점을 발견했을 때, 아무런 사전 정보가 없었는데도 망설임 없이 발을 들인 것도 오래전 마코에게서 탈레랑 백작의 격언을 들은 덕분이었어…….

항상 앉던 카운터 자리가 아니라 창가의 테이블을 독차지하고 턱을 괸 채 멍하니 밖을 내다보며 나는 그런 생각들을 더듬었다. 바로 어제, 마코와 재회했던 것이 머릿속을 떠나지 않았다.

"비가 그칠 줄을 모르네요."

목소리와 함께 소서에 얹은 커피잔을 테이블에 내려놓는 기척이 들렸다.

나는 시선을 가게 안으로 되돌렸다. 은쟁반을 가슴에 안고 기리마 미호시 씨가 서 있었다.

그녀는 이 커피점의 바리스타로, 내가 생각하는 이상적인 커피는 그녀가 아니고서는 만들 수 없다. 윤기 나는 검은색 짧은 보브 헤어가 트레이드 마크로, 자그마한 몸집에 하얀 셔츠와 검은 바지, 남색 앞치마를 유니폼으로 입고 있다. 소녀로 착각할 만큼 동안이지만 나이는 나보다 한 살 많아서 올해 스물다섯이다.

"잘도 쏟아지네요. 아직 5월인데."

나는 커피잔의 손잡이를 쓰다듬었다. 내 머릿속에는 11년 전의 마침 이맘때, 마코가 우산 하나로 집까지 데려다주었던 날의 기억이 있었다.

"어쩐지 기분이 우울하지요? 샤를도 오늘은 아침부터 저렇게 얼굴만 닦고 있네요."

그녀가 바라본 가게 안쪽에는 샴고양이 샤를이 있었다. 내가 이곳에 처음 왔을 무렵부터 가게 안에서 기르기 시작한 수컷이다. 곁에는 사장이자 조리 담당, 미호시 씨의 외당숙인 모카와 마타지 씨가 있었다. 이 영감님은 자신의 지정석 의자에 깊숙이 들어앉아 덥수룩한 은빛 턱수염을 쓰다듬어가며 잡지를 읽는 중이다.

"내가 우울해 보였어요?"

미호시 씨의 말투에 어쩐지 조심스러워하는 여운이 있어서 그렇게 물어봤더니 그녀는 짧게 고개를 끄덕였다.

"조금 전의 아오야마 씨, 뭔가 심각한 얼굴이었잖아요. 무슨 고민이 있나 했는데."

그녀는 나를 '아오야마 씨'라고 부른다.

"아뇨, 그냥 옛 추억이 떠올라서……. 아, 그렇지!"

나는 오른손 검지를 바짝 세웠다.

"실은 그 옛 추억이 제법 근사한 수수께끼인데, 괜찮으시면 미호시 씨도 풀어볼래요?"

"오, 재미있겠네. 얘기해 주세요."

그녀는 빙그레 웃으며 카운터에 핸드밀을 가지러 갔다.

다양한 매력과 장점을 겸비한 미호시 씨지만, 그중에서도 특히 남다른 점은 그 총명한 두뇌였다. 작년 9월에 일어난, 각 언론에도 크게 보도된 사건을 비롯해 지금까지 숱한 수수께끼 같은 사건을 명쾌하게 풀어내곤 했다.

그런 그녀의 추리에 항상 함께하는 것이 클래식한 모델의 핸드밀이다. 목제 상자 위 원형 호퍼에 적정량의 원두를 넣고, 한 치의 낭비도 없이 정확한 힘과 속도로 핸들을 수평으로 돌린다. 담담하면서도 심오한 이 작업과 원두가 갈리는 드르륵 소리가 그녀의 머리를 맑게 해준다는 모양이다.

"자, 준비됐습니다. 시작할까요?"

미호시 씨는 내가 앉은 테이블에 핸드밀을 내려놓고, 선 채로 드르륵드르륵 원두를 갈기 시작했다. 악천후 탓인지 가게 안에 다른 손님이라고는 없으니까 이런 식으로 얘기가 길어져도 별 지장은 없을 것이다.

창밖에는 비구름이 사라질 기미가 없었다. 나는 11년 전, 오늘과 마찬가지로 억수같이 비가 쏟아지던 5월 어느 하루의 이야기를 가능한 한 상세하게 말하기 시작했다.

그날의 추억은, 집으로 돌아가는 길의 채 십 분도 안 되는 짧은 대화다. 설명하는 데도 그다지 시간이 걸리지 않았다.

마코와 나눈 대화에 관해서는 거의 사실대로 재현할 수 있었다. 다만 그녀의 신원을 설명하는 데 있어서 나는 순간적으로 거짓말을 섞어 넣었다.

"젖은 생쥐 꼴로 장대비 속을 걸어가는데 근처의…… 병원에 근무하던 간호사가 우산을 받쳐줬어요."

그때도 지금도 마코의 직업은 간호사가 아니다. 순간적으로 거짓말을 한 것은 전날의 재회를 미처 삭이지 못한 껄끄러움 때문일 것이다. 얘기를 하는 동안에는, 같은 교토에서 살아가는 미호시 씨와 마코를 최대한 먼 거리에 두고 싶은 심경이었다. 게다가 마코의 실제 직업과 우산 건은 아무 관련이 없었다.

"……마코 씨가 말했던 대로, 나는 그다음 날 우리 반의 한 친구에게서 오히려 고맙다는 감사를 들었어요. 자, 과연 내 우산은 어떤 이유로 없어졌을까요?"

도전장을 내미는 듯한 질문으로 나는 설명을 끝냈다.

미호시 씨가 가장 먼저 보인 반응은 후후훗 하는 웃음이었다.

"우산을 휘두르는 사람은 많이 봤지만, 이렇게까지 우산에 휘둘리는 사람은 아오야마 씨 말고는 없을 거 같아요."

"아하, 진짜 그렇죠?"

나는 관자놀이를 긁적였다. 2년 전, 탈레랑을 두 번째로 찾았을 때도 불가사의한 상황이 벌어져서 누군가 내 우산을 가져갔던 것이다. 그야 물론 중학생 때와는 다른 우산이었지만, 색깔은 똑같은 모스그린이었다.

드르륵 원두를 가는 소리가 이어졌다. 미호시 씨는 다음과 같은 말로 시작했다.

"아오야마 씨는 료안지에 가보셨어요?"

무엇 때문에 던진 질문일까.

"물론 가봤죠. 돌 정원이 아름다운 것으로 유명한 우쿄구의 사찰이잖아요?"

"네, 가레산스이(물 없이 돌과 모래 등으로 산수를 표현한 정원 형식. 특히 료안지는 담장으로 둘러싸인 폭 30미터, 길이 10미터의 공간에 흰 모래와 15개의 돌로 꾸며진 호조 정원이 유명하다.)의 호조 정원에 놓인 열다섯 개의 돌은 어느 각도에서 바라봐도 한 번에 전부를 볼 수 없다고 하죠. 반드시 그중 어떤 돌인가는 다른 돌 뒤에 숨어버리니까요."

그걸로 딱 감이 왔다. 그녀가 무슨 말을 하려는지.

"벌써 알아냈어요? 역시 빠르시네."

그녀는 별반 의기양양해하는 것도 없었다. 그 정도의 수수께끼 풀이는 일상다반사라는 것인가.

"교실 우산꽂이에 비닐우산 한 개가 남았다는 건 아오야마 씨의 우산을 들고 간 학생이 대신 놓고 갔다고 추측할 수 있어요. 학교에서 준비한 예비 우산도 없다고 했으니까요."

이를테면 그날 아침에 누군가 우산 두 개를 가져왔을 가능성도 전혀 없는 건 아니다. 혹은 당시 내가 상상했던 대로 남겨진 우산의 주인이 아직 학교 근처에 있었거나 그것과는 별도로 누군가 우산 두 개를 가져갔다는 것도 전혀 불가능하다고 단언할 수는 없다.

하지만 그런 건 정황상 특수한 경우다. 비닐우산을 가져왔던 아이가 자기 우산 대신 내 모스그린 우산을 가져갔다고 보는 게 가장 자연스럽고, 가장 먼저 검토되어야 할 얘기일 것이다.

"투명한 비닐우산은 안 되고 아오야마 씨의 모스그린 우산이라면 가능한 게 무엇인가. 가장 먼저 생각난 게 **머리 부**

분을 감춘다는 것이었어요."

비가 세차게 쏟아졌으니 당연히 우산은 머리 위쪽에 쓰게 된다. 따라서 우산으로 가려지는 건 본인의 머리 부분뿐이다. 말을 바꾸면, 그 아이는 자신의 비닐우산이 아니라 내 모스그린 우산으로 머리를 가리고 집에 갈 수 있었다. 그래서 미호시 씨는 한 번에 돌 전체를 다 볼 수 없는 정원 얘기를 꺼낸 것이다.

"아오야마 씨의 우산을 가져간 아이는 같은 반 친구들 중의 한 명이겠죠. 남의 우산으로 바꿔치기를 해서라도 사람들의 시선을 피하려 했던 걸 보면 분명 여학생일 거예요. 괴롭힘이며 선배의 따돌림이 있었던 중학교라고 했지요? 분명 뭔가 심한 괴롭힘을 당했던 게 아닐까요? 학교에서는 손질하기도 힘들 만큼 헤어스타일을 이상하게 만들어버린 괴롭힘을."

그리 유쾌하지 않은 상상이었지만 미호시 씨는 그래도 담담하게 설명해 주었다.

용서하기 어렵지만, 유감스럽게도 그리 드문 일이 아니다. 아예 무시하기, 등에 욕설을 쓴 종이 붙이기, 따로 불러내 폭행……. 다행히 피해자가 된 적은 없어서 자세히 알지 못했을 뿐, 내가 모르는 곳에서 좀 더 심한 일을 겪은 아이가 있었는지도 모른다. 어이없을 만큼 한심하지만, 학교 현장에서 쉽게 사라지지 않는 일이기도 하다.

"어떤 괴롭힘이었는지, 구체적으로 상상할 수 있어요?"

이 질문에 미호시 씨는, 단정할 수는 없지만, 이라고 전제하고 말을 이어갔다.

"긴 머리 일부를 강제로 자른 게 아닌가 하는 생각이 들어요."

"그건 왜요?"

"부상을 입을 정도로 심각한 폭행이었다면 아오야마 씨도 이렇게 가볍게 얘기하지는 않겠지요. 물론 강제로 머리를 자른 것도 지극히 음침하고, 피해 학생이 입은 마음의 상처는 간과할 수 없어요. 하지만 머리는 미용실에서 다시 다듬을 수도 있잖아요. 헤어스타일을 아예 바꿔버리면 심한 괴롭힘을 당했다는 건 주위에서 알지 못하겠죠. 우선 집에 갈 때까지만 사람들의 시선을 피하자는 발상은 그런 상황에서 나왔을 거라는 느낌이 들어요."

그래서 일부러 '긴 머리'라고 말했던가. 미용실에서 다시 가다듬을 여지가 있기를 그녀는 바랐던 것이다.

"눈물을 감춘다는 것도 생각해 봤어요. 하지만 비가 내렸으니까 그건 아니겠죠? 우산이 아니라도 감출 수 있으니까요. 그 밖에도 떠오르는 게 많지만, 그 아이가 어떤 괴롭힘을 당했는지는 시시콜콜 늘어놓고 싶지 않군요. 머리를 감추려고 아오야마 씨의 우산을 가져간 게 맞는다면 그걸로 됐죠, 뭐."

"장대비가 쏟아지는 하굣길의 그 잠깐이라도 이상해진

머리를 내보이는 건 참을 수 없다는 감성이 여중생답지요?"

내가 말했다. 미호시 씨의 상상은 진실을 포착하고 있었다.

"다음 날 아침, 학교에 가보니 우산꽂이에 내 우산이 다시 돌아와 있더군요. 그리고 우리 반 여학생 하나가 긴 머리를 쇼트커트로 싹둑 자르고 나타났죠. 나는 그냥 조용히 넘어가기로 마음먹었는데, 쉬는 시간에 그 여학생이 먼저 말을 걸어줬어요."

─미안해, 말도 없이 우산 가져가서.

"우산에 이름이 적혀 있어서 나라는 걸 알았던 모양이에요. 무슨 일이 있었느냐고 그 자리에서 물어봤어요. 그 전날 방과 후에 여자 선배가 불러서 나갔더니 강제로 머리칼을 잘랐다고 의외로 선선히 대답하더군요. 아주 예쁜 여학생이었어요. 그래서 아무래도 선배들 눈에 거슬렸던 모양이지요."

방과 후 그녀는 인적 없는 곳으로 불려 나갔고, 선배가 강제로 머리를 잘랐다. 풀려났을 때, 이미 다른 친구들은 대부분 하교한 뒤였다. 우산꽂이에는 자신의 비닐우산과 내 모스그린 우산이 남아 있었다. 그녀는 별수 없이 내 모스그린 우산을 빌려 이상하게 잘린 머리를 가리고 집에 갔다……

"무슨 말을 해야 할지 모르겠더라고요. 그래서 힘들었겠다고만 했어요. 내 우산을 가져간 건 정말 괜찮다고 하면서. 그랬더니 그날 안으로 우리 반 애들의 나를 보는 눈빛이 싹

달라졌어요. 아마 그 여학생이 '난감해하는 내게 우산을 빌려줬다'라는 식으로 친구들에게 얘기했던 모양이에요. 그건 정확한 얘기는 아니었지만, 그걸 정정하면 내 우산을 말도 없이 가져갔다고 폭로하는 꼴이 되니까 나도 그냥 입을 다물었죠. 나중에는 착한 남학생이라고 소문이 나서 거의 영웅 대접을 받았어요. 우리 반 애들도 나한테 말을 걸어주고, 그때부터 겨우 아이들과 어울리게 됐죠."

그래서 그 추억은 내 마음속에는 좋은 일로 남아 있었다. 강제로 머리를 잘린 여학생이 비장한 분위기 대신 밝게 행동해 준 덕분이었다.

하지만 그건 그녀와 같은 교실에서 그 뒤의 나날을 보낸 나만의 느낌이다. 이 에피소드만으로는 여전히 안타까운 앙금이 남는다. 미호시 씨는 다음과 같이 물었다.

"그 여학생…… 괜찮았어요?"

"선배의 괴롭힘은 딱 한 번으로 끝났어요. 실제로 이름도 모르는 선배였다고 하더라고요. 입학 직후에 그 비슷한 괴롭힘을 당한 동급생이 그녀 말고도 몇 명 더 있었지만, 아마 선배들도 진짜로 미워서 그런 건 아니었던 모양이에요."

"이런 말은 어떨지 모르지만, 초장에 후배들의 기를 죽여놓겠다는 거였군요."

"그렇죠. 덧붙이자면 그 여학생, 성격도 좋고 활발했어요. 그러니 나한테 은혜를 갚겠다고 그런 소문도 냈지요. 덕분에 내 주가가 부쩍 높아질 만큼 친구도 많고 영향력도 있는 아이였어요. 만일 그보다 더 심한 일을 당했다면 그때는 우리 반 친구들도, 그리고 다른 선배들도 그냥 입 다물고 있지는 않았을걸요."

"그 여학생, 헤어스타일은 어땠어요?"

"쇼트커트요? 그게요, 진짜 잘 어울렸어요. 그 여학생도 마음에 들었는지 졸업 때까지 계속 그 스타일을 유지했어요."

웬일인지 미호시 씨는 중간에 몇 차례 원두를 다시 넣어 가며 계속해서 핸드밀을 돌리고 있었다. 그 손이 멈췄을 때, 그녀가 내뱉은 한마디는 실로 기묘한 것이었다.

"그녀의 쇼트커트는 왜 매력적이었을까요?"

"……예?"

미호시 씨는 핸드밀 아래쪽의 서랍을 꺼내 잘 갈린 원두 가루의 향기를 맡았다. 그리고 내 쪽을 보더니 빙긋이 웃었다.

"그 수수께끼, 아주 잘 갈아졌어요."

조금 전까지 보였던 우려를 품은 표정은 구름 흩어지듯, 안개 흩어지듯 사라지고 없었다.

"수수께끼가 풀렸다니, 왜 이제야? 진즉에 끝난 거 아니었어요?"

"잠시 확인할 게 있어요. 아오야마 씨, 분명 고향이 간토가 아닌 다른 곳이었지요?"

"네, 다른 곳이긴 한데……."

미호시 씨는 고개를 끄덕였다. 그리고 핸드밀의 서랍을 열 듯이 11년 전에는 열리는 일이 없었던 진실의 뚜껑을 열었다.

"아오야마 씨, 모르는 사이에 큰 신세를 졌군요. 당신에게 우산을 받쳐준 그 미용사 누나에게."

4

크으, 하고 목구멍에서 이상한 소리가 났다.

"어, 어떻게 알았어요? 미용사라고 한 적 없는데?"

미호시 씨의 말대로 마코의 직업은 미용사다. 하지만 나는 그 사실을 말하지 않았을 뿐만 아니라 간호사라고 거짓말까지 했다.

멍해진 나를 타이르듯이 미호시 씨는 설명하기 시작했다.

"첫째로, 이 이야기는 월요일에 일어난 일이었어요. 그래서 간호사라면 월요일 저녁에는 대부분 근무 중일 텐데, 하는 의문이 들었어요."

"하지만 당번을 정해 교대로 근무하는 병원도 있잖아요."

"그거야 그렇죠. 하지만 또 한 가지, 아오야마 씨는 아까 '병원'이라고 말하기 전에 잠깐 머뭇거렸어요."

정말 한 치의 빈틈도 없는 사람이다. 짧은 순간 말이 막혔던 것만으로, 그녀는 거짓을 간파해 냈다.

"그때 아오야마 씨는 순간적으로 거짓말을 둘러댄 거예

요. '병원'이라는 단어, 그리고 월요일 저녁마다 강변에 놀러 올 수 있는 직업, 두 가지를 연결해 생각해 보면 '미용실'(일본어로 병원은 '뵤인', 미용원은 '비요인'으로, 발음이 매우 유사하다.)이 떠오르는 건 그리 엉뚱하거나 대단한 일도 아니에요."

그래서 내가 간토 출신이 아니라는 것을 확인했는가. 간토 지역에서는 화요일에 쉬는 미용실이 많다고 들었다. 그 이외의 지역은 모두 월요일에 쉬는 게 일반적이다.

"그리고 또 한 가지, 이게 가장 중요한데, 그 여학생의 쇼트커트가 매력적이었다는 점이에요."

이건 무슨 말인지 나는 이해하지 못했다. 선배가 머리를 강제로 자른 것과 미용사를 연결 짓는 것이라면 그나마 이해가 된다. 하지만 매력적이라는 게 어떤 힌트가 된다는 걸까.

내 의문을 짐작했는지 미호시 씨는 차근차근 알아듣게 설명해 주었다.

"머리가 삐죽삐죽 이상하게 잘렸을 때, 그 사람은 어떤 행동을 취할까요?"

"아마 곧장 미용실에 가서 머리를 다시 손질해 달라고……. 앗!"

"이제 이해하신 모양이네."

11년 전, 나는 거기까지는 전혀 생각하지 못했다. 그 여학생은 월요일에 머리를 강제로 잘렸고, 그다음 날에는 매력적인 쇼트커트로 나타났다. 나는 단순히 그녀가 집에 돌아간 뒤에 다시 미용실에 들러 머리를 다듬었을 것으로 생각했다. 하지만 월요일에는 미용실이 문을 열지 않는다. 그녀는 미용실에 들러 머리를 다듬을 수 없었던 것이다.

"……하지만 찾아보면 어딘가 문을 연 미용실도 있지 않았을까요?"

"맞는 말이에요. 하지만 아오야마 씨에게 우산을 받쳐준 누나가 미용사였다면 어떻게 될까요. 그야말로 간단한 구도가 떠오르잖아요? 반 친구들과 어울리지 못하는 남학생 한 명, 성격이 활달하고 갑작스럽게 헤어스타일을 바꾼 여학생 한 명, 그리고 미용사 누나 한 명."

엇, 설마…….

"그 미용사와 그날 처음 알게 된 사이가 아니었지요?"

그녀의 물음에 나는 멍하니 고개를 끄덕였다.

"처음 만난 것은 그 몇 주 전이었어요. 내가 어쩐지 외로워 보인다고 먼저 말을 건네줘서."

"그렇다면 미용사는 아오야마 씨가 내내 마음에 걸렸을 거예요. 한편, 그녀의 고객 중에 그 학교 여학생이 있었고, 마침 같은 반이라는 말에 아오야마 씨에 관해 물어봤겠지요. 그렇게 아오야마 씨가 친구들 사이에서 고립된 것을 알게 됐어요. 어떻게든 해줄 수 없을까, 고민해 봤겠지요. 그런데 그 무렵에 여학생이 쇼트커트를 하고 싶다고 했어요. 그러자 미용사는 여학생에게 한 가지 계획을 제안합니다. 아오야마 군의 친구 만들기를 도와주자, 그러면 네 머리도 공짜로 잘라주겠다고."

 마코는 여학생에게 내 우산을 몰래 가져오라고 지시했다. 나는 시험 기간 중에 날마다 늦게까지 교실에 남아서 공부했으니까, 우산을 빼돌리는 건 쉬운 일이었다. 그리고 여학생은 그날 마코를 만나 쇼트커트로 머리를 잘랐다. 그러고는 이튿날 우산을 말도 없이 가져간 것을 사과하고, 아오야마 군이 친절하게도 우산을 빌려줬다는 소문을 퍼뜨리면, 임무 완료.

 그렇다면 마코는 월요일에 여학생의 머리를 잘라줄 때까지 무엇을 하고 있었는가. 그 계획을 실행에 옮길 때 마코는 나와 접촉할 필요는 없었다. 무슨 일이 일어났는지는 그다음 날, 여학생이 설명해 주면 되기 때문이다. 하지만 아마도 마코는 내가 우산 없이 어떻게 빗속을 뚫고 집에 갈지 걱정했을 것이다. 그래서 상황을 살펴보러 나왔고, 강변길에서 젖은 생쥐 꼴이 된 나를 발견하고 집에 데려다주었다. 분명 그 원인을 만든 것에 조금쯤 양심의 가책을 느끼면서.

 "그러면 여학생이 심한 괴롭힘을 당했는데도 그 뒤에 밝게 행동했던 것은……."

 "물론 머리를 강제로 자르는 괴롭힘 따위는 당한 적이 없었기 때문이죠. 어떤 선배인지 이름도 모른다고 했다면서요? 당연히 그렇겠죠. 왜냐하면 그런 선배는 이 세상에 존재하지 않으니까."

"하지만 그 계획은 미용실이 쉬는 월요일, 그것도 아침부터 밤까지 비가 내리는 날이 아니면 실행에 옮길 수 없어요. 조건이 지나치게 빡빡한 거 같은데요?"

"반대로 생각하시네요. 그게 아니라 월요일에 온종일 비가 올 줄 알았기 때문에 그런 계획을 짠 거예요. 미용사는 분명 그 전날에 일기예보를 확인하고 여학생에게 연락했겠죠."

"아, 그렇구나……. 내가 이런 말을 하는 것도 좀 이상하지만, 나한테 친구를 만들어주는 방법이 꼭 그것만은 아니었겠네요. 그때 안 되면 다시 다른 방법을 생각해 보면 될 테니까."

"맞아요. 다만 아오야마 씨가 혹시라도 눈치채지 않도록 주의할 필요는 있었겠지요. 중학생의 심리라는 게 상당히 예민하고 까다로우니까."

반 친구들과 어울리게 된 것을 그 여학생에게 감사하게 생각했던 건 사실이다. 하지만 그것은 우산을 맘대로 가져가는 바람에 흠뻑 젖은 데 대한 보상이라는 인식도 있었고, 그래서 나는 반 친구들의 칭찬을 순순히 받아들일 수 있었다. 만일 모든 게 마코의 계획이었다는 것을 그때 알았다면 나는 자존심에 상처를 입고 다시금 홀로 고립되는 결과가 나왔을지도 모른다.

물론 어디까지나 내가 중학생이던 그때 알았더라면, 이라는 얘기다. 어른이 된 지금, 새삼 그 당시를 되짚어 보며 자연스럽게 끓어오른 감정은 마코에 대한 깊은 감사였다.

"나를 위해 그렇게까지 해줬다니! 꼭 감사 인사를 전해야겠어요."

미호시 씨는 핸드밀을 들고 카운터 안으로 들어가 방금 갈아낸 원두로 커피를 내렸다. 새로 온 손님은 없으니까 미호시 씨 본인이 마시려는 것이다.

"다시 만났군요, 그 미용사 누나를."

내 혼잣말을 듣고 미호시 씨는 그렇게 반응했다.

"예? ……아, 감사 인사를 할 수 있다는 건 다시 만났다는 얘기니까, 네, 그렇습니다."

"게다가 새삼 옛 추억을 떠올린 데는 뭔가 계기가 있었겠죠. 오늘 아오야마 씨가 평소와는 다르기도 했고. 무엇보다 어제가 월요일이었잖아요."

그런 것까지 계산했는가. 그녀의 총명한 두뇌는 때때로 그럴 필요가 없는 일까지 간파해 버린다.

창밖으로 시선을 던졌다. 이곳에 드나든 지도 2년, 나는 처음으로 탈레랑에 들른 것을 후회했다. 오늘은 탈레랑에 오지 말았어야 했다.

"비가 그칠 줄을 모르네요."

미호시 씨도 덩달아 시선을 창밖으로 던지며 조금 전과 똑같은 말을 중얼거렸다.

비는 어쩐지 사람을 우수에 찬 모습으로 만든다. 내가 잘 아는 미호시 씨가 전혀 알지 못하는 누군가로 보였다. 중학교에서 처음, 반 친구들에게 느꼈던 말 붙이기 힘든 거리감. 지금 그녀와의 사이에 똑같은 걸 느끼며 나는 말없이 커피를 마셨다.

5

6월에 접어들자 나는 마코를 록온 카페에서 다시 만날 수 있었다. 지난번에 돌아가는 참에 '또 오고 싶다'라고 했기 때문에 다시 만날 거라고 예상은 했었다.

우선 그녀에게 미호시 씨의 추리를 전해주었다. 그리고 11년 전에 미처 깨닫지 못했던 그녀의 후의에 정식으로 머리 숙여 감사 인사를 건넸다.

"그때는 정말 고마웠습니다."

"그러고 보니 맞다, 그런 일도 있었네."

테이블 너머에서 주문한 커피를 마시며 마코는 쓴웃음을 지었다.

"그때만 해도 내가 진짜 오지랖이 넓었다니까."

"아뇨, 오지랖이라니요."

"방금 얘기 듣기 전까지 까맣게 잊고 있었어. 근데 왜 새삼스럽게 그런 걸 알아냈어?"

"단골 커피점이 있는데 그곳의 여성 바리스타가 아주 총명한 사람이거든요. 그 우산 얘기를 했더니 금세 알아내더라고요."

 미호시 씨에게는 마코와의 일을 숨기고 싶었는데 마코에게는 미호시 씨 이야기가 술술 입을 뚫고 나왔다. 이 차이는 뭘까, 라고 생각했다.

 "오, 그런 사람이 다 있어?"

 마코가 머리칼을 귀 뒤에 걸었다. 그녀가 지금도 교토 시내의 미용실에서 일한다는 건 지난번에 받은 명함으로 알고 있었다.

 "그보다 그때는 어떻게 그런 생각을 했어요?"

 "내가 항상 책을 읽었던 거, 너도 기억하지?"

 나는 고개를 끄덕였다. 그 무렵 강변에 나가면 그녀는 반드시 먼저 나와서 풀밭에 자리를 잡고 문고본 책을 읽고 있었다.

 "옛날부터 남이 쓴 이야기의 세계에 빠져들거나 나 스스로 공상하는 걸 좋아했어. 너를 그렇게 도와준 것도 아마 그런 스토리를 연출해 보고 싶었던 모양이지? 일종의 자기만족이야. 꼭 너를 위해서만 한 일은 아니었어."

 "그래도 덕분에 나는 다른 친구들처럼 재미있게 학교에 다닐 수 있었어요."

 "아이, 그건 아니지."

 딱 잘라 부정하는 바람에 나는 당황스러웠다.

 "그건 왜……."

"늦든 빠르든 넌 분명 친구가 생겼어, 내가 관여하지 않았어도. 그때 그 여학생이 내 계획에 응해준 것도 너한테 나쁜 감정은 없었기 때문이야. 네가 교실에서 혼자인 것 같다고 그 애도 마음에 걸려 했거든. 그 상황을 바꾼 계기가 우연히 나였던 것뿐이야. 그러니까 그냥 내버려뒀어도 금세 상황이 좋아졌을걸."

단순한 겸손으로는 들리지 않았다. 하지만 나는 그 말이 다 맞는다고는 생각할 수 없었다.

"어쨌든 답례하고 싶어요. 괜찮으시면 하루만 저한테 시간을 내주세요."

운을 떼자, 마코는 눈이 둥그레졌다.

"답례라니, 새삼스럽게 무슨? 물론 시간이야 낼 수 있지만……."

"단순한 답례가 아니에요. 이건 마코 씨와의 약속이기도 해요."

"약속?"

마코와 처음 만난 날을 나는 떠올리고 있었다.

"방금 바리스타 얘기를 했지요? 실은 그녀가 내려주는 커피, 정말 깜짝 놀랄 만큼 재현해 냈거든요. 그 탈레랑 백작의 격언에 나온 이상적인 커피."

그러자 마코는 손을 마주치며 환한 얼굴을 보였다. 마치 처음 만난 그 무렵으로 돌아간 것처럼 발랄한 표정이었다.

"와아, 그건 꼭 마셔보고 싶다."

"그럼, 다음에 함께 가시죠. 농담 같지만, 가게 이름도 '커피점 탈레랑'이니까요."

나 역시 중학생으로 되돌아간 것처럼 순수한 마음으로 마코를 기쁘게 해주고 싶었다.

그렇다, 나는 단지 그녀를 기쁘게 해주고 싶었을 뿐이다.

그리고 11년 전의 약속을 틀림없이 지켰다고 조금쯤 의기양양해하고 싶었다.

어떤 극적인 사건도 분명 사소한 일에서부터 시작된다. 여울물에 발을 담갔다고 생각했는데 나도 모르는 사이에 큰 강에 빠져 허우적거리는 것처럼. 11년 만에 재회한 우리는 이미 운명의 급류에 휘말렸던 것이다.

나는 상상도 못 했다. 그로부터 우리가 더듬어가게 될 스토리를.

그곳에 있었던 것은 그저 달달하고 아련한 첫사랑의 맛, 진즉에 풍화되어 이제 아무 마음조차 없는데 그리운 옛 감정을 우연히 맞닥뜨리고 저절로 들떠버린 나 자신의 모습이었다. 그럴 일이 아니라고 분명 알고 있었는데. 나는, 구제불능일 만큼 어리석었다.

그 여름의 기억은, 마코의 옆얼굴과 빗물 냄새만 온통 점거하고 있었다.

[어떤 편지]

네가 이 편지를 읽고 있을 때쯤, 나는 이미 이 세상에 없을 거야.

제2장 젖은 옷소매 사루가쓰지에서

1

―넌 꿈이 뭐야?

중학생이 되고 첫 여름방학을 맞이하기 전, 상쾌하게 맑은 날이었다. 나란히 강변에 앉아 있던 내게 마코가 불쑥 물어본 말이다.

당시에는 이미 학교 친구가 생겨서 혼자 외로워하는 것도 없었다. 그래도 매주 월요일, 나는 그 강변에 나가는 것을 멈추지 않았다. 그냥 어쩐지……는 아니다. 솔직히 말하면 마코를 보고 싶었기 때문이다. 그녀가 일하는 미용실에 가면 언제든 볼 수 있겠지만, 중학교 남학생이 넘기에 그건 꽤 높은 벽이다.

"꿈? 왜 그런 걸 물어봐?"

―뭐, 그냥. 너하고 그런 얘기를 한 적이 없는 것 같아서.

정식으로 꿈에 대해 생각해 보니 놀랍게도 어떤 단어도 떠오르지 않았다. 좀 더 어렸을 때 머릿속에 그려본 엉뚱하기 짝이 없는 꿈―프로 스포츠 선수라든가 만화가라든가 우주 비행사라든가―은 나로서는 이룰 수 없는 꿈이라고 슬슬 이해하기 시작할 나이였다. 그렇다고 대체할 만한 현실적인 목표도 아직 없었기 때문에 나는 마코의 물음에 이렇게 답할 수밖에 없었다.

"별로 없는데……."

―또 또 저런다. 부끄러워할 거 없어, 말해봐.

"아냐, 정말 아무 생각도 안 나."

그러자 마코는 과장되게 한숨을 내쉬었다.

―뭐야, 재미없는 녀석이네.

내가 생각해도 재미없었다. 하지만 그때는 마코가 나를 그런 식으로 생각한다는 게 충격이었다. 입을 툭 내밀고 대꾸했다.

"흥, 미안하네, 재미없어서. 그럼 마코 누나는 꿈이 있어?"

맞은편 강 언덕을 바라보듯이 턱을 쓰윽 치켜들고 마코는 답했다.

―난 말이지, 멋진 신부가 되는 게 꿈……. 엇, 너 왜 웃어?

"아니, 유치원생도 아니고 무슨? 게다가 결혼은 누구나 하는 거잖아."

중학생이던 나에게 어른은 대부분 결혼하는 것이었다.

―그렇지 않아.

마코의 목소리는 어딘가 시무룩하게 들렸다.

―결혼하고 싶어도 못 하는 사람이 얼마나 많은데? 게다가 결혼한다고 꼭 행복해지는 것도 아니야. 그래서 나는 꼭 멋진 신부가 되고 싶어.

그 말의 이면에 뭔가 사연이 있다는 것은 중학생이던 나도 짐작할 수 있었다. 하지만 그게 과연 무엇인지, 그리고 이 자리에서 캐물어도 되는지, 적절한 판단을 내리기에는 너무도 인생 경험이 부족했다.

되도록 무난한 화제로 전환하는 척하면서 나는 전부터 마음에 걸렸던 것을 물어보았다.

"마코 누나, 혹시 남자 친구 있어?"

―어머, 그런 게 궁금했어? 너, 혹시 나를 점찍은 거야?

"아니야! 지금 그런 얘기를 하던 참이잖아."

인생에서 그때만큼 석양에 감사했던 적은 없다. 내가 얼굴을 붉힌 것을 아마 마코는 알아차리지 못했으리라.

―아, 언제쯤 결혼할지 궁금했어? 뭐, 아직은 모집 중이라고나 할까?

그렇게 말하고는 나를 지그시 바라보았다.

"뭐, 뭐야, 왜?"

―흐음, 아무래도 중학교 남학생을 사귈 수는 없겠다. 내 꿈이 이루어질 때까지 대체 몇 년을 기다려야 하는 거냐고. 응, 미안하지만 넌 안 되겠다.

"사귀자고 한 적도 없어!"

마코는 키득키득 웃었다. 은밀한 낙담을 감추려고 나는 부루퉁하게 토라진 얼굴을 했다.

가만히 있어도 땀이 날 만큼 더운 날씨였지만, 저녁나절 강변을 쓸고 가는 바람은 시원했다. 마코의 반소매 블라우스 밖으로 나온 두 팔이 노을에 빛났다.

"그러면 미용사는 원래 꿈이 아니었어?"

바람에 날리는 그녀의 머리칼을 바라보고 있으려니 문득 그런 의문이 떠올랐다.

마코는 두 손을 뒤로 짚고 몸을 젖혔다.

―글쎄, 꿈이긴 했지. 근데 이뤄져 버렸잖아.

"이뤄져 버렸다니, 그건 이뤄지지 않았으면 더 좋았다는 얘기처럼 들리잖아."

―아냐, 그건 아니고. 꿈이라는 게 이뤄지면 그 즉시 꿈이 아니게 되더라고.

"무슨 말이야?"

―그때부터는 현실이거든. 그걸 뭐라고 해야 할까. 엄청 맛있겠다 하고 기대했던 과일이 실제로 수확해 보니 먹을 부분은 너무 적고, 게다가 먹기 전에 두툼한 껍질을 고생고생하며 벗겨야 할 때의 느낌이랄까?

"뭔 소린지 모르겠네."

―언젠가 너도 이해할 날이 올 거야. 아참, 너,《겐지 이야기》(11세기 초 헤이안 시대 중기에 무라사키 시키부가 지은 장편소설. 주인공 히카루 겐지를 통해 사랑과 이별, 영광과 몰락, 정치적 욕망과 권력 투쟁 등 당대의 귀족 사회를 그려냈다. 총 54첩으로 구성되었으며, 70여 년의 시간을 배경으로 등장인물이 500명에 달하는 일본 고전문학의 최고 걸작이다.) 읽어본 적 있어?

얘기가 갑작스레 엉뚱한 곳으로 튀었다. 급전환에 머리가 어질어질했다.

"《겐지 이야기》? 제목은 많이 들어봤는데 읽어본 적은 없어."

─그렇다면 내가 좋은 거 알려줄게.

마코는 곁에 있던 자기 가방을 뒤적였다. 잠시 뒤에 문고본 한 권을 꺼냈다.

─내가 이 책, 진짜 좋아하거든. 벌써 몇 번째 읽었는지 몰라.

그녀는 문고본의 표지를 내게 보여주었다. 그것은 《겐지 이야기》를 현대어로 풀어쓴 책이었다. 여러 시리즈 중 한 권인지, 제목 아래 권수가 적혀 있었다.

─이 문고본은 《우지 10첩宇治十帖》이라고, 《겐지 이야기》의 끝부분을 수록한 것인데 마지막 권에 해당하는 제54첩의 제목이 〈몽부교夢浮橋〉야. 그러니까 총 54첩에 달하는 대작을 '꿈'이라는 이름이 붙은 작품으로 끝맺음을 한 거야.

"그렇구나……. 그럼 그 부분에 몽부교라는 이름의 다리가 나와?"

─아니, 그렇진 않고. 원래 《겐지 이야기》는 대부분의 제목이 작중에 등장하는 단어나 사건, 혹은 작중에서 읊은 시에서 따온 것이긴 해. 근데 이 〈몽부교〉는 '세상은 꿈속에 건너는 부교浮橋이런가, 건너가나니 고뇌가 끊일 새 없어'라는, 누가 지었는지 알지 못하는 옛 시에서 따온 것으로 알려져 있어.

이 세상은 마치 꿈속의 부교를 건너는 것과 같다, 건너

가면서 이래저래 고뇌하게 된다, 대략 그런 뜻이야, 라고 마코가 해설해 주었다.

"으응, 근데 좋은 거 알려준다는 게……."

―모르겠어?

"응."

책장을 넘기던 마코는 거기서 문고본 책을 탁 덮었다. 이쪽으로 던진 시선에는 희미하게 냉소가 담겨 있었다.

―꿈속에 걸린 부교를 건넌 순간에 이 대작 장편이 끝난다니까? 뭔가 달성한 순간, 그때부터는 더 이상 꿈을 꿀 수 없다는 세상 이치를 상징하는 거잖아.

2

해 뜨기 전에 잠이 깨서 나는 침대에 누운 채, 언젠가 마코와 나눈 그런 대화를 찬찬히 떠올렸다.

6월도 중순에 접어들었다. 월요일, 빗소리는 들리지 않았다. 조용한 아침이다. 이윽고 커튼 틈새로 햇빛이 꽂혀 들어서 나는 오늘 날씨가 쾌청하다는 것을 알았다.

잠을 제대로 못 잔 이유는 잘 알고 있다. 약속이 있었기 때문이다.

마코를 탈레랑에 데려간다는 약속, 마침내 그 약속을 실행하는 날이다.

그녀를 기쁘게 해주자는 마음 하나로 그런 약속을 했다. 하지만 나중에 차분히 생각해 보니, 아무래도 꼭 그것만은 아니었던 것 같다.

아마도 나는 마코를 미호시 씨에게 소개해 내 마음속의 약간 찔리는 구석을 정리하고 싶었던 게 아닐까. 미호시 씨 앞에서 마코 얘기를 꺼내기가 망설여진다, 혹은 미호시 씨에게 마코와 관련된 일을 들키는 게 두렵다는 아무짝에도 쓸모없는 감정을 해소하고 싶었던 게 아닐까.

설령 예전에는 동경하던 상대였어도 마코는 이제 결혼한 사람이다. 너무도 순진하고 덧없었던 중학생 시절의 연모가 새삼 되살아난 것도 아니다. 게다가 나는 미호시 씨를—함께 걸어온 모든 과거를 포함해—매우 소중한 사람이라고 생각한다. 그렇다면 양쪽 모두에게 굳이 뭔가를 감출 필요도 없고, 그런 느낌조차 없는 게 가장 좋다.

침대에서 몸을 일으켰다. 오늘도 더울 것 같은 예감이 들었다.

그날 오후, 약속 장소인 데마치야나기 역에서 마코를 만났다.

기타시라카와의 내 집에서도 가깝고, 마코도 게이한 전철 우지선 쪽이라서 교통편은 나쁘지 않다고 했다. 하지만 데마치야나기 역에서 탈레랑까지 도보로 가기에는 거리가 상당히 멀다. 같은 게이한 전철역이라면 진구마루타마치 역이나 산조 역에서 내리는 게 훨씬 더 가깝다.

그런데 왜 굳이 그 역에서 만나기로 약속했는가.

"모처럼 만나는데 그 커피점에 가기 전에 산책이라도 할까? 요즘 계속 일만 하고 제대로 운동을 못했거든."

간밤에 갑작스럽게 마코에게서 그런 전화가 왔던 것이다.

거절할 이유가 없었기 때문에 나는 마코의 제안에 따르기로 했다. 탈레랑에 가는 것만이 목적이라면 데마치야나기 역은 상당히 멀지만, 산책을 포함하는 것이라면 오히려 마침 적당하다. 최단으로 도보 삼십 분 거리니까 가벼운 운동으로는 충분할 것이다.

데마치야나기 역은 가모가와賀茂川 강과 다카노가와高野川강이 합류해 가모가와鴨川강이 되는 지점, 이른바 가모가와 델타의 동측에 있다. 지하는 게이한 전철, 지상은 에이잔 전철의 터미널이 들어선 교통의 요지인데 역 자체는 그리 크지 않아서 건물 안에 패스트푸드점과 비디오 대여점 등이 있는 정도다. 주변에도 음식점이 몇 군데 있지만 장사가 그다지 잘되는 분위기는 아니다.

나는 에이잔 전철 개표구 정면, 게이한 전철역에서 보면 7번 출구 쪽에서 마코를 기다렸다. 지하에서 계단을 타고 올라온 그녀는 나를 발견하자 걸음을 바꾸지 않은 채 살짝 손을 흔들었다.

"먼저 왔구나? 갑자기 산책하자고 해서 미안해."

"아뇨, 전혀."

시원해 보이는 하얀 모자에 얇은 회색 카디건, 안에는 흑백 가로줄무늬 티셔츠, 거기에 칠부바지와 남색 슬립온을 신었다. 활동하기 편한 캐주얼한 차림새이면서도 멋스러워서 패션 감각이 뛰어난 미용사 이미지를 배반하지 않았다. 손에는 어깨 폭쯤 되는 크기의 하얀 토트백을 들고 있었다.

"오늘 월요일이니까 미용실은 휴일이죠?"

마코는 가와바타 길을 횡단하려 했지만, 신호등이 방금 빨간색으로 바뀐 참이었다. 우리는 멈춰 서서 얘기를 시작했다.

"응, 그렇지."

"남편분은 일하시는 중이에요? 직업은?"

"……그런 걸 왜 물어보는데?"

그러잖아도 마코의 목소리는 11년 전 기억보다 약간 나지막했다. 그게 한층 더 낮아지는 바람에 나는 순간 등이 서늘해졌다.

"아뇨, 오늘 만나는 걸 남편분도 아시는가 해서……. 아내가 낯선 남자와 지나가는 걸 혹시 누군가 보기라도 하면 역시 기분이 좋지 않을 텐데요."

"으이그, 걱정도 많으셔."

그 말과 함께 마코는 자연스러운 웃음을 되찾았다.

"지나치게 신중한 그 성격, 반 친구들에게 말을 건네지 못해 고민하던 그때하고 똑같네."

"그렇게 얘기하시니 대꾸할 말도 없네요."

"괜찮아, 내 남편이 오늘 우리를 목격할 일은 절대 없으니까. 그보다 거리낄 거 하나도 없잖아, 당당하게 행동하자고."

신호가 초록색으로 바뀌었다. 나는 마코와 나란히 건널목을 건넜다.

아침의 예감이 적중해서 바짝 다가온 한여름을 떠올리게 하는 무더운 날씨였다. 얇다고는 해도 긴소매 카디건을 입은 마코를 배려해 줄 생각으로 나는 말했다.

"그 옷, 덥지 않아요?"

마코는 팔 윗부분을 잠깐 쓰다듬으면서 말했다.

"햇볕에 탈까 봐서."

분명 햇살은 쨍쨍하다. 강변길의 무성한 가로수도 볕을 충분하게는 막아주지 못했다.

가와바타 길을 남쪽으로 내려가 가모대교를 건너 가모가와강 서측으로 이동했다. 나는 앞서서 안내하는 마코에게 물었다.

"어디를 산책할 생각이에요?"

"잠깐 함께 가볼 데가 있어. 내가 《겐지 이야기》를 즐겨 읽었던 거, 기억해?"

"물론이죠. 근데 지금도?"

"응, 교토로 이사한 것도 그것과 무관하지 않아."

《겐지 이야기》는 헤이안 시대의 귀족 사회를 묘사한 것이라서 소설 무대는 그 당시의 수도였던 교토가 중심이다.

"교토교엔 근처에 로잔지라는 절이 있는데, 거기가 옛날 무라사키 시키부(헤이안 시대 중기의 궁중 여관이자 작가, 시인. 970~978년 사이에 태어나 1019년 이후 사망한 것으로 추정된다. 하급 귀족 출신이었으나 한학자인 부친의 영향으로 한문을 배우고 어려서부터 문재가 뛰어났다. 20대 후반, 남편과 사별한 현실을 잊고자 소설 《겐지 이야기》를 쓰기 시작했다. 좋은 평판을 얻어 왕후의 가정교사로서 궁에 들어가 1012년까지 봉직하고, 궁에서 귀한 종이를 후원받아 본격적인 집필이 가능했다고 한다. 교토시 기타구에 묘소가 남아 있다.)의 저택 자리야. 《겐지 이야기》의 유적지라고 해서 나도 여러 번 가봤어."

"나는 그런 게 있는 줄도 몰랐어요, 가본 적도 없고."

"겐지 정원이라는 곳이 유명하고, 지금 도라지꽃이 슬슬 피기 시작할 무렵이야. 네가 안내해 줄 커피점에서도 그리 멀지 않고, 기왕 나온 김에 구경하면 좋을 것 같아."

이마데가와 길을 서쪽으로 가다가 교토교엔과 가장 인접한 도로의 한 블록 앞, 데라마치 길을 왼편으로 꺾어 들었다. 곧바로 일방통행의 좁은 길로 바뀌지만, 전통 상가와 초등학교, 사찰 등을 마주한 길은 퇴색한 느낌이 없어서 산책에는 안성맞춤이다. 가와라마치 대로에서 잠깐 옆으로 빠지기만 해도 이런 조용하고 차분한 길이 나오는 게 재미있다.

남쪽으로 조금 걸어가자 저만치 왼편으로 로잔지가 보였다. 번듯한 산문 오른편에는 '천태원 정종 대본산'이라는 현판, 그리고 왼편에는 '《겐지 이야기》를 집필한 곳, 무라사키 시키부 집터'라고 적혀 있었다.

"대본산이에요? 유서 깊은 절인 모양이네요."

"응, 정식으로는 천태강 로잔지라고 해. 다른 장소에 있던 것을 도요토미 히데요시 시대에 오기마치 천황의 칙명에 따라 이곳으로 옮겼대. 원래 무라사키 시키부의 증조부 후지와라노 가네스케가 지은 저택인데, 시키부는 후지와라노 노부타카와의 결혼 생활을 포함해 평생의 대부분을 이 집에서 보낸 것으로 알려졌어."

역시나 해박하다. 내심 감탄하면서 나는 마코의 뒤를 따라 산문 안으로 들어갔다.

바로 정면에 고풍스러운 사당이 보였다. 앞쪽에 새전함이 있고 처마에서 길게 내려온 밧줄의 윗부분에는 금고—신사에서 떨렁떨렁 울리는 방울과 달리 사찰에서 쓰는 징 모양의 종이다—가 달려 있었다.

"여기가 본당이에요?"

내 질문에 마코는 고개를 저었다.

"아니, 여기는 간잔대사 사당이야. 천태종의 고승이라는 료겐, 즉 간잔대사를 모신 곳이지."

절을 올리고 오른편으로 들어갔다. 자갈이 깔린 참배 길을 조금 더 들어가자 왼편에 접수처가 있었다. 이쪽도 시대의 흐름이 느껴지는 옛날 건축이고 그 안쪽이 본당인 모양이다.

신을 벗고 올라가 접수처에 관람료를 냈다. 복도를 지나자 곧바로 툇마루였다. 흰 모래가 깔린 아름다운 정원이 펼쳐져 있었다.

"어때, 운치가 있지? 여기가 겐지 정원이야. 하염없이 바라보며 앉아 있을 수 있어."

어느새 마코는 툇마루에 자리를 잡았다. 나도 그 옆에 나란히 앉았다.

흰 모래의 바다에 군데군데 떠 있는 섬처럼 이끼가 무성했다. 한복판의 한층 더 큼직한 이끼 섬에서는 소나무가 자라고 그 옆에는 '무라사키 시키부 집터'라고 새겨진 비석도 보였다. 그리고 길게 자란 도라지꽃들이 이끼에 일부러 꽂아놓은 것처럼 꼿꼿하게 서 있었다.

"꽃이 아직 조금밖에 안 피었네요."

정원 풍경에 깊이 빠져들면서도 가장 먼저 튀어나온 건 그런 말이었다. 마코는 쓴웃음을 지었다.

"본격적인 꽃철은 7월이야. 너무 일찍 데려왔나?"

"아뇨, 그래도 꽃이 피긴 했으니까……. 아, 이쪽은 전시실이에요?"

실언에 초조해진 나는 뒤로 돌아서 활짝 열린 장지문 너머 다다미가 깔린 방으로 들어갔다. 그곳에는 겐지 이야기의 두루마리 그림이며 권별로 대합조개(헤이안 시대부터 전해 오는 전통 놀이. 두 짝의 조개 안쪽 면에 시화詩畵 등을 그려넣고 양쪽으로 갈라 제 짝을 찾아 맞추는 놀이.) 실물 그림 등 《겐지 이야기》와 관련된 다양한 자료가 전시되어 있었다.

정신없이 들여다보고 있으려니 마코도 옆으로 다가왔다.
"그 뒤에 《겐지 이야기》는 읽어봤어?"

그 뒤에, 라는 건 다시 말해 중학생 때부터 지금까지, 라는 의미일 것이다.

"아뇨, 부끄럽게도 아직……. 마코 씨를 못 만나면서부터 까맣게 잊어버렸네요."

마코는 전시된 물건들에 시선을 던졌지만 그다지 열의가 담긴 눈빛은 아니었다. 이미 많이 봤기 때문에 익숙해진 것이리라.

"지금이라도 꼭 읽어봐. 나는 특히 '우지 10첩'이 좋았어."
"그러고 보니 우지에서 산다고 했지요?"
"응, 너도 《겐지 이야기》를 다 읽고 나면 우지로 놀러 와. 함께 유적지 돌아보면 좋잖아."

나는 고개를 끄덕이면서도 이건 경솔하게 약속할 일이 아니라고 생각했다. 총 54첩에 달하는 대장편이 아닌가. 게다가 무대는 현대가 아니라 헤이안 시대의 귀족 사회다. 당대의 문화적 배경 등에 전혀 문외한인 데다 아무리 현대어 번역본이라도 모르는 단어가 수없이 많을 것이다. 평소에 독서하는 습관이 있는 것도 아닌데 갑작스럽게 내가 그런 대작을 독파할 수 있을까, 하는 불안감이 컸던 것이다.

"시간이 꽤 걸릴 것 같은데요."

"누구든 다 그래. 그만큼 긴 대작이니까. 하지만 천 리 길도 한 걸음부터라잖아."

한바탕 전시를 둘러보고 우리는 로잔지를 뒤로했다.

산문을 나선 참에 마코가 좌우를 둘러보며 말했다.

"커피점은 니조 길 쪽이랬지? 모처럼 나왔으니까 교토교엔 안을 지나서 갈까?"

정면으로는 교토 3대 명수名水 중 하나로 손꼽히는 '소메이' 우물이 있는 나시노키 신사가 보이고, 거기서 저만치 안쪽이 교토교엔이다.

"그러죠. 날씨도 좋고, 그야말로 상쾌한 산책이 되겠네요."

"여기서는 이시야쿠시고몬 쪽이 더 가까워. 약간 돌아가긴 하지만."

교토교엔에도 여러 개의 문이 있지만, 나는 각각의 이름 같은 건 알지 못했다. 마코를 따라서 왔던 길을 다시 돌아가는데 오른쪽으로 꺾어 드는 옆길에 작은 가게가 입간판을 내놓은 것이 보였다. 마코가 눈을 가늘게 뜨고 그 간판을 살펴보았다.

"뭐지, 저 가게는? 올 때는 못 봤는데?"

"어디 보자, 핸드메이드 액세서리 숍이라고 적혀 있는

데요?"

"와아, 나 그런 거 좋더라. 어때, 잠깐 들렀다 갈까?"

옆에서 신이 난 마코에게 나는 그러자고 응했다. 어쩐지 점점 더 데이트 같다고 생각하면서.

유리창이 달린 목제 문을 열었다.

"어서 오세요."

자그마한 몸집의 아주머니가 웃는 얼굴로 맞아주었다. 아담한 가게였다. 한가운데의 진열대와 벽에 붙은 선반에 수많은 수제 액세서리가 자리를 다투며 들어차 있다. 마코가 벽 쪽을 구경하길래 나는 조금 떨어져 진열대 위의 상품을 보았다.

액세서리는 기분 나면 착용할 때도 있지만 딱히 좋아하거나 내 취향이 있는 것도 아니다. 마코를 따라 그냥 구경이나 할 생각으로 어슬렁거리다가 문득 한 상품에 시선이 멎었다.

"이거, 진짜 커피 원두네?"

내가 집어 든 것은 두 개 한 쌍으로 판매되는 스트랩이었다. 로스팅한 짙은 갈색의 커피 원두를 한 알씩 반원의 투명수지로 감싼 것이다. 상품 패키지에는 '연애 부적'이라고 적혀 있었다.

"신상품이에요. 귀엽지요?"

내가 혼자 중얼거린 말을 들었는지 가게 아주머니가 설명해 주었다.

"손님 말대로 실제 커피 원두를 썼어요."

"왜 연애 부적이라는 이름이 붙었지요?"

"한 열매의 콩 두 개로 한 쌍의 스트랩을 만들었거든요. 커플이 하나씩 갖고, 둘이 하나의 열매를 맺기를, 이라는 기원을 담았어요."

커피 원두는 보통 커피 체리라는 붉은 열매 속에 두 개의 콩이 맞붙어 있다. 마주한 면이 납작해지기 때문에 일반적으로 커피콩을 평두, 즉 플랫 빈이라고 한다.

"그렇군요, 한 열매 안의 콩을……. 재미있네요."

"덕분에 꽤 인기가 있어요. 교토에 커피 좋아하는 분들이 많으니까."

"네, 유명한 커피점도 아주 많죠. 커피 원두에도 꽤 익숙할 거고……. 엇, 마코 씨?"

가게 주인과의 대화 도중에 무심코 뒤를 돌아보고 나는 깜짝 놀랐다.

마코가 이쪽을 멍하니 지켜보며 주르륵 눈물을 흘린 것이다.

"왜 그래요, 마코 씨!"

당황한 내 목소리에 마코는 퍼뜩 정신을 차린 기색이었다. 손끝으로 눈가를 훔쳤다.

"어머, 나 왜 울고 있지?"

"무슨 일이에요, 혹시 내가 뭔가 불쾌한 말을?"

"아냐, 그런 거 아니니까 신경 쓰지 마. ……죄송해요, 잠깐 화장실 좀 써도 될까요?"

마코가 가게 주인을 향해 말했다. 아주머니도 놀란 듯한 모습이었지만 이내 마코의 부탁에 응해주었다.

"화장실이 뒤편에 있는데⋯⋯. 자, 이쪽으로."

카운터를 지나 마코는 문 너머로 사라졌다. 혼자 돌아온 아주머니에게 나는 머리를 숙였다.

"죄송합니다, 폐를 끼쳐서."

"아이, 폐는 무슨, 괜찮아요."

"하지만 왜 울었지? 우리가 뭔가 울릴 만한 얘기를 했었나요?"

"⋯⋯실례지만 손님, 저 여자분과 연인이나 부부 사이예요?"

사적인 질문에 당황스러웠지만, 아주머니도 뭔가 짐작하는 게 있는 듯했다. 그런 사이로 보인 것도 이해할 만하다고 생각하면서 나는 손을 저었다.

"아니에요. 그냥 아는 사이라고 할까⋯⋯. 아, 결혼반지를 끼고 있지 않았나요?"

"왼손 약지에 반지는 없었어요."

나는 미처 알지도 못했다. 오늘은 반지를 빼고 왔나. 역시나 액세서리 가게의 주인이라서 눈도 빠르게 파악하고 있었다.

"결혼해서 남편이 있는 분이에요."

"아, 그렇구나. 아니, 혹시 연애 문제로 고민이 있나 했어요. 우리가 그런 얘기를 하고 있었잖아요."

듣고 보니 맞는 말이었다. 게다가 마코는 처음 재회한 날도 그렇고 오늘도 그렇고, 남편에 대한 화제는 애써 피하는 기색이었다. 어쩌면 부부 관계에 무슨 문제가 있는지도 모른다.

아무튼 이렇게 폐를 끼쳤는데 아이쇼핑만 해서는 미안하다. 나는 마코를 기다리는 동안에 커피 원두 스트랩을 샀다.

3

화장실에서 돌아왔을 때, 마코의 얼굴에 눈물 자국은 없었다. 화장도 고친 것 같았다.

"아, 뭐 샀어?"

그녀는 내가 손에 든 종이봉투를 가리키며 물었다.

"아까 그 커피 원두 스트랩을……."

"그 커피점의 바리스타에게 주려고?"

마코가 씨익 웃으면서 물었다. 나는 우물쭈물 말을 얼버무렸다.

"뭐, 그렇긴 한데……. 그건 어쨌든 됐고요, 그보다 마코 씨도 하나 사는 게 어때요? 좋은 일이 있을지도 모르잖아요."

설마 노골적으로 '남편과의 관계가 개선될지도'라는 말은 하지 못했다. 부부 관계가 좋지 않을 거라는 상상이 맞는지 어떤지도 아직 알지 못한다. 다만 연애 부적을 추천해 주면서 자연스럽게 그런 얘기를 끌어낼 수 있을지도 모른다고 생각했다.

하지만 안타깝게도 마코는 별반 관심을 보이지 않았다.

"난 됐어. 그딴 걸 건네다니, 말도 안 돼."

남의 가게 상품에 대해 '그딴 것'이라는 건 그리 바람직한 말투는 아니다. 어디선가 걸려 온 전화를 받느라 아주머니가 우리 대화를 듣지 못한 게 다행이었다.

가게를 나와 다시 산책에 나섰다. 이시야쿠시고몬까지는 채 오 분도 걸리지 않았다.

교토교엔을 둘러싼 돌담이며 나무들이 문득 한 곳에서 으슥해졌다. 차량의 진입을 막는 말뚝이 설치됐고, 그 건너편에 이시야쿠시고몬이 입을 벌리고 있다. 나무 기둥이 기와지붕을 떠받친 간소한 형태의 문이다. 뚝 끊긴 돌담과 문의 틈새도 역시 목제 철책이 메우고 있었다.

문 안으로 들어서자, 폭이 넓은 자갈길이 길게 이어졌다. 열 걸음쯤 걸어간 참에 등 뒤에서 마코가 불러 세웠다.

"아, 저기."

뒤를 돌아보았다. 여느 때 없이 심각한 마코의 표정이 눈에 들어왔다.

"내가 말이지……."

하지만 다음 순간, 생각지도 못한 일이 일어났다.

"꺄악!"

파열음과 함께 뭔지 모를 물방울이 튀었다. 쪼그라든 고무가 땅바닥에 풀썩 떨어졌다.

"뭐, 뭐야, 이거!"

"엇, 마코 씨! 괜찮아요?"

마코의 모자와 옷이 흠뻑 젖어 있었다. 그걸로 어떻게 된 것인지 이해했다.

그녀의 머리 위에서 물풍선이 떨어진 것이다. 그것도 한 개가 아니라 여러 개의 잔해가 땅바닥에 떨어져 있었다. 그 공격을 그대로 받은 그녀는 흠뻑 젖어버렸다.

급히 주위를 둘러봤지만 아무도 없었다. 근처 나무 위에서 던진 모양인데 나무 위에 올라간 사람도 눈에 띄지 않았다.

"무, 물이에요?"

가방에서 손수건을 꺼내 급히 닦아내는 마코에게 나는 머뭇머뭇 물었다.

"그런가 봐. 이상한 냄새도 없고, 시간이 지나면 마를 것 같긴 한데……."

최악이야, 라는 중얼거림에 그녀의 감정이 응축되어 있었다.

"대체 누가 이런 짓을……. 장난일까요?"

"나도 모르지만, 아무튼 악질적인 장난이네."

마코는 발걸음을 돌렸다. 어디로 가는지, 내가 묻기 전에 알려주었다.

"춥진 않지만, 이대로는 기분 나빠. 옷 좀 갈아입어도 될까? 저기 가와라마치 길 쪽에 옷 가게가 있어."

"그래요, 어서 가요."

걸어서 오 분쯤의 거리에 정말 옷 가게가 있었다. 주 손님층은 마코보다 나이 많은 쪽인 것 같았지만, 마코는 그런 상품 중에서도 자신에게 어울릴 만한 상의 몇 벌을 골라 탈의실로 들어갔다. 흠뻑 젖은 마코를 보고 놀란 가게 주인이 내게 말을 걸어왔다.

"웬일이야, 쟤는?"

지나치게 허물없는 말투였지만 그리 불쾌하게 느껴지지 않을 만큼 친밀감 있는 중년 여성이었다.

"둘이 산책하는데 교토교엔에서 이시야쿠시고몬을 지난 참에 머리 위에서 물풍선이 떨어졌어요."

그러자 가게 주인은 의미심장하게 말했다.

"엇, 사루가쓰지의 그 길?"

"뭔가 아시는 거예요?"

나도 모르게 몸을 들이밀며 물었다. 가게 주인은 입을 삐뚜름하게 틀었다.

"그거, 몰랐어? 요즘 좀 시끄러웠잖아."

자세히 얘기해 달라고 부탁했다.

사루가쓰지는 교토교엔 안에 자리한 교토고쇼의 북동쪽

모퉁이 귀문鬼門, 즉 축인 방향에 담장이 안으로 쑥 들어간 부분을 말한다. 처마 밑에 목조 원숭이 장식이 있는데 옛날부터 이 원숭이가 밤이면 밤마다 빠져나와 행인에게 못된 장난을 치는 바람에 철망을 쳐서 가둬두었다는 민담이 있다.

"근데 요즘 또다시 밤에 사루가쓰지 근처를 지나다가 물풍선 세례를 받았다는 사람이 줄을 잇고 있어. 신문에도 실리고 인터넷 뉴스에도 올랐을 정도야."

"설마 그런 일이……."

나는 전혀 알지 못했다.

"장소가 장소인 데다 밤중에 그런 장난을 치다니, 사루가쓰지 민담과 똑같잖아. 분명 그 원숭이 짓이 틀림없다고 소문이 쫙 퍼졌지 뭐야. 개중에는 원숭이 울음소리를 들었다는 사람까지 있다니까. 하긴 그런 민담을 아는 사람이 재미 삼아 지어낸 얘기겠지. 아니, 근데 이제는 아예 대낮에 당당하게 장난을 치는 모양이네?"

"경계를 강화한다든가, 그런 조치는 없었습니까?"

"에이, 장난이라야 물 좀 묻는 것뿐이잖아. 여름철이라서 젖었다고 어디가 아픈 것도 아니고, 다들 별일 아니라고 생각할걸."

탈의실 커튼이 열리고 옷을 갈아입은 마코가 모습을 드러냈다. 프린트 티셔츠에 흰색 긴소매 셔츠를 걸쳐 입었다.

"어때, 어울려?"

이런 때도 겉모습에 신경이 쓰이는 모양이다. 아주 잘 어울린다고 나는 대답했다. 진심에서 나온 말이었다.

주인이 건네준 봉투에 젖은 옷을 챙겨 넣고 옷 가게를 나왔다. 해는 기울어 가는데 날씨는 여전히 무더웠다. 다시금 마코는 긴소매였다. 모자는 안쪽까지 젖지 않았는지 그대로 쓰고 있었다.

'역시 여자들은 햇볕에 타는 게 질색인 모양이죠?'

나도 모르게 그런 질문을 하고 싶었다. 그녀는 예전에는 한여름 뙤약볕 아래서도 태연히 맨살을 드러내곤 했었다. 참 많이 변했구나, 하는 실감이 들었던 것이다.

내 마음속을 눈치챘는지 그녀는 자신의 팔을 비비며 말했다.

"어릴 때보다 피부가 약해진 거 같아. 햇볕을 오래 쬐면 빨개진다니까."

"그래요? 체질이란 변하는 거네요."

"그러게 말이야. 하지만 아직 모르는 모양인데, 넌 이제 겨우 그때의 내 나이가 됐어."

"정확하게는 지금의 내가 세 살 더 많은데요."

"그게 그거지. 부럽다, 아직 한창 젊잖아."

마코 씨도 아직 한참 젊어요. 나는 진심으로 그렇게 생각했지만 어쩐지 입 밖에 내기가 망설여졌다.

"그나저나 아까 그 물풍선 말인데요, 적당한 곳에 신고

해 볼까요? 경찰서라든가."

혹시나 해서 확인했지만, 마코는 일소에 부쳤다.

"아냐, 그렇게까지 할 거 없어. 화는 나지만 좀 젖은 것뿐인데 뭘. 그보다 커피나 마시러 가자."

예상했던 대답을 듣고 나는 앞장서 가와라마치 길을 남쪽으로 안내하기 시작했다.

삼십여 분, 천천히 걸음을 옮기자 저 앞으로 탈레랑이 보이기 시작했다. 두 채의 가옥 처마가 만들어낸 터널을 지나갈 때, 마코가 비밀 기지 같다고 표현한 것이 재밌었다. 소설을 좋아하는 마코다운 발상이었다.

묵직한 문을 열자 딸랑 하고 종소리가 울렸다. 카운터 안쪽에 있던 미호시 씨가 얼굴을 들었다.

"어서 오세요."

"네에. 이쪽은 내 친구 고지마 마코 씨예요."

"아, 잠깐, 이제 간자키라니까."

"아참, 그렇지."

뒷머리를 긁적였다. 마코는 웃고 있었다.

"그리고 이쪽은 여기 커피점 탈레랑의 바리스타 기리마 미호시 씨예요."

"처음 뵙겠습니다."

카운터에서 나온 미호시가 꾸벅 인사했다.

"아름다울 미美에 별 성星을 쓰는 미호시 씨? 멋진 이름이네."

"고맙습니다. 자, 이쪽 자리에 앉으세요."

미호시 씨의 안내로 우리는 창가 테이블 자리에 앉았다. 에어컨이 켜진 가게 안은 마침맞게 시원했다. 마코는 모자와 가방, 종이봉투를 한데 모아 옆의 의자에 내려놓았다.

항상 하던 대로 커피 두 잔을 주문하자 미호시 씨는 카운터 안으로 돌아갔다. 자리를 바꾸듯이 모카와 영감님이 끄덕끄덕 다가왔다.

"나는 모카와 마타지라고 하외다. 이 가게의 주인이올시다. 앞으로 만나면 아는 체해주시오."

마코에게 악수를 청하는 그의 어깨 위에서 샤를이 야옹 하고 울었다.

"이렇게 일부러 나와 주시고, 고맙습니다."

곤혹스러워하면서 악수에 응하는 마코를 나는 턱을 괸 채 바라보았다.

공정한 시선인지 어떤지는 모르겠지만, 마코는 미인이라고 해도 과히 틀린 말이 아닌 얼굴이다. 아름다운 여성을 좋아하는 모카와 영감님이 가만히 있을 리가 없다. 지금도 악수를 청하는 척하면서 마코 씨의 손을 잡아보려는 것이다.

어이없어하고 있으려니 마코의 손을 놓은 모카와 씨가 내게 얼굴을 바짝 댔다. 그리고 손을 둥글게 말아 귀엣말을 속닥거렸다.

"우리 어린애 같은 바리스타에게 질려서 드디어 연상의 누님으로 갈아탄 게야?"

"무, 무슨 말씀을, 아니에요!"

반사적으로 큰 소리를 내고 말았다. 마코는 흠칫 놀랐고, 미호시 씨는 핸드밀에 원두를 넣던 손을 멈췄다.

얼굴이 달아올랐다. 손을 홰홰 내두르며 멀어져 가는 모카와 영감님이 얄미웠다. 여전히 어깨에 올라탄 채 니야옹 울고 있는 샤를까지 얄미웠다. 전혀 엉뚱한 화풀이지만.

의아한 듯 마코가 내 얼굴을 들여다보았다.

"왜 그래, 저분이 무슨 말을 했어?"

"아뇨, 별거 아니에요. 그보다 왜 그런 생각을 했는데요?"

"왜냐니, 네가 큰 소리를 냈으니까 그렇지."

"큰 소리 낸 적 없어요. 하하하, 이상하시네."

"아니, 큰 소리를 냈는데……."

"아참, 그렇지! 미호시 씨, 조금 전에 우리가 묘한 사건에 휘말렸다니까요."

그 일에 관해 더 이상 추궁당하고 싶지 않아서 나는 우격다짐으로 화제를 바꿨다. 아니, 그보다 대화 상대 자체를 바꿔버렸다.

"사건이라고요?"

그 즉시 미호시 씨의 눈빛이 달라졌다. 마침 드르륵 원두를 갈기 시작한 참이다.

나는 오늘 이곳에 오기까지의 과정을 그녀에게 들려주었다. 총명한 두뇌의 소유자이며 수수께끼 풀이 능력이 대단한 미호시 씨지만 오늘만은 사건을 쉽게 해결하지 못할 것이다. 사루가쓰지의 장난은 오랜 옛날부터 계속된 것인데 어떻게 그 범인을 알아맞힐 수 있을까. 나는 커피를 내리는 잠시간을 때운다는 생각으로 단지 사실만을 그녀에게 전했다.

미호시 씨는 두 번쯤 반응을 보였다. 첫 번째는 수제 액세서리 가게 얘기를 했을 때였다.

"아, 그 가게라면 나도 가봤어요."

"알고 있었어요? 하긴 여기서도 가깝네요."

"네, 산책 중에 발견한 뒤로 몇 번 들렀거든요."

미호시 씨는 탈레랑에서 도보로 채 십 분도 안 걸리는 곳에서 살고 있다. 교토교엔 주위라면 그녀에게는 최상의 산책 코스일 것이다.

"하지만 화장실을 빌려주는 줄은 몰랐네요. 주차장을 개조해 가게로 만들었다는 얘기를 주인아주머니에게서 들은 적이 있는데."

아무래도 마코가 눈물을 흘렸다는 것까지는 미호시 씨에게 말하지 못했다. 시간 순서대로 사건을 따라가는 중에 단순히 마코가 화장실에 갔다는 것만 말했을 뿐이다.

또 한 번의 반응은 얘기가 끝난 직후였다.

"사루가쓰지의 장난 얘기는 알고 있죠. 분명 최근에도 그런 소문이 돌았어요."

그렇게 말한 뒤에 미호시 씨는 마코 옆의 의자에 놓인 종이봉투로 시선을 던졌다.

"그럼 저 그 봉투 안에 젖은 옷이?"

맞아요, 라고 마코가 답했다.

"괜찮으시면 잠깐 널어둘까요? 아직 해도 있고 기온이 높아서 금세 마를 거예요."

"아, 그렇게 좀 해줄래요?"

미호시 씨는 가게 안쪽에서 옷걸이 몇 개를 꺼내왔다. 마코에게서 종이봉투를 받아 들고 가게 밖으로 나갔다. 금세 옷걸이에 끼워 처마 끝에 내걸고 돌아왔다.

"고마워요."

인사를 건네는 마코에게 미호시 씨는 미소로 답하고, 이런 질문을 던졌다.

"그나저나 오늘 무척 덥네요. 원두는 다 갈았지만, 정말 뜨거운 커피로 괜찮으시겠어요?"

"여기 커피가 탈레랑 백작의 격언을 재현한 맛이라고 들었거든요."

"아, 나한테 탈레랑의 격언을 알려준 사람이 바로 마코 씨예요."

"그러셨군요. 자, 이제 몇 분이면 다 내려질 테니까 죄송죄송하지만 아오야마 씨, 커피 나르는 것 좀 잠깐 도와주실래요?"

어라, 하고 생각했다. 커피 단 두 잔을 혼자 내오지 못할 리가 없다.

분명 뭔가 있는 것이다. 나는 그녀가 하라는 대로 자리에서 일어섰다.

미호시 씨는 갈아낸 원두 가루를 융 필터에 넣고 전용 주전자로 뜨거운 물을 부어 뜸을 들였다. 가루가 가스를 내며 팽창하는 것을 지켜보며 티 나지 않게 내게 귀엣말했다.

"……."

"헉!"

그녀의 말에 충격을 받은 나는 마코 쪽을 흘끗 쳐다보았다. 마코는 멍하니 창밖을 보고 있어서 이쪽의 대화에 주의를 기울이는 기척은 없었다.

아니나 다를까, 커피를 나른다는 건 구실이었다. 나는 일단 창가 테이블로 돌아가 자리에 앉으면서 마코에게 물었다.

"긴소매 셔츠, 여전히 입고 있네요?"

마코가 숨을 헉 삼키는 게 보였다. 두 팔을 쓰다듬었다.

"응? 그게 왜?"

"아뇨, 이제는 햇볕 걱정은 할 필요가 없는 거 같아서요."

"에어컨이 있어서 덥지 않아."

"하지만 곧 뜨거운 커피를 마시잖아요. 좀 더울 텐데."

"……."

"아니면 그 셔츠, 혹시 벗지 못할 이유라도 있습니까?"

잔혹한 질문이라는 건 나도 알고 있었다. 하지만 미호시 씨가 몰래 귀띔해 준 것을 확인하지 않고서는 견딜 수 없다. 마코가 난처한 상황에 빠졌다면 어떻게든 도와주고 싶었기 때문이다.

마코는 고개를 툭 떨구었다. 아직도 두 팔을 비비고 있었다.

"바리스타가 눈치를 챘구나? 총명한 사람이라더니, 역시."

미호시 씨는 말없이 마코를 응시하고 있었다.

"이 옷, 벗고 싶지 않아. 멍이 있어서. 그 사람한테 좀……."

가정 폭력인가. 그 무겁고 괴로운 현실에 나 또한 고개를 떨궈버렸다.

미호시 씨가 파악한 대로였다. 그녀는 마코가 계속 긴소매 옷을 벗지 않고, 조금 전에 널어둔 옷도 긴소매인 걸 보고 즉각 그런 가능성을 떠올렸다. 마코가 예전과는 다르게 햇볕에 탈까 봐 유난히 걱정해서 나도 뭔가 위화감을 느꼈는데, 역시 피부가 약해졌다는 그녀의 설명은 거짓이었다.

부부 사이가 좋지 않다는 건 마코의 지금까지의 태도를 통해서도 짐작할 수 있었다. 그녀는 연애 부적 얘기를 듣자마자 눈물을 주르륵 흘렸다. 오늘 나를 만나러 오면서 결혼반지를 빼고 온 것도 분명 평소의 암울한 마음을 다 잊고 오늘만은 즐기고 싶은 마음의 표현이었던 것이리라.

"대체 왜 그런 짓을?"

나는 신음하듯이 물었다. 내가 얘기를 꺼냈으면서도 고통스러운 기색의 마코를 바라보기가 괴로웠다.

"그 사람, 나 말고 딴 여자가 있어. 그 일로 매번 싸움이 나고……. 불끈하면 손이 먼저 올라가는 거 같아. 나도 되도록 잔소리를 안 하려고 조심하는데 도저히 참을 수 없을 때가 있어서……."

마코는 슬픈 얼굴로 말했다. 견딜 수 없어서 나는 가슴을 쳤다.

"내가 뭔가 도와줄 거 없어요?"

"도와준다……."

마코는 멀거니 입을 헤벌리고 있었다.

"내가 도울 만한 일이 없느냐고요. 아니, 지금 이대로는 너무 힘들잖아요."

"도울 만한 일……. 너의 호의에 기대서 말한다면, 당장 피난처가 필요하다는 거? 그 사람이 화를 내며 마구 날뛰면 집에 있기가 힘들 때가 있어."

"그럼 그런 때는 꼭 연락해요. 우리 집이라도 괜찮다면 오셔도 되니까."

"응, 고마워."

마코가 짓는 미소가 가슴 아팠다. 나는 분노에 휩싸여 나도 모르게 주제넘은 말을 내뱉었다.

"헤어지는 게 좋지 않아요? 아직 아이도 없잖아요."

하지만 마코는 고개를 가로저었다.

"그렇게 간단히 헤어질 수 있는 게 아니야, 너는 잘 모르겠지만."

물론 나는 결혼 경험이 없다. 잘 모른다는 말에 더 이상 어떻게 해볼 도리가 없었다.

달칵 소리를 내며 눈앞에 잔이 놓였다. 어느새 미호시 씨가 커피를 내온 것이다.

마코가 "고마워요"라고 말하고 잔에 손을 내밀려고 했다. 그때였다.

"마코 씨, 아마 무척 힘든 상황일 거라고 생각합니다."

그 말대로 목소리에 위로와 동정의 여운이 감도는 것이 느껴졌다.

나는 얼굴을 들었다. 미호시 씨는 딱딱한 표정을 짓고 있었다.

"하지만 도저히 그냥 넘어갈 수 없군요. 아오야마 씨의 착한 성품을 빌미로 이렇게 거짓말을 하시면 안 되죠."

"……미호시 씨!"

나도 모르게 외쳤지만, 미호시 씨는 지그시 마코를 노려본 채 내 말에는 아무 반응도 보이지 않았다. 대답 없이 바짝 굳어 있는 마코에게 그녀는 말했다.

"물풍선을 던진 건 마코 씨 본인이었지요?"

4

"갑자기 그게 무슨 말이에요!"

문득 깨닫고 보니 나는 자리에서 벌떡 일어나 있었다.

"마코 씨의 팔에 상처가 있을 거라고 알려준 건 미호시 씨잖아요."

하지만 미호시 씨는 냉정하게 나를 타일렀다.

"사루가쓰지의 장난이 요즘 화제라는 건 이미 들으셨지요? 그건 분명 사루가쓰지 민담에 바탕을 둔 장난이에요. 그렇다면 한밤중도 아니고, 이런 백주에 그럴 리는 없잖아요? 즉, 오늘의 그 일은 그 장난을 모방한 다른 사람의 짓이라고 할 수 있어요."

"그건 억측이죠." 나는 정면으로 반박에 들어갔다. "설령 다른 사람 짓이라고 해도 그게 어떻게 마코 씨의 자작극이라는 얘기가 되죠? 굳이 그런 이상한 짓을 할 이유가 없잖아요."

"내가 조금 전에 밖에 걸어둔 마코 씨의 옷은 긴소매 카디건이었어요. 벗으려고 마음만 먹으면 언제든 벗을 수 있었어요. 만일 팔의 상처를 가릴 목적이라면 긴소매 티셔츠처럼 벗지 않는 게 더 자연스러운 옷을 입는 게 나았겠죠."

"그건 단순히 패션의 문제 아닌가요?"

"아뇨, 게다가 지금 마코 씨가 입은 옷도 티셔츠에 긴소매 흰색 셔츠예요. 이것도 언제든 벗어도 되는 것이죠. 마코 씨는 의도적으로 그런 옷을 고른 게 아닐까요?"

한여름을 떠올리게 하는 날씨. 햇볕을 가리기 위해서라지만 아무래도 더워 보이는 긴소매 카디건. 그리고 뜨거운 커피를 마신다는 것. 그런 모든 조건을 만들어서 계속 겉옷을 벗지 않는 것에 모두가 의문을 품을 수밖에 없도록 마코가 유도한 것이다, 라고 미호시 씨는 설명했다.

"하지만 단순히 긴소매 옷뿐이었다면 그냥 더워 보인다고 생각하고 더 이상의 의문은 품지 않겠지요."

"실제로 나도 마코 씨를 만나자마자 덥지 않으냐고 물었고……. 햇볕에 탈까 봐서, 라는 대답을 듣고 별생각 없이 받아들였어요."

"그러시겠죠. 마코 씨의 계획대로 일을 끌고 가려면 한사코 긴소매 옷을 벗지 않는 부자연스러움을 다시 한 단계 강조할 필요가 있었어요. 그래서 벌린 일이 소문난 사루가쓰지 장난의 모방이었던 거예요."

마코는 입술을 깨물고 있었다. 반론은 없었다.

"한마디로, 옷이 흠뻑 젖어서 일단 갈아입어야 하는 상황을 연출하면 성공이에요. 다양한 방법을 궁리하던 끝에 마코 씨는 사루가쓰지의 장난을 선택했겠지요."

"아, 잠깐만요. 마코 씨의 머리 위로 물풍선이 떨어지는 걸 내 눈으로 직접 봤어요. 그걸 어떻게 마코 씨 본인이 할 수 있다는······."

"그냥 위로 던진 거예요."

미호시 씨가 너무도 분명하게 단정하는 바람에 나는 두 팔을 펼치며 항의했다.

"내가 돌아봤을 때, 마코 씨의 얼굴은 내 쪽을 향하고 있었어요. 물풍선을 올려다보며 낙하지점을 맞춘 것이라면 또 모르지만, 확실하게 자신의 머리 위에 떨어지게 위로 던진다는 건 어려워요. 정확히 머리 위에서 터지지 않으면 결국 옷을 갈아입을 일도 없을 거잖아요?"

"물풍선의 잔해가 여러 개 떨어져 있었다고 했지요?"

"그게 왜요? 한 번에 세 개쯤 한꺼번에 던지면 그중 한 개는 맞을 거라는 얘기는 아니죠, 설마?"

"그건 아니에요. 하지만 아오야마 씨가 그 물풍선 모두가 떨어지는 순간을 틀림없이 보셨는지 묻고 싶군요."

말문이 턱 막혔다. 분명 나는 떨어지는 물풍선을 내 눈으로 봤다. 하지만 전부 다 봤다는 확신은 없었다. 뒤돌아봤을 때 이미 땅바닥에 여러 개의 풍선이 떨어져 있었던 것이다.

"옷이 젖는 데는 물풍선 한 개면 충분해요. 마코 씨는 아오야마 씨를 앞서가게 한 다음, 재빨리 갖고 있던 물풍선 한 개를 터트려 자기 옷에 끼얹고, 그 뒤에 남은 물풍선을 위로 던지면서 아오야마 씨를 불렀어요. 곧장 위로 던져서 그 물풍선이 몸에 맞았을 수도 있고, 실제로 그렇게 됐는지도 모르죠. 하지만 굳이 맞지 않아도 상관없었어요. 남은 물풍선을 위로 던진 시점에 이미 마코 씨의 옷은 젖어 있었으니까."

내가 돌아봤을 때 마코의 옷이 젖었는지 어땠는지, 그것까지는 생각나지 않았다. 무엇보다 단 한순간의 일이었다. 설령 마코의 옷이 이미 젖어 있는 걸 봤더라도 내가 보기 전에 벌써 물풍선에 정통으로 맞았다고 착각했을 것이다.

"아니, 부르는 소리에 내가 즉각 돌아봤기 때문에 떨어지는 순간의 물풍선을 목격했어요. 만일 일 초라도 반응이 늦었다면 그걸 못 보고 놓쳤겠죠."

"그러니까 마코 씨에게는 다행스럽게도 우연히 그렇게 된 것뿐이지 반드시 낙하 순간을 목격하도록 할 필요는 없었어요. 아오야마 씨가 돌아봤을 때, 옷이 흠뻑 젖은 마코 씨가 있었고 발밑에는 물풍선의 잔해가 떨어져 있었다, 마코 씨는 '물풍선이 떨어졌다'라고 얘기한다……. 아오야마 씨가 과연 그걸 의심했을까요?"

대답할 수 없었다. 전혀 의심했을 리 없다는 건 누구보다 내가 잘 알고 있다.

"그, 그러면…… 물풍선을 그때까지 어디에 어떻게 감춰둘 수 있죠?"

"물론 토트백에 넣어뒀겠지요. 얼핏 보기에도 물풍선이 최소한 세 개는 들어갈 것 같은데요?"

"설마 집에서부터 가져왔다고요? 그러다가 터지면 가방

속의 물건들이 흥건하게 젖을 수도 있는데?"

하지만 그 반론에도 미호시 씨는 대답을 준비해 두고 있었다.

"그래서 액세서리 가게에서 화장실에 다녀온 거예요."

"미호시 씨, 그건 너무 비약이 심하죠. 마코 씨는 그때 눈물을 흘렸어요. 그 눈물도 이 계획을 위한 연기였다는 거예요?"

"······눈물?"

미호시 씨가 당혹스러워한 것도 당연하다. 조금 전에 나는 마코가 화장실에 간 것은 울었기 때문이라는 사실 자체를 밝히지 않았다. 하지만 미호시 씨는 당혹스러워하면서도 자신의 설을 철회하려 하지 않았다.

"마코 씨가 왜 눈물을 흘렸는지, 그건 잘 모르겠군요. 하지만 그게 연기였는지 어떤지는 관계가 없습니다. 울지 않았다고 화장실을 빌려주지 않는 일은 없을 테니까요."

"그야 그렇지만······."

"물풍선을 토트백에 넣고 다니기는 어렵죠. 그래서 마코 씨는 사루가쓰지와 최대한 가까운 곳에서 풍선에 물을 넣으려고 했고, 마침 딱 좋았던 곳이 그 액세서리 가게였어요. 아마 마코 씨는 이전에도 그 가게에 드나든 적이 있었겠지요. 그래서 겉에서 보면 화장실이 없을 것 같은 그 가게에서도 말만 하면 빌릴 수 있다는 걸 알고 있었어요."

"가게 아주머니는 마코 씨가 이전에도 왔던 손님이라는

말은 안 했는데요?"

"그건 섣부르게 밝힐 일이 아니죠. 나라도 그런 말은 안 할 거예요. 같이 온 손님도 있는데 갑작스레 이 가게에 자주 오셨지요, 라고 할까요?"

지당한 말이다. 나는 뺨을 긁적였다.

듣고 보니 마코는 그때 가게 주인을 향해 "화장실 좀 써도 될까요?"라고 했었다. 만일 나였다면 우선 "화장실이 있어요?"라고 확인하거나 최소한 "화장실 쓸 수 있어요?"라고 물었을 것이다. 작은 뉘앙스 차이지만, "써도 될까요?"라는 말은 쓸 수 있다는 걸 전제로 하고 물어본 것이다.

"또 한 가지, 마코 씨가 명백히 거짓말을 한 게 있어요."

은쟁반을 가슴에 안은 채 미호시 씨는 쐐기를 박으려 하고 있었다.

"교토교엔에는 출입구가 여러 군데지만, 로잔지에서 가장 가까운 출입구는 이시야쿠시고몬이 아니라 세이와인고몬이에요. 즉 굳이 되돌아갈 필요 없이 세이와인고몬을 통해 나왔다면 사루가쓰지 근처에 갈 일도 없었어요."

설명을 들어보니, 세이와인고몬은 로잔지에서 데라마치 길을 200미터쯤 남하한 곳에 있었다. 그게 사실이라면 이시야쿠시고몬보다 훨씬 가깝다.

"하지만 그걸 몰랐을 수도 있잖아요."

"로잔지에 여러 번 드나든 마코 씨가 바로 옆의 세이와인고몬을, 정식 이름까지는 모를 수도 있지만, 그 존재 자체를 몰랐다는 건 아무래도 말이 안 되지요. 더구나 이시야쿠시고몬은 정식 명칭을 다 알고 있었잖아요."

세이와인고몬을 통해 오미야고쇼 담장을 따라 곧장 가면 교토고쇼의 남동쪽 모퉁이로 나선다. 거기서 남쪽으로 나가 탈레랑으로 향하면 교토교엔의 북측 반절을 거치지 않는 셈이라서 만일 교토교엔 전부를 산책하고 싶었던 것 때문이라면 이시야쿠시고몬까지 되돌아간 것도 이해가 된다. 하지만 마코는 그런 얘기는 한마디도 하지 않았다.

"……속였다, 거짓말이다, 라고 하는데 그렇다면 미호시 씨도 마찬가지예요. 마코 씨가 남에게 내보이고 싶지 않은 상처를 옷으로 가렸다고 나한테 귀띔한 사람은 미호시 씨니까요."

어떤 논리로도 마코 편을 들어주기 어렵게 되자 나도 모르게 미호시 씨를 비판하고 있었다. 이건 분명 무의미한 짓이고, 최소한 이 시점에 할 일은 아니었다.

미호시 씨가 눈에 띄게 의기소침해졌다.

"미안합니다. 마코 씨가 왜 그렇게까지 아오야마 씨의 동정을 사려고 했는지, 그 이유가 궁금했어요. 옷을 벗지 않은 이유를 어떻게 설명하는지, 얘기를 들어보면 마코 씨의 의도도 짐작할 것 같아서 그만."

그 말에 나도 조금쯤 냉정을 되찾을 수 있었다.

내가 아는 미호시 씨는 숨겨진 진의를 폭로하는 능력이 뛰어나지만, 한편으로 상대에 대한 배려도 잊지 않는 사람이다. 오늘도 마찬가지다. 꼭 필요한 일이 아니었다면 마코와 얼굴을 마주한 채 나를 속였다고 규탄하지는 않았을 것이다.

"결과적으로 마코 씨는 가정 폭력을 호소해 아오야마 씨 집으로 피신해도 된다는 결과를 얻었지만, 그 이상의 뭔가를 요구하는 몸짓은 보이지 않았어요. 그렇다면 이건 '왜 아오야마 씨의 동정을 사려고 했는가'라기보다 '아오야마 씨의 동정을 사는 것 자체'가 목적이었다라고 보는 게 맞겠지요."

미호시 씨는 거기서 말을 끊었지만, 그녀가 하려는 말은 충분히 짐작이 갔다. 한마디로, 마코는 남편과의 불화를 등에 업고 나와 더욱더 친밀해지려 했다는 것이다. 그것이 과연 연애 감정 같은 것 때문인지 아니면 이해타산에 따른 것인지, 그것까지는 판단이 되지 않지만.

"……마코 씨."

미호시 씨는 은쟁반을 테이블에 내려놓고 거기에 두 팔을 짚으며 마코 쪽으로 몸을 기울였다.

"아오야마 씨에게 뭘 원하시는지는 잘 모르겠어요. 그리고 그 계획으로 아오야마 씨에게 어떤 변화가 생기든 나는 그것을 막을 힘도 권리도 없습니다. 그 대신 나한테도 발언할 자유라는 건 있겠지요. 그러니 얘기는 하게 해주세요."

아마도 미호시 씨는 단단히 화가 났던 것이리라. 딱하다는 표정과 동시에 어떤 결의까지 내비치는 그 태도가 내 눈에는 매우 신랄한 것으로 보였다.

"마코 씨는 그의 동정을 사려고 굳이 그런 일까지 꾸밀 필요는 없었어요. 그냥 평범하게 털어놓기만 했어도 충분했을 거예요. 아오야마 씨는 착한 분이니까요."

미호시 씨의 얘기가 시작된 뒤로 마코는 내내 꼼짝하지 않고 고개를 숙인 채 침묵하고 있었다. 마침내 얼굴을 들었을 때, 나는 과연 어떻게 될지 바짝 긴장했지만, 그녀의 입에서 흘러나온 목소리는 지극히 온화했다.

"미호시 씨 얘기는 이 친구에게서 많이 들었어요. 아주 총명한 분이라고. 그래서 내가 긴소매 옷을 벗지 않는 것에 틀림없이 위화감을 느낄 거라고 예상했죠. 그런 뒤에 내가 직접 비밀을 털어놓으면 아오야마 군이 어떤 판단을 내리든 분명 참견은 못 했겠지요. 두 사람이 나름대로 깊은 관계라는 건 그가 하는 말 틈틈이 다 보였으니까."

그 말에는 나도 깜짝 놀랐다. 그렇다면 마코는 처음부터 내가 아니라 미호시 씨가 눈치챌 수 있게 하려고 오늘 일을 계획했는가. 돌이켜 생각해 보니, 마코가 긴소매 옷을 입은 것에 대해서는 나도 몇 번이나 얘기했었다. 즉 가정 폭력 얘기를 털어놓을 기회는 이미 여러 번 있었다. 그때 털어놓지 않은 것은 어떻게든 미호시 씨가 긴 소매 안의 상처를 알아봐 줬으면 했기 때문인가.

"하지만 설마 그 뒤에 감춰진 내 의도까지 알아낼 줄은 예상을 못 했네. 만만하게 봤어. 내가 미호시 씨를 만만하게 봤어요. 이 친구를 속인 것, 거기에 미호시 씨를 이용한 것, 모두 다 사과할게요. 미안합니다."

"마코 씨……."

테이블에 이마를 대며 사과하는 마코의 모습을 보고 나는 말문이 막혀버렸다. 그리고 그녀는 고개를 들자마자 의자에서 일어섰다.

"어디 가시려고요?"

침착한 목소리로 말을 건네는 미호시 씨에게 마코는 옅은 웃음을 돌려주었다.

"미호시 씨가 내려준 커피, 기대가 컸죠. 하지만 아무래도 지금은 마실 기분이 아니군요."

그대로 가방과 종이봉투를 들고 문으로 향하려는 마코를 나는 급히 쫓아갔다.

"마코 씨, 잠깐만요!"

"아니, 넌 여기 있어. 미호시 씨에게 전해줄 게 있잖아?"

만류하는 바람에 나는 발을 멈췄다. 그래도 아직 그녀를 돌려보내서는 안 된다는 마음이 들었다.

"하지만 마코 씨, 그 셔츠 안에……."

"아니, 괜찮아. 내 걱정이라면 할 거 없어. 전부 다 거짓말이니까."

탈레랑을 나가기 직전에 마코는 이쪽을 돌아보며 긴소매 셔츠를 벗었다.

그녀의 팔은 깨끗했다.

그곳에 멍 따위는 없었다.

5

"나중에 나한테 따로 말해줬으면 좋았잖아요."

그런 말이 저절로 내 입에서 흘러나왔다.

테이블에 덜렁 남겨진 커피 두 잔을 미호시 씨와 둘이 마셨다. 그녀는 방금까지 마코가 앉았던 맞은편 의자에 자리를 잡았다.

마코는 밖에 걸어둔 옷을 재빨리 걷어서 들고 돌아갔다. 그녀의 등이 양쪽 처마의 터널 사이로 사라지는 것을 나는 창문 너머로 멍하니 지켜보았다.

가정 폭력은 거짓말이었다. 아니, 팔만 얼핏 봤으니까 꼭 그렇다고는 할 수 없다. 하지만 어쨌든 마코는 거짓말을 했다는 점을 인정했다.

그렇다면 나는 화를 내도 무방할 것이다. 그녀가 한 거짓말은 해서는 안 될 종류의 것이었다. 그렇건만 마코가 오늘 보인 태도나 거동을 되돌아보니 역시 뭔가 심각한 문제를 안고 있는 것 같아서 나는 그녀를 비난할 마음은 들지 않았다.

"설령 가정 폭력은 없었다고 해도 마코 씨가 오늘 그렇게까지 해야 할 만큼 위태로운 정신 상태였다, 적어도 평정한 상태라고 하기는 어려웠다는 건 사실이잖아요. 조금만 더 온화하게 대응했으면 좋았을 텐데. 최소한 미리 나한테 상의라도 하든가."

"맞는 말이에요. 미안해요, 내가 대응을 잘못했는지도 모르겠어요. 하지만 입 다물고 가만히 있을 수가 없어서……."

2년에 걸친 교제 동안에 나는 몇 번인가 미호시 씨가 진심으로 화를 내는 장면을 목격했다. 특히 아직도 생각나는 것은 누군가 타인의 선의를 노리거나 그 선의를 악용하는 모습을 보였을 때 드러낸 분노였다. 그렇다면 오늘 마코의 언동도 미호시 씨에게는 용서하기 어려운 것이었으리라.

그래도 이제는 반성 중인지 미호시 씨는 어깨를 떨구고 있었다. 생각해 보면 그 원인을 만든 건 마코를 이곳에 데려온 나였다. 점점 미안한 마음이 들어서 더 이상 미호시 씨를 책망하지 않기로 했다.

"마코 씨는 미호시 씨가 참견할 수 없는 상황을 만들려고 했다고 말했어요. 그건 한마디로, 마코 씨가 나한테로 피신한 척하면서 앞으로 더 깊은 관계를 맺으려고 했다는 뜻일까요?"

"네, 나한테는 그렇게 느껴졌어요."

나와 미호시 씨는 분명하게 연인 사이인 것은 아니다. 하지만 그 관계성을 마코에게 설명하는 동안에 그녀가 우리를 연인으로 인식한 것은 극히 자연스러운 일인지도 모른다.

"솔직히 말하면, 그 예상에 나는 아무래도 위화감이 들어요. 마코 씨와 친하게 지낸 것은 벌써 11년 전 일이고, 그것도 한때뿐이었어요. 게다가 그때 나는 중학교 1학년이었잖아요. 아마 그냥 먼 친척 아이쯤으로나 인식했을걸요. 당시에도 결코 깊은 관계라고 할 사이가 아니었으니까요. 다시 만나면서 분명 나도 성인이 됐지만, 겨우 한두 번 만났을 뿐이고 게다가 그녀는 결혼도 했어요. 그런데 갑작스럽게 그런 극단적 행동을 한 걸 보면 뭔가 상당히 힘든 사정이 있는 게 아닐까 하는 생각이 들어요."

"……정말로 다시 만난 게 11년 만이에요?"

미호시 씨의 물음에 허를 찔려 나는 가슴이 철렁했다.

"그, 그렇죠. 지난달에 록온 카페에서 만날 때까지 나는 마코 씨가 어디서 뭘 하는지, 살아 있는지 어떤지도 알지 못했어요."

"그래요?"

미호시 씨는 완전히 이해한 것 같지는 않았지만 더 이상 고민해 봤자 소용없다고 생각했는지 화제를 전환했다.

"어쨌든 며칠 전 우산 이야기에 등장한 미용사가 바로 마코 씨였지요?"

"네, 역시 뛰어난 추리력이었어요."

제대로 설명은 하지 않았지만, 내가 이 커피점에 여자를 데려오는 건 정말 드문 일이다. 미호시 씨가 그런 얘기들을 연결해 생각한 것도 당연하다.

"그렇다면 혹시 허언증? ……아니, 그런 것과도 좀 달라요. 뭐랄까, 현실 세계를 자신이 만든 이야기로 통제하려는 듯한 느낌을 받았어요, 마코 씨에게서."

"아, 그거라면 짐작되는 건 있어요. 오늘도 무라사키 시키부의 유적지에 함께 갔었지만, 꼭 《겐지 이야기》뿐 아니라 마코 씨는 항상 강변에서 책을 읽었어요. 그밖에 영화 쪽도 좋아했던 것 같아요. 소설 속 세계에 빠져드는 동안에는 현실의 불쾌함을 잊을 수 있다……. 언젠가 그런 얘기를 했던 것도 기억나네요."

사실은 그녀가 그렇게 된 이유에 대해 나는 대략 파악하고 있었다. 하지만 지금 미호시 씨에게 굳이 그런 이야기까지 해야 한다고는 생각되지 않았다.

미호시 씨는 커피를 마시고 긴 숨을 토해냈다.

"그렇다면 오히려 아오야마 씨와의 재회가 완전한 우연이었기 때문에 마코 씨의 머릿속에서 잘 짜인 이야기의 일부로 자리를 잡았는지도 모르겠네요."

"그건 무슨 말인지……."

"가정 폭력이라는 얘기까지 꺼냈을 정도니까 마코 씨와 남편의 관계가 좋지 않다는 건 사실이겠지요. 그런 참에 11년 전에 친밀했던 사람과 기적적인 재회를 이루었다, 마치

한 편의 소설 같다. 여기서부터 뭔가 극적인 일이 일어날지도 모른다……. 이를테면 평소 허구의 세계에 빠져드는 일이 없었던 사람이라도 그 정도는 자연스럽게 생각할 수 있겠죠. 더구나 마코 씨 같은 성향의 사람이라면 더더욱……."

"좀 더 적극적으로 그다음 이야기를 만들어가려고 할 수 있다는 얘기군요."

일리 있는 말이라고 느껴졌다. 마코가 이야기를 좋아하는 데 그치지 않고 실제로 만들어내기도 한다는 것은 지난번 미호시 씨의 지적을 받을 때까지는 상상도 못 했었다. 하지만 그런 관점에서 생각해 보니 11년 전의 우산 건과 이번의 사루가쓰지 건은 분명 동일한 행동 원리, 즉 자신이 직접 이야기를 만들어내려는 성향에 바탕을 두고 있었다.

나는 커피잔을 비웠다. 오래 눌러앉아 있을 마음이 나지 않아 그만 자리에서 일어서려는데 미호시 씨가 고개를 갸우뚱했다.

"아까 마코 씨가 나가는 길에 아오야마 씨에게 뭔가 남긴 말이 있었죠? 건네줄 게 있잖아, 라고 했던 거 같은데."

"아참, 그렇지. 이거예요."

나는 가방을 뒤져 액세서리 가게에서 산 커피 원두 스트랩을 꺼냈다. 두 개 중 하나를 미호시 씨에게 건넸다.

"이런 걸 미리 밝히는 것도 좀 그렇지만……. 이거, 연애 부적이라네요. 원두 열매 한 알에서 나온 두 개의 콩으로 한 쌍의 스트랩을 만들었대요. 언젠가 반드시 맺어질 운명을 나타낸다나 어쩐다나."

"엇, 그런 걸 내게? 고마워요."

이런 때면 미호시 씨도 은근히 얼굴을 붉힌다.

"액세서리 가게 주인과 그 얘기를 하고 있는데 왜 그런지 마코 씨가 갑자기 눈물을 흘려서……. 얘기했었죠, 마코 씨가 눈물을 흘리는 바람에 화장실에 갔다고. 그래서 액세서리 가게 주인은 마코 씨가 연애 문제로 고민하는 게 아니냐고 하더라고요. 역시 남편과의 일을 떠올렸던 걸까요?"

"네, 거의 정확한 얘기라는 생각이 드는데요."

미호시 씨는 스트랩을 잡은 손에 꾹 힘을 주고 있었다.

"내가 그때 권했어요. 마코 씨도 이 스트랩을 사는 게 어떠냐고. 물론 연애 부적의 효험을 진짜로 믿는 건 아니지만, 만일 남편과의 관계가 그리 좋지 않다면 화해의 작은 계기라도 되지 않을까 싶어서. 하지만 마코 씨는 전혀 살 생각이 없을 뿐만 아니라 '그딴 걸 건네다니, 말도 안 된다'라고까지 했어요."

"그딴 걸 건네다니, 말도 안 된다……."

미호시 씨는 마코의 말을 되풀이했다.

"그건 남편과의 관계 회복을 바라지 않는다는 뜻일 텐데……. 그렇다면 헤어질 결심을 어필한 건가……. 하지만 마코 씨는 그렇게 간단히 헤어질 수 있는 게 아니라고 했는데? 어휴, 대체 무슨 생각인지 짐작도 못 하겠네. 예전에는 그렇게까지 난해한 사람이 아니었는데…….”

내가 혼잣말처럼 중얼거렸지만, 미호시 씨는 대답하지 않았다. 내내 심각한 눈빛으로 손안의 스트랩을 지그시 들여다보고 있었다.

그로부터 일주일쯤 뒤에 사루가쓰지에서 못된 장난을 치던 진짜 범인이 잡혔다.

인근에 사는 남자 대학생이었다. 목적은 단순한 스트레스 해소였다고 한다. 아주 성실한 학생으로, 그를 아는 사람들은 하나같이 그런 짓을 하리라고는 생각도 못 했다고 증언했다.

그리고 나 또한 내가 잘 안다고 생각했던 마코와 다시 만난 마코 사이에 큰 괴리감을 느끼며 당혹스러워하고 있었다.

[어떤 편지 2]

약혼자가 있었어. 직장 동료였고, 2년 동안의 교제는 정말 즐거웠어. 프러포즈를 받았을 때도 큰 기쁨과 동시에 그야말로 자연스러운 흐름이라고 느꼈던 게 기억나는구나.

그 무렵에 직장 동료들이 모여서 약혼 축하 술자리를 마련해 주었어. 그날은 주인공이라고 나도 약혼자도 술을 정말 많이 마셨어.

둘 다 술이라면 꽤 좋아하는 편이었으니까.

밤늦도록 이어진 술자리가 끝나갈 무렵, 함께했던 남자 동료가 막차가 끊겼으니, 하룻밤만 재워줄 수 있겠느냐고 하더라. 그 무렵 나는 약혼자와 거기서 가까운 원룸에서 동거 중이었어. 그런데 그 동료는 집이 멀어서 택시를 타면 1만 엔이 넘게 나오는 곳이었어. 나와 약혼자는 그렇게 하라고 흔쾌히 허락했고, 그와 셋이 우리 원룸으로 돌아왔어.

당시 우리가 동거하던 방은 복층이었어. 평소에 위층에서 약혼자와 함께 자곤 했는데 그날은 나 혼자 위층으로 올라가고 약혼자와 동료는 아래쪽에서 자기로 했어.

셋 다 술에 취해 있었어. 최소한 나는 만취 상태였고, 다른 두 사람도 그런 것 같았어. 전등을 끄고 나는 곧바로 잠이 들었지.

얼마나 자고 났을까. 문득 몸을 누르는 묵직함을 느끼고 눈을 떴어. 아직 술기운이 남아 의식이 몽롱했으니까, 시간이 그리 많이 지난 건 아니었을 거야. 기억이 몹시 애매해서 정확한 것은 생각나지도 않아.

방은 아직 캄캄해서 거의 아무것도 보이지 않았어. 멍하니 그 무게를 감당하고 있으려니 돌연 내 얼굴 위로 그림자가 덮치면서 입을 맞췄어. 그래서 나는 술에 취한 약혼자가 위층으로 올라온 모양이라고 생각했어.

아래쪽에 동료가 손님으로 와 있는데, 하고 망설일 정도의 이성은 술에 취한 나에게도 남아 있었어. 하지만 그 무게를 밀쳐낼 힘이 없어서 한껏 목소리를 죽인 채 그가 하는 대로 내맡겼어.

그러는 참에 갑작스럽게 방의 불이 켜졌어.

눈이 부셔서 저절로 얼굴을 찌푸리며 귀를 기울이자, 사다리가 삐걱거리는 소리가 들렸지. 나는 고개를 돌려 사다리를 올라오는 사람을 보았어.

그 순간, 뭐가 어떻게 된 것인지 어리둥절할 수밖에 없었어.

사다리에서 얼굴을 내민 사람은 나의 약혼자였어. 충격과 혼란과 절망이 가득한 눈빛으로 나를 쏘아보고 있었어.

나는 그제야 내 위를 덮친 사람의 얼굴을 다시 확인했어.

그건 약혼자가 아니었어.

남자 동료가 눈이 벌겋게 충혈된 채 내 몸을 더듬고 있었어.

투어스 엔드 월드 커피

제3장

1

여름방학 과제 중에 작문이 있었다.

주제는 '꿈'이었다. 중학교 1학년에게 내준 것치고는 제목이 너무 유치하다고 그 당시에도 나는 툴툴거렸지만, 한 단체에서 주최한 글짓기 대회의 공통 주제였기 때문에 어쩔 수 없었다. 그해 여름에는 전국이 꿈에 대해 고민에 빠진 중학생들로 넘쳐났을 것이다.

지겨울 만큼 많은 과제 중에서도 특히 그 작문 때문에 끙끙거렸다. 무엇보다 꿈이 없다는 점만 자꾸 자각하게 되는 나이였던 것이다.

고민 끝에 나는 월요일에 평소 가던 강변에 나가봤다. 여름방학이니까 학교에서 돌아오는 길에 잠깐 들른 게 아니라 분명하게 마코를 만나기 위해서였다. 좀 부끄러운 얘기지만 분명한 이유가 있으니 당당히 만나러 가도 된다는 마음도 있었다.

8월의 쨍쨍한 햇빛은 마치 과제처럼 강하게 내리쬐었다. 마코도 평소의 풀밭이 아니라 강변의 나무 그늘 밑 벤치에 앉아 있었다.

―왜 미용사가 됐느냐고?

옆자리에 앉자마자 단도직입적으로 과제 얘기를 꺼내자, 마코가 눈이 둥그레져서 되물었다.

"꿈을 주제로 글을 써야 하는데, 지난번에도 말했잖아, 나는 아직 정해둔 꿈이 없어. 그래서 마코 누나는 어땠는지, 참고로 얘기를 들어보려고."

마코는 읽던 문고본 책을 덮고, 얼굴에 살랑살랑 손부채질했다. 처음 만났을 때보다 약간 더 검은색이 된 머리카락 끝이 어딘가로 달아날 듯이 흩날렸다.

―참고가 될까? 나는 약간 특이한 경우인데.

"특이하다니?"

―계기가 몇 가지 있긴 했지. 근데 맨 처음에 미용사가 되자고 생각했던 건 어떤 영화를 봤기 때문이야.

"영화?"

―맞아. 〈미용사의 남편 Le Mari de la coiffeuse〉(1990년 프랑스 영화, 한국어 제목은 '사랑한다면 이들처럼'이다.)이라는 프랑스 영화야.

나는 들어본 적도 없는 영화였다. 그런 반응을 이미 예상했는지 마코는 한 호흡 쉬었다가 말을 이었다.

―어려서부터 미용사와 결혼을 꿈꿨던 남자가 실제로 미용사와 결혼했고 그 아내를 깊이 사랑한다는 이야기야. 관능적이고 허무하고, 정말 아름다운 영화였어. 그래서 나도 그렇게 남편에게 사랑받을 수 있다면 좋겠다고 생각한 게 시작이었어. 어때, 참고가 될 만한 얘기는 아니지?

"아니야, 드라마에 나온 직업에 관심을 가진 친구라면 내

주위에도 아주 많아."

그러자 마코는 피식 웃었다.

―맞아, 그 부분만 떼어놓고 보면 그냥 평범한 얘기네.

뭔가 속사정이 있는 듯한데 자세히 알려주지 않는 건 나를 어린애 취급한다는 뜻이어서 적잖이 부아가 났다. 나는 가까운 시일 내에 꼭 그 영화를 보겠다고 마음속으로 맹세했다.

글짓기 대회를 위해 급조한 임시방편 꿈이라고 해도 픽션에서 제재를 찾아보는 건 좋을지도 모른다. 다만 그 무렵의 나는 책도 거의 읽지 않았고 영화나 드라마도 안 봤다. 온 세상에 펼쳐진 작품의 바다를 마주하고 어디서부터 헤엄쳐 나가야 할지 알 수 없었다.

마코라면 그 항해의 안내인이 되어주지 않을까.

"누나는 책도 많이 읽지만, 영화도 좋아하는구나."

―뭐, 그렇지. 이야기라면 뭐든 다 좋아.

그녀의 눈동자가 여름 햇살을 반사하며 반짝 빛났다.

―책도 그렇고 영화도 남녀의 진실한 사랑을 그린 작품을 좋아하는 거 같아. 〈미용사의 남편〉 외에는…… 이를테면 〈소피의 선택〉(1982년에 퓰리처상 수상 작가 윌리엄 스타이런의 대표작을 바탕으로 제작된 영화. 메릴 스트립 주연으로 전쟁의 폭력과 상처, 인간의 광기와 사랑을 그려냈다.)이라든가? 아, 요즘 본 영화 중에서는 〈밀리언 달러 호텔〉이 좋았어.

역시 들어본 적도 없는 영화였다. 게다가 나는 영화 쪽으로도 아는 것이 전혀 없어서 그게 메이저 작품인지 아니면 마이너 작품인지도 알지 못했다. 단지 그녀가 말한 '남녀의 진실한 사랑'이라는 말에 갑자기 심장이 콩닥거렸을 뿐이다.

"영화를 보고 거기에 나온 직업에 동경을 품다니, 사실이든 아니든 작문에 써먹기는 좋을 거 같은데?"

―으이그, 그렇게 잔꾀나 부릴 생각을 하면 안 되지.

"그럼 어떡해, 갑자기 글을 써내라는데 꿈이라고는 하나도 생각이 안 나는데. 아참, 마코 누나가 그 영화를 보고 미용사가 되기로 했던 건 몇 살 때야?"

마코는 반바지 아래로 나온 두 다리를 앞으로 툭 던졌다.

―지금 너하고 똑같은 중학생 때였지. 근데 꿈이었다고 해도 나는 단순히 동경만 한 건 아니었어. 원래부터 뭐든 기술을 배우고 싶었으니까, 나한테는 꿈이면서 동시에 현실적인 목표이기도 했어.

"기술을 배운다고?"

―나 혼자서도 살아갈 수 있게 자격이나 기능을 갖는 거.

곰곰 생각해 보면 그다음에 내뱉은 내 말은 아주 엉뚱한 것이었다. 마코가 말한 '혼자서도 살아간다'라는 건 이를테면 조직의 일부가 되어 일하는 게 아니라 개인이 지닌 기능으로 돈을 번다는 의미였을 것이다. 그런데 나는 그것을 문자 그대로 '고독하게 살아간다'는 뜻으로 해석해 버렸다.

"멋진 신부가 되는 게 꿈이라면서 왜 혼자 살아갈 생각을 해?"

 한순간, 마코는 허를 찔린 듯한 표정을 보였다. 아마도, 라고 내뱉는 목소리가 컬컬해져 있었다.

 ―아마도 그런 걸 진짜로 믿지는 않는 모양이지. 그래서 꿈인 거야.

 그때 나는 왠지 그냥 그녀를 만지고 싶다고 생각했다. 하지만 무릎 위에 놓인 손은 한여름인데도 얼어붙은 듯 움직이지 않았다.

 매미 울음소리가 머리를 때리듯이 바로 가까이에서 울렸다.

2

"크윽……."

 탈레랑에 들어서자마자 나는 등이 써늘해지고 말았다.

 매장 한구석, 항상 모카와 영감님이 앉아 있던 그 지정석을 오늘은 다른 것이 차지하고 있었다.

 인형이다. 보통 앤티크 인형이라고 하던가. 레이스 장식이 요란한 연분홍색 드레스를 차려입은 클래식한 서양 인형인데 유독 까맣고 긴 생머리여서 어딘지 부조화스러운 인상이었다. 인형 크기가 실제 소녀만큼이나 큰 데다 의자에 오도카니 앉은 모습에서 기묘한 생생함이 느껴졌다. 인형을 좋아하는 사람에게는 미안하지만, 내 감성으로는 솔직히 말해서 무척 으스스한 모습이었다.

"갖다 놓지 말라고 몇 번이나 얘기했는데······."

미호시 씨가 두 손을 허리에 짚고 어이없다는 표정을 짓고 있었다. 그렇다면 이 인형을 그 자리에 앉혀둘 만한 인물은 딱 한 명밖에 없다.

"아니, 좋은데 다들 왜 그런다냐? 이렇게 바라보니 아주 근사하니 멋있구먼."

가까운 카운터 자리에서 스포츠 신문을 펼쳐놓고 있던 모카와 영감님이 뒤를 돌아보며 말했다.

"예대 다니는 내 절친 여학생이 학교 과제물로 제작한 거야. 뭣이냐, 인형 작가가 되고 싶다고 엄청 인형을 많이 만들었는데 원룸이라서 놔둘 데가 없다네? 그래서 우리 가게에 인형 하나 갖다 달라고 했구먼."

항상 그렇듯이 어중간한 교토 사투리—작고한 부인에게서 배운—를 쓰면서 모카와 씨는 인형이 이 가게에 오게 된 이유를 설명했다. 나잇값도 못 하고 그저 젊은 여자라면 사족을 못 쓰지만, 왜 그런지 교토 여대생 중에 유난히 친한 사람이 많다. 이따금 식사 등을 함께 한다니까 여대생들로서는 '맛있는 밥을 사주는 친절한 할아버지' 정도로 생각하는 것이겠지만 어쨌거나 그리 깊게 알고 싶지도 않다.

"그 여학생이 우리 커피점에 찾아올 수도 있어서 앉혀놓지 말라고 하기도 난감하고……."

이건, 미호시 씨의 얘기다.

"여전히 모카와 씨는 여자에게 약하시군요."

나는 모카와 영감님에게서 한참 떨어진 카운터 자리에 앉았다. 미호시 씨는 나를 위해 커피 원두를 갈면서 진한 한숨을 내쉬었다.

"부인이 살아 계실 때만 해도 저렇게 심하지는 않았는데."

"두 분이 원앙 같은 부부였던가요?"

"그렇죠. 그때도 젊은 여자라면 해롱해롱했지만 당장 부인에게 혼이 나니까 꼼짝을 못 했다고 할까. 그걸 '원앙 부부'라고 하는 거라면, 네, 그럴지도 모르겠네요."

쓴웃음을 짓는 미호시 씨는 아랑곳하지 않고 나는 그다음 말을 생각하고 있었다.

"아, 원앙이라니까 생각나는데……."

좋아, 자연스러웠어, 하고 내심 쾌재를 불렀다. 실은 오늘 그 얘기를 하려고 탈레랑에 온 것이다.

"미호시 씨는 원앙차라는 거, 마셔본 적 있어요?"

그녀는 손을 멈추고 고개를 저었다.

"홍콩의 음료지요? 커피와 홍차를 섞고 거기에 무당연유와 설탕을 넣어 만든다는. 나도 알고는 있지만, 마셔본 적은 없어요."

'원앙 부부'란 수컷과 암컷이 항상 한 쌍으로 행동하는 습성을 가진 원앙새의 모습에서 나온 말이라고 한다. 중국에서는 서로 다른 두 가지가 한 세트로 쓰일 때는 대부분 '원앙'이라는 말을 붙인다. 예를 들어 음양 태극도를 본떠 둥근 냄비 한가운데를 S자로 나눠 두 종류의 수프를 동시에 맛볼 수 있는 냄비는 '원앙 냄비'라고 한다.

"근데 원앙차가 왜요?"

고개를 갸우뚱하며 묻는 미호시 씨 쪽으로 나는 몸을 쓱 내밀었다.

"실은 교토 시내에 원앙차를 파는 찻집이 있다는 얘기를 들었거든요. 혹시 관심 있으면 함께 가볼까 하고요."

"재미있겠네요. 누구한테 들었어요?"

여기까지 얘기를 잘 이끌어왔건만 그 질문에 그만 헉하고 말문이 막히는 것이 나의 결정적인 약점이다. 대충 얼버무리려고 지어본 웃음도 몹시 어색했을 것이다.

"그, 그건 카페에서 어떤 손님이 얘기하는 걸 우연히 들었던가? 어쨌든 나도 원앙차는 마셔본 적이 없어서 한번 가보려고……."

타인의 언동이나 태도 변화에 보통 사람의 두 배쯤은 민감한 미호시 씨가 그때의 나를 보고 아무것도 감지하지 못했을 리 없다. 하지만 그녀는 더 이상 추궁하지 않았다.

"다음 주 수요일은 어떨까요? 그날이라면 나도 시간이

있는데요."

"좋죠. 그러면 그 말씀대로."

날짜를 결정한 참에 미호시 씨가 커피를 내왔다. 여름에도 맛있는 그 뜨거운 커피를 마시며 나는 며칠 전의 일을 회상하고 있었다.

갑작스러운 약속이었다. 오후 1시, 약속 장소인 가와라마치 길가 다이닝 카페에 가보니 마코는 테이블 자리에 앉아 문고본 책을 읽고 있었다.

"일찍 오셨네요."

꾸벅 머리를 숙이는 내게 그녀는 슬쩍 한 손을 들어 응했다.

"미안해, 갑자기 불러내서. 그리고 지난번 일도."

마코를 만나는 것은 둘이 탈레랑에 갔던 날 이후 2주일 만이었다. 7월에 접어든 뒤에도 장마가 걷히지 않아 창밖에서는 택시 와이퍼가 열심히 빗물을 쓸어내고 있었다.

"나야말로 지난번에 불쾌한 일을 겪게 한 것 같아서······. 미호시 씨도 미안하다고 했어요."

"내 속마음을 정확히 읽어내는 바람에 잠깐 놀랐던 것뿐이니까 괜찮아. 신경 쓸 거 없어."

말은 그렇게 했지만 역시 분위기가 어색하게 느껴졌기 때문에 마침 직원이 주문을 받으러 온 게 반가웠다. 다섯 종류의 런치 세트 중에서 나는 드라이 카레를, 마코는 오므라이스를 주문했다.

"그래서 오늘은 무슨 급한 일이라도?"

내가 물어보자 그녀는 고개를 가로저었다.

"아냐, 시간을 너무 오래 끌면 너를 만나기가 더 힘들어질 것 같아서."

"설마요, 이제 새삼 시간 좀 끌었다고 만나기 힘들 것도 없죠. 그전에는 11년이나 못 봤었는데."

"후후, 하긴 그런가?"

함께 웃으면서도 나는 마코의 심정을 모르는 건 아니었다. 한심하게도 며칠 전 그 일 이후, 내 쪽에서 연락하기가 어쩐지 껄끄러워서 내내 미적거렸기 때문에 마코가 먼저 전화했을 때는 크게 안도했던 게 사실이다.

"그나저나 《겐지 이야기》는 좀 읽어봤어?"

마코가 물었다. 옛날보다 색이 진한 립스틱을 칠한 입술이 움직일 때마다 예전의 그녀에게서는 볼 수 없었던 나른한 섹시함이 느껴졌다.

"네, 읽어보기는 했는데 아직 앞부분이에요."

거짓말이 아니라는 증거로 나는 요즘 들고 다니는 전자책 리더기를 꺼냈다. 전원을 켜자 읽고 있던 《겐지 이야기》의 페이지가 표시되었다. 종이책으로 전권을 사면 그러잖아도 좁은 집이 점점 더 비좁아질 것 같아서 전자책으로 샀다.

"어디 좀 보여줘……. 그렇구나, 요사노 아키코(1878~1942. 시인이자 작가, 사상가로 일본 근대 낭만주의문학의 중심인물로 평가받는다. 특히 헤이안 시대의 고전《겐지 이야기》를 탐독하고 그 작가 무라사키 시키부를 어린 시절의 은사라고 할 만큼 흠모해서 현대어로 번역한 최초의 역자이다. 이는 이후 다양한 현대어 작업의 단초가 되었다.)가 현대어로 번역한 것이네. 어때, 어렵지 않았어?"

내게서 리더기를 받아 마코는 익숙한 손놀림으로 살펴보았다. 나는 이번 기회에 처음으로 전자책을 접했지만, 책을 사랑하는 그녀에게는 익숙한 물건인 모양이다.

"군데군데 막히는 곳도 있고, 무슨 뜻인지 모르는 문장은 그냥 건너뛰었지만, 그래도 대부분은 정확히 알겠더라고요. 생각했던 것보다 재미있던데요."

"응, 잘했어. 지금 읽는 부분이 제9첩〈아오이 축제〉구나. 어때, 인상적인 장면이지?"

페이지를 넘기던 그녀의 손이 멈췄다.

"히카리 겐지의 정실이던 아오이노우에가 세상을 떠나자 겐지가 아오이의 본가인 좌대신가에서 물러 나오는 대목이야. 딸이 죽으면서 사위 겐지까지 잃게 된 아오이의 부친, 즉 좌대신이 비탄에 젖는다는 내용이지. 겐지가 남기고 간 글귀 중에 그의 심정을 표현한 것으로 중국의 한시〈장한가〉(806년 당나라 때 백거이가 쓴 장편 서사시. 현종과 양귀비의 사랑을 애절하게 묘사했다.)를 인용했어."

마코의 해설에 나는 네에, 하고 고개를 끄덕였다. 읽다 보니 갑작스럽게 한자가 줄줄이 튀어나와서 일단 포기하고 넘어간 부분이었다.

"요사노 아키코는 장한가의 인용이라는 것을 알 수 있게 현대어로 번역할 때 중국 한시를 그대로 갖다 썼지만, 원래의 《겐지 이야기》에는 일본식으로 적혀 있어. 이를테면 여기야."

마코는 '비취금한수여공翡翠衾寒誰與共'이라고 적힌 구절을 가리켰다.

"여기가 원문에서는 '구침고금수여공舊枕故衾誰與共', 즉 '낡은 베개 낡은 이불, 누구와 함께 덮을까'라고 되어 있어."

"한시보다 원문이 훨씬 더 알아듣기 쉬운데요? 예전에는 사랑하던 사람과 함께 덮던 이불이었는데 이제는 함께 덮을 사람이 없다는 거잖아요."

"맞아. 겐지는 아내 아오이노우에가 세상을 떠난 슬픔을 〈장한가〉에 빗대어 표현한 거야. 마찬가지로 여기 '원앙와랭상화중鴛鴦瓦冷霜花重'이라는 부분은 옛날 원문에는 '원앙 기와는 차갑게 서리꽃이 하얗게 피었구나'라고 되어 있어. 〈장한가〉에서는 서리꽃이 '무겁다'였는데 '하얗다'로 바뀌었어. 어째서 바뀌었는지, 그것까지는 모르겠지만."

"이건 무슨 뜻이에요?"

"원앙처럼 한 쌍으로 맞물린 기와가 차게 얼어붙고 서리가 두툼하게 내렸다, 라는 정도의 뜻이겠지? 그다음에 앞서 말한 '비취금한수여공'이 이어지니까 홀로 잠자리에서 뒤척이는 쓸쓸함을 강조한 거야."

"네에……. 정말 잘 아시네요."

내가 감탄하자 마코는 멋쩍은 듯 웃었다.

"미안해, 좋아하는 얘기가 나오면 나도 모르게 열을 올리게 된다니까. 근데 이런 거, 별로 재미없지?"

"아뇨, 그렇지 않아요. 역시나《겐지 이야기》마니아답다고 생각했는데요."

주문한 요리가 나왔다. 자줏빛 오곡 쌀밥에 끼얹은 드라이 카레에서 매콤한 향기가 피어올라 식욕을 돋웠다. 마코의 오므라이스도 반숙 달걀과 데미그라스 소스를 뿌린 게 아주 맛있어 보였다.

밥을 반쯤 먹은 참에 마코가 불쑥 이런 얘기를 꺼냈다.

"장한가에도 원앙이라는 단어가 나오지만, 혹시 원앙차라고 알아?"

"얘기는 몇 번 들어봤어요. 홍콩인가 어딘가의 음료지요?"

내 대답을 숟가락으로 떠서 입에 덥석 넣듯이 가볍게 흘려 넘기고 마코는 시선을 먼곳으로 던졌다.

"그러고 보니 나도 혼전 여행으로 홍콩에 다녀온 적이 있어. 자극이 많은, 정말 멋진 곳이었어."

그녀의 표정이 황홀한 것처럼 보였기 때문에 나는 가슴이 뜨끔했다. 더할 수 없이 행복했던 것이리라, 그 무렵에는. 지금과는 달리.

"실은 원앙차를 잘하는 찻집을 알고 있어. 아직 마셔본 적이 없다면 추천해 줄까 싶은데."

"오, 교토에 그런 데가 있었어요? 그야 꼭 마시고 싶죠."

마코는 입가를 종이 냅킨으로 닦았다.

"이글 커피라는 곳인데 야스이콘피라구安井金比羅宮 근처에 있어. 내가 야스이콘피라구에 참배하러 자주 가거든."

"네에……."

어떤 반응을 보여야 할지 난감했다. 야스이콘피라구라고 하면 악연을 끊어주는 '절연 신사'로 유명하다.

마코는 그 남자에게 딴 여자가 있다고 했었다. 그 얘기에 뒤따르는 가정 폭력이라는 게 거짓말이었으니까 불륜도 어디까지가 진실인지는 알 수 없다. 다만 남편과 그 불륜 상대의 관계를 끊기 위해 야스이콘피라구를 자주 찾아간 것이라면 그건 그럴 수도 있을 만한 행동으로 생각되었다.

"지난번의 그 바리스타와 함께 이글 커피에 가보는 게 어때? 커피 좋아하는 사람이라면 아마 꽤 흥미로운 곳일 거야."

그 말에서 뭔가 다른 뜻이 감지된 건 아니지만, 아무래도 며칠 전 일이 머릿속에 맴돌아서 숨겨진 의도가 있을지도 모른다는 지레짐작이 앞섰다. 한편으로 마코가 그려낸 이야기에 등을 돌려버리는 것도 역시 두려운 일이라는 마음이 들었다.

"그렇겠네요. 네, 얘기해 볼게요."

식사를 마치고 다이닝 카페를 나서면서 마코와는 헤어졌다. 뒤돌아보는 일도 없이 멀어져 가는 그녀를 나는 한참 바라보았다. 등에 드리운 머리칼이 공기 중에 떠도는 빗방울을 빨아들여 반짝거렸다.

3

다음 주 수요일, 미호시 씨와 히가시오지 길과 시조 길이 교차하는 기온 앞에서 만나기로 약속한 날이었다.

나는 미리감치 집을 나와 혼자 야스이콘피라구에 잠깐 들렀다가 약속 장소에 가기로 했다. 야스이콘피라구는 기온 사거리에서 히가시오지 길을 500여 미터 남쪽으로 내려간 곳에 있다.

변함없이 하늘은 흐릿했다. 아침 뉴스에 의하면 긴키 지역의 장마가 좀 더 길게 이어질 것 같다고 한다.

히가시오지 길 서쪽을 한참 걸어가자, 초록빛 잎이 무성한 나무 그늘 사이로 얼굴을 내밀듯이 석조 문이 모습을 드러냈다. '나쁜 인연을 끊고 좋은 인연을 맺어주는 기원소'라고 적힌 나무판이 걸려 있었다. 자갈이 깔린 참배 길이 저 안쪽까지 길게 뻗어나갔다.

야스이콘피라구에 모신 신은 스토쿠 천왕과 오모노누시노카미, 미나모토 요리마사로 세 명의 신이다. 원래는 스토쿠 천왕의 영을 모시기 위해 건립된 사원으로, 그가 호겐의 난에 패하고 내려온 사누키의 고토히라구에서 세속의 온갖 욕망을 딱 끊고 불도수행에 정진했다는 점에 빗대어 무언가를 끊기 원할 때 찾는 사원으로서 신앙의 대상이 되었다.

참배 길을 따라 들어가면 왼편에 종무소, 그리고 오른편에서는 뭔가 기묘한 것이 눈에 들어온다.

하얀 자갈이 깔린 한 귀퉁이에 거대한 바위가 진좌鎭座하고 있는 것이다. 하지만 그것을 한눈에 바위라고 판별하기는 어렵다. 표면을 빈틈없이 가리듯이 소원을 적은 부적이 다닥다닥 붙어 있기 때문이다. 한가운데 둥근 구멍이 있고 그곳을 참배객이 기어가듯이 건너간다. 이건 '인연을 끊고 인연을 맺는 비석'이다. 게시된 설명에 의하면 신력이 바위의 균열을 통해 구멍으로 쏟아진다고 한다. 액받이 부적에 소원을 적은 뒤, 앞쪽에서 그 구멍으로 나가면 나쁜 인연이 끊기고, 뒤쪽에서 다시 그 구멍으로 나오면 좋은 인연이 맺어진다. 그다음에 마지막으로 액받이 부적을 비석에 붙이는 것이다.

끊고 싶은 악연 같은 건 없었기 때문에 나는 인연을 끊고 맺는 비석은 그냥 지나쳤다. 왼편에 본전이 있고 그 옆에는 무수한 에마(사찰이나 신사에서 발원하거나 소원이 이루어진 답례를 할 때 봉납하는 나무판. 말이나 불상 등의 그림이 그려졌고, 그 여백과 뒷면에 기원 내용이며 이름 등을 써서 걸어둔다.)가 주렁주렁 걸려 있었다.

마코는 이 야스이콘피라구에 자주 참배하러 온다고 했다. 그렇다면 이곳에 마코가 걸어둔 에마가 있을지도 모른다. 직접 말해주지 않는 그녀의 고뇌를 알아낼 단서가 될 수 있는 것이다.

오고 가는 사람들의 눈도 있는데 인연 비석의 액받이 부적을 하나하나 짚어가며 읽어본다는 건 엄두도 낼 수 없다. 물론 에마 쪽도 예의에 어긋나지만 그나마 덜 수상쩍게 생각할 것이다.

나는 얼굴을 바짝 대고 에마를 차례차례 훑어보았다. 액받이 부적 쪽은 마음 편한 긍정적인 소원이 많았는데 에마 쪽은 좀 더 찐하다고 할까, 원한이 담긴 소원도 적지 않았다.

나쁜 습관을 끊고 싶다는 것이나 이혼을 바란다는 등의 소원은 그나마 고개가 끄덕여진다. 하지만 개중에는 실명을 적고 직설적인 표현으로 그에게 재앙이 떨어지기를 빈다는 것도 있었다.

나는 등이 써늘해졌다. 혹시라도 내 이름이 눈에 띈다면 두고두고 재앙을 두려워하며 살아야 할지도 모른다.

이런 염탐 같은 짓은 그만두자. 엉거주춤한 허리를 펴며 에마 앞을 벗어나려던 그 순간이었다.

맨 끝에 걸린 에마 뒤쪽에서 눈에 익은 이름이 언뜻 보여서 급히 들춰보았다.

'있다!'

무의식중에 침을 꼴깍 삼켰다.

에마의 왼편 귀퉁이에 '간자키 마코'라는 이름이 보였다. 그리고 그 옆에는 소원이 적혀 있었다.

―미노리가 불륜을 멈추게 해주세요.

잠깐 그 에마를 손끝으로 잡은 채 나는 고민에 빠져버렸다.

'미노리'라는 건 마코의 남편 이름인가. 여성스러운 이름이지만, 남자 이름이라고 해도 이상할 건 없다. 그게 아니면 닉네임 같은 건가.

짧은 시간이었지만 상당히 집중했던 모양이다. 뒤쪽에서 다가오는 인기척을 나는 전혀 알아차리지 못했다.

"……아오야마 씨?"

나를 부르는 소리에 움찔해서 돌아보았다.

"미, 미호시 씨!"

그녀가 바로 옆에 다가와 내 얼굴을 올려다보고 있었다.

마린 디자인의 낙낙한 가로줄무늬 티셔츠가 시원해 보였다. 거기에 하이 웨스트 청치마를 입었다. 평소에는 바지를 입은 모습만 봤기 때문에 어쩌다 치마 입은 모습을 보니 신선한 느낌이 들었다. 다리 쪽은 짧은 흰 양말에 검은 리본이 달린 굽 높은 샌들이다.

"어떻게 미, 미호시 씨가 여기에?"

나는 당황해서 어물어물 말했다. 미호시 씨는 태연했다.

"오늘 약속이 이 근처였잖아요. 나온 김에 잠깐 들러봤죠."

설마 나와 마코의 인연이 끊기기를 기원하러 나왔는가, 라는 악한 생각이 떠올라 버린 것에 나 스스로 혐오감이 느껴졌다.

"근데 그거, 혹시 마코 씨의?"

깜짝 놀란 탓에 에마를 감춘다는 것도 미처 생각하지 못했다. 별수 없이 미호시 씨에게 내 자리를 양보했다.

"자주 참배하러 온다고 하더라고요. 그래서 나도 와봤는데 우연히 마코 씨의 에마가 눈에 띄어서."

"그랬군요……."

미호시 씨의 옆얼굴이 심각해져 있었다.

"어쩐지 기분이 우중충해지지요? 길거리에 서서 기다리는 수고도 덜었겠다, 덜컥 만난 김에 곧장 이글 커피로 갈까요? 하늘을 보아하니 금세 비가 쏟아질 것 같은데."

일부러 환한 목소리로 말했더니 미호시 씨는 고개를 끄덕였다. 나란히 걸으면서 방금 목격한 것과는 전혀 관계없는 얘기를 주고받았다.

야스이콘피라구에서 이글 커피는 바로 코앞이다. 세월이 느껴지는 작은 빌딩의 1층에 어두운 색감의 목제 문이 보였다. 옆의 창유리는 흐릿해졌고 나무 간판에는 알파벳으로

'Eagle Coffee'라고 새겨져 있었다.

첫 방문자라면 선뜻 들어서기 어려운 인상이었다. 하긴 그렇게 보자면, 양쪽 처마 사이의 터널을 뚫고 들어갈 용기가 필요한 탈레랑도 그에 못지않다. 나는 망설임 없이 문을 당겼다.

"어서 오세요!"

안에 들어서는 것과 동시에 낭랑한 여자 목소리가 울렸다.

실내는 테이블 자리 두 개에 카운터 자리가 다섯 개로, 그리 넓지는 않았다. 하지만 테이블 쪽은 이미 손님들이 차지했고 카운터 쪽에도 손님 한 명이 있었다. 제법 잘되는 분위기다.

우리를 카운터 자리로 안내한 사람은 알바인 듯한 젊은 여성이었다. 어깨 길이의 갈색 머리를 뒤로 묶고 가우초 팬츠에 소매 있는 흰색 셔츠를 입었다. 카운터 안쪽에 선 마스터는 30대 초반의 남자로 아래턱까지 자란 긴 수염과 입가의 수염이 야성적 인상을 풍겼다. 옷차림은 털털한 면바지에 폴로셔츠, 울룩불룩한 팔 근육이 셔츠 너머로 느껴졌다.

눈앞에 놓인 메뉴판을 미호시 씨와 둘이 들여다보았다. 다양한 종류의 커피가 줄줄이 이어진 가운데서 '세계의 커피'라는 제목이 붙은 항목이 눈길을 끌었다.

"원앙차만 있는 게 아니네? 세계 각국의 커피를 즐길 수 있겠어요."

나는 메뉴를 가리키며 말했다. 연유를 듬뿍 넣은 베트남 커피는 이전에 탈레랑에서 미호시 씨가 만들어준 적이 있다. 더치 커피는 찬물로 오랜 시간 우려내는 커피로, 더치는 네덜란드를 가리킨다. 비엔나커피는 빈, 즉 오스트리아 커피지만 현지에서는 아인슈페너라고 한다고 들었다. 그 밖에도 여러 종류의 메뉴가 있어서 그중에는 나라 이름이 첫머리에 적혔는데 어떤 커피인지 짐작조차 안 되는 것도 있었다. 모든 메뉴가 각각 다른 나라의 음료이고, 중복되는 건 없었다.

눈길을 끌기는 했지만, 오늘의 목적은 어디까지나 원앙차다. 주문을 받으러 온 여성 직원에게 차가운 원앙차 두 잔, 이라고 말했다. 그 참에 미호시 씨가 물었다.

"이 가게는 왜 세계의 커피를 내놓게 되었어요?"

그러자 직원은 빙긋이 웃었다. 뺨에 새겨지는 보조개가 귀여웠다.

"우리 마스터의 취미거든요. 좀 특이하지요?"

"아뇨, 재미있어요. 실은 저도 커피점에서 일하고 있어서."

"어머, 그럼 마스터와 얘기 좀 나눠보실래요? ……다카노 씨!"

여성 직원이 부르자 카운터 안에서 음료를 준비하던 마스터가 얼굴을 들었다. 손에 도구를 든 채 이쪽으로 다가왔다.

"이쪽 손님도 커피점을 하신대요. 그래서 다카노 씨 얘기를 듣고 싶으신가 봐요."

"그래? 뭐든 물어보쇼."

다카노라는 마스터가 우리가 가게에 들어온 뒤 처음으

로 목소리를 냈다. 작지만 몸통을 울리는 컬컬한 목소리였다. 손님인 우리를 마주하고서도 수더분한 말투인 것은 어쩌면 동업자라는 생각 때문인지도 모르지만, 풍모와 잘 어울려 그다지 거슬리지는 않았다.

미호시 씨가 불쑥 허공에 대고 손가락 끝을 움직였다. 한자를 써주는 모양이다.

"한자로 다카노鷹野 씨라서 이 커피점 이름이 '이글 커피'(이름에 들어간 한자 '응鷹'이 독수리(매)를 뜻하고, 영어로는 '이글 eagle'인 데서 나온 말이다.)인가요?"

다카노는 감탄한 듯 눈이 둥그레졌다.

"오, 예리하시네. 하지만 아깝게도 살짝 틀렸어. 난 높을 고高를 쓰는 다카노高野야."

"아, 틀림없이 정답이라고 생각했는데."

미호시 씨가 아쉽다는 듯이 말했다.

"실은 성이 아니라 이름이 다카鷹야. 다카노 다카. 좀 웃기는 이름이지만, 본명이야."

"와아." 감탄사를 터뜨린 것은 나였다. "정말 희귀한 이름이네요."

"설마 부모님이 그런 이름을 붙여주신 건 아니고, 결혼할 때 아내 성으로 바꾸는 바람에 이름이 이상해져 버렸어. 나는 삼 형제 중 차남이고 아내는 외동이라서."

그의 부친은 아들 삼 형제의 이름에 모두 새 이름을 넣어 지었다고 한다. 다른 두 형제의 이름까지는 물어보지 않았지만, 누가 봐도 특이한 작명이다.

"여기 '세계의 커피'라는 게 재미있어요."

미호시 씨가 본론으로 들어가자, 다카노는 메뉴판을 흘끗 보았다.

"아, 그거? 혼전 여행으로 세계 일주했을 때, 나라마다 커피를 다 마셔봤어. 그때 실제로 마신 것들을 메뉴에 올렸지."

"그럼 이 메뉴판의 음료들은 전부 본고장 맛으로 체험하셨겠네요?"

미호시 씨가 눈을 반짝이며 물었다. 특히 커피에 관해서라면 호기심 덩어리인 그녀에게 이건 더할 나위 없이 부러운 일일 것이다.

"그렇지. 전부 다 현지에서 맛을 확인한 뒤에 메뉴에 넣었으니까."

"혼전 여행은 그러니까 그 다카노 성씨의 부인과?"

나는 그다음 화제로 넘어갈 생각으로 말했다. 그런데 여성 직원이 뭔가 의미심장한 얘기를 끼워 넣었다.

"아뇨, 그게 아니라네요?"

"이봐, 노리카! 손님에게 쓸데없는 얘기는 하지 말랬잖아. 수다스럽기는."

다카노가 나무라자 직원이 혀를 쏙 내밀었다. 그녀의 이름은 노리카인 모양이다.

"그게 아니라면……."

"결국 그쪽과는 결혼을 못 했어. 지금의 아내는 함께 세계 일주를 했던 여자가 아니야."

나도 모르게 미호시 씨와 눈을 마주쳤다. 뭔가 사연이 있는 것 같다.

"기왕 말이 나왔으니 이 손님들께도 그 얘기, 해주는 게 어때요?"

노리카는 주눅이 들기는커녕 점점 더 놀려먹는 말투였다. 다카노는 나란히 놓인 두 개의 유리잔 속을 휙휙 저으면서 투덜거렸다.

"내가 왜 그런 얘기를 손님들한테 해야 하냐고……."

하지만 거기서 미호시 씨 쪽을 보더니 입을 꾹 다물었다. 난처해하는 그녀에게 다카노는 크흠, 한 차례 헛기침하고 말했다.

"하긴 털어놓는 것도 나쁘지 않지. 다른 손님들은 이미 다 아는 얘기고, 어차피 할 일도 없고."

가게 안에는 조금 전과 다름없이 손님들이 있었지만 모두 단골인 모양이다.

"어떤 얘긴지 정말 궁금한데요?" 이건 내가 한 말이다.

"글쎄 다카노 씨가 혼전 여행을 끝낸 뒤 결혼에 골인하지 못한 속사정을 나한테 퀴즈로 냈었다니까요. 제가 여기서 알바 시작한 지 얼마 안 됐을 때."

퀴즈라는 말에 미호시 씨가 움찔 반응했다. 진짜로 단순한 사람이다, 하고 나는 웃음이 터져버렸다.

"좋아요, 우리한테도 그 퀴즈, 내주세요!"

다카노는 마침 원앙차를 완성한 참이었다. 우리 앞에 유리잔을 내주고 카운터 안쪽에서 양손을 짚었다. 그러고는 어딘지 의기양양한 얼굴로 이야기하기 시작했다.

"벌써 10년도 더 지난 일인가······."

4

이 가게를 시작했을 때, 나는 갓 스무 살의 애송이였어.

10대 때부터 커피점에서 일하면서 최대한 빨리 내 가게를 갖고 싶었거든. 이 자리에 있던 커피점이 폐업한 것을 계기로 부모님에게 자금을 빌려 도구며 뭐며 통째로 물려받아 가게를 열었어. 여기 이 이글 커피를.

아무 계획도 없이 젊음과 열정만으로 개업한 가게였기 때문인지 처음 한두 해는 도무지 손님이 찾아주지를 않더라고. 이거, 큰일 났구나, 하면서도 근근이 영업을 이어가던 어느 날, 한 여자가 찾아왔어.

생김새는 그야말로 기품 있고 단아한 느낌이었지. 본가가 도쿄 세타가야에 있는, 이른바 부잣집 따님이었어. 그런 여자가 우리 가게를 찾아준 것이 우선 뜻밖이었고, 애초에 나 같은 사람과는 사는 세계가 다르다고 생각했지. 근데 얘기를 해보니까 의외로 수더분한 사람이더라고. 그녀도 우리 가게가 마음에 들었는지 자주 찾아주었고. 어느새 우리는 사귀는 사이가 됐어.

하루는 내가 그녀에게 물어봤어. 세타가야의 부잣집 딸이 왜 도쿄를 떠나 교토에 왔느냐고.

그녀가 솔직히 털어놓더라고, 결혼이 깨져버렸기 때문이라고.

자세한 얘기를 들어보니 예전 약혼자도 역시 도쿄에서 카페를 경영했던 모양이야. 전부터 커피를 좋아했던 그녀는 그 카페의 단골이었고, 그야말로 우리가 만난 것과 똑같은 과정을 거쳐서 둘이 사귄 거지.

그런데 그 남자와 약혼하고 이제 곧 결혼이다, 하는 참에 그가 경영하던 카페가 망해버린 거야. 아니, 실은 그 이전부터 경영이 부진했는데 그걸 그녀에게 말하지 않았겠지. 거액의 빚을 떠안은 남자와 그래도 그녀는 끝까지 함께할 생각이었지만, 당연하다고 해야 할까, 집안의 극심한 반대에 부딪혔어. 그러잖아도 부모님은 그녀의 결혼을 탐탁지 않게 생각했으니까 어찌 보면 당연한 일이지. 그걸 무릅쓰고 약혼했는데 거액의 빚까지 졌으니, 그녀도 더 이상 가족의 의견을 거부할 수 없었던 거야. 결국 울며불며 혼약을 파기하고 상심한 가운데 도쿄를 떠났다는 얘기야.

―자아, 그런 얘기를 털어놓는데, 내가 어떤 심정이었을까?

내 처지를 비하하려는 건 아니지만 저절로 이런 생각이 들더라고. 아, 이 여자에게 나는 예전 약혼자를 대신하는 존재였구나. 그 사람을 도저히 잊을 수 없어서 도쿄를 떠났는데 이곳에서도 또다시 커피점을 찾았고, 마침 거기 있었던 나한테서 예전에 사랑하던 사람의 자취를 발견한 거구나…….

하지만 그런 식으로 끙끙 고민해 봤자 쓸데없잖아. 이미 나는 그녀에게 빠져버렸고, 그녀도 나를 좋아하는 것 같더라고. 부유한 집안에서 잘 자란 천진한 성격인 만큼 계획도 없이 어린 나이에 커피점을 개업해 버린 나의 자유분방한 면에 끌렸던 모양이지. 분명 예전 남자도 비슷한 성격이라 가게를 말아먹었겠지만.

연인으로 사귄 기간은 채 1년도 안 되지만, 우리는 아주 잘 지냈어. 어느 쪽에서랄 것도 없이 결혼하자는 얘기가 나왔을 때도 둘 다 그게 당연한 흐름이라고 생각했으니까.

그때까지는 가게에 손님이 없어서 내심 초조할 때라도 뭐, 돈 좀 못 벌면 어떠냐, 하는 철없는 기분이 있었어. 부모님에게 얻어온 자금이니까 빚 독촉이 들어올 일도 없고 말이지. 근데 결혼하면 계속 그럴 수도 없잖아. 처자식을 먹여 살리기 위해서라도 가게 운영을 좀 더 잘해봐야겠다, 드디어 그런 결심을 한 거야.

이래저래 고민 끝에 퍼뜩 생각난 것이 바로 '세계의 커피'였어. 혼전 여행이라는 명목으로 전 세계를 여행하며 각국의 다양한 커피를 맛보고 내 가게의 메뉴에 그걸 도입하면 신기한 맛에 찾아주는 손님도 많아질 것이다. 뭐, 대충 그런 아이디어였어.

지금 돌이켜보면 아이디어는커녕 그냥 도박이었지. 근데 커피를 좋아하는 그녀는 내 생각을 아주 마음에 들어 했고, 혼전 여행이라는 것에도 흔쾌히 응해줬어. 그렇게 있는 돈 없는 돈 닥닥 긁어 세계여행에 나선 거야.

한마디로 말하면, 그 여행은 진짜 즐거웠어. 한 달여 동안 전 세계를 돌아다녔거든. 둘이 각국의 유명하다는 커피점을 일일이 찾아다녔어. 맛이며 향을 확인하고, 어떤 재료를 얼마나 넣었는지 상상해 봤지. 아까도 말했지만 우리 커피점 메뉴에 오른 세계의 커피는 전부 다 그 나라에서 직접 마셔본 거야. 그 기억을 바탕으로 이 음료들이 탄생한 거라고. 실패한 메뉴는 하나도 없으니까, 우리가 갔던 나라가 어디 어디인지, 이 메뉴판을 보면 다 알 수 있어.

자, 그 혼전 여행도 끝을 맞이했어. 드디어 마지막 날 밤을 보내게 된 나라에서 나는 그녀를 커피숍에 데려갔어. 물론 사전에 검색해 둔 엄청 인기 있는 가게였지. 실제로 그곳은 어떤 불만도 내밀 수 없을 만큼 근사한 곳이었어.

그런데 거기에 가자마자 그녀의 태도가 돌변한 거야. 침착성을 잃고 마음이 어딘가 딴 데 가 있는 모습이었지.

약혼을 파기했으면 한다는 말을 들은 것은 그날 밤 호텔 방에 돌아왔을 때였어.

마지막 나라에서 그 커피숍에 가기 전까지는 여행도 그렇고 우리의 관계도 그렇고, 분명 아무 문제도 없었는데……. 어쨌든 이별을 통보하는 그녀의 의지가 너무 확고해서 단순한 변심이나 순간적인 변덕, 혹은 결혼 전 우울증 같은 건 전혀 아니었어.

나는 그녀의 결단을 받아들이기로 했어. 사랑했었고 그래서 정말 괴로웠지만, 헤어지기로 한 거야. 그리고 그 여행을 끝으로 그녀와는 한 번도 만나지 못했어.

즐거웠던 여행의 추억은 기억 속에 남아 있는 것조차 힘겨운 재산이 되었지. 근데 그걸 바탕으로 시작한 '세계의 커피'는 서서히 입소문이 나면서 보시다시피 우리 커피점은 잘되고 있어. 결혼 후에 가정을 건사하려고 궁리해 낸 것이었는데, 생각해 보면 우스운 결과지만 말이야.

—자, 여기서 기다리고 기다리던 퀴즈 문제야.

그녀는 대체 왜 나와의 약혼을 파기했을까?

5

원앙차는 신기한 맛이었다. 크림 같은 풍미를 깊숙이 더 들어 가면 커피와 홍차, 두 개의 서로 다른 떫은맛을 각각 감지할 수 있다. 무척 달콤하지만 그러면서도 청량감이 느껴지는, 여태껏 마셔본 적이 없는 맛이었다.

다카노의 얘기가 일단락되었을 때, 나는 이미 원앙차를 거의 다 마시고 얼음 틈새로 빨대를 꽂아 추르릅 빨고 있었다. 바깥이 찜통더위였기 때문에 목이 말랐던 것이다.

그러고는 컵을 흔들어 달그랑달그랑 얼음 소리를 울리며 나의 솔직한 느낌을 밝혔다.

"그건 자업자득 아닌가요?"

다카노와 노리카가 동시에 엇, 하는 눈빛으로 나를 보았다. 일찌감치 답을 내버린 게 뜻밖인 모양이었지만, 나 역시 지난 2년간 미호시 씨와 함께 수많은 불가사의를 지켜봐 온 사람이다. 이번처럼 커피를 둘러싼 수수께끼라면 앉은자리에서 즉각 풀어버리는 것 역시 당연한 일이다. 더구나 미호시 씨에게는 그야말로 식은 죽 먹기일 것이다.

나는 얼굴을 옆으로 돌리며 말했다.

"미호시 씨도 그렇게 생각하지요?"

"아뇨, 난 자업자득이라고는 생각하지 않아요."

조금 난처한 얼굴이었지만, 그 반응으로 확신할 수 있었다. 역시 그녀도 다카노가 낸 퀴즈의 답을 아는 것이다.

"손님, 그렇다면 우리가 마지막 날 밤에 찾아간 곳이 어느 나라의 커피숍이었는지 맞혀보쇼."

다카노가 카운터 너머로 얼굴을 쓱 내밀었다. 도전하는 듯한 말투였다.

어느 나라인가가 그대로 다카노가 파혼을 당한 이유로 연결되는 모양이다. 그렇다면 더욱더 내가 낸 답이 틀림없을 것이다.

"마지막 커피숍의 나라는 네덜란드였겠지요."

나는 메뉴 안의 '더치 커피'라는 글자를 가리켰다.

"다카노 씨는 조금 전부터 '커피숍'이라는 단어를 썼어요. 대부분의 나라에서 커피숍은 글자 그대로 커피를 파는 곳을 가리키지만, 네덜란드에서는 완전히 다른 뜻을 가진 단어가 됩니다. 즉, 네덜란드에서 커피숍은 가벼운 마약류, 즉 대마 판매점을 가리키는 말이에요."

네덜란드에서는 대마에 대해 관용적 정책을 채택해서 사적인 범위에 한해서 구매와 소지 및 흡입이 원칙적으로 합법이다. 커피를 마시는 곳은 '커피 하우스'라고 하기 때문에 '커피숍'과 혼동하는 일은 없다.

"마지막으로 방문한 네덜란드에서 당신은 약혼녀를 그 '커피숍'에 데려간 거예요. 그리고 거기서 실제로 대마를 피웠겠지요. 하지만 천성적으로 모범적인 성향의 약혼녀는 당신의 지나치게 자유분방한 면모를 보고 갑작스럽게 불안감을 느꼈을 거예요. 일본에 돌아가서도 언젠가 이런 마약에 손을 대지 않을까, 그 정도까지는 아니어도 법에 저촉되는 일이나 윤리나 도덕에 반하는 일을 하지는 않을까, 과연 이런 사람과 결혼해도 괜찮을까, 라는 망설임이 싹튼 것이죠."

"와아, 손님, 잘 아시네요!" 옆에서 노리카가 손뼉을 딱 치며 말했다. "역시 자업자득이죠? 저도 똑같은 생각이랍니다."

"아, 정답이에요?"

"네, 다카노 씨가 약혼녀를 대마 가게에 데려갔다지 뭐예요."

"아무리 네덜란드에서는 합법이라도 일본에서는 금지하는 것이잖아요. 사람에 따라 거부반응이 생긴다는 건 쉽게 예상할 수 있죠. 자유분방한 게 잘못은 아니지만 그렇다고 약혼녀 앞에서 대마를 피운 건 경솔했다고 하지 않을 수 없군요."

노리카의 응원에 힘입어 나는 저절로 말투가 엄격해졌다. 다카노는 딱히 기분이 상한 기색도 없이 침착하게 내 꾸지람을 듣고 있었다.

하지만 그때 돌연 이의를 주장하고 나선 사람이 있었다.

"과연 그럴까요?"

나는 목소리의 주인을 돌아보았다.

"저는 다카노 씨의 그 일을 자업자득이라고 생각하지 않아요."

미호시 씨였다. 그 옆얼굴은 지극히 진지했다.

"아까도 그렇게 얘기했지요? 자업자득이라고 생각하지 않는다고."

단순히 다카노 씨를 배려하는 말인 줄 알았는데 그게 아니었던 모양이다. 미호시 씨는 아직 남아 있던 원앙차로 목을 축인 다음에 말했다.

"역시 다카노 씨의 행동은 자유분방하다고 할까, 적잖이 무모한 데가 있어서 제삼자인 우리가 보기에도 염려스러운 점이 있습니다. 하지만 약혼녀는 우리와는 달리 다카노 씨와 나름대로 긴 시간을 함께했고 그런 다음에 약혼을 결정했겠죠. 그렇다면 다카노 씨와 약혼녀는 서로에 대해 충분히 이해하고 있었고, 오히려 앞날을 계산하지 않는 모험가다운 다카노 씨의 인품에 끌렸다고 할 수 있어요. 다카노 씨도 그걸 잘 알기 때문에 '이런 행동을 해도 이별하자는 말은 나오지 않을 것이다'라는 일정한 신뢰감을 바탕으로 여행 마지막 날 밤 그곳에 데려갔던 게 아닐까요? 그렇다면 두 분이 파혼하게 된 것은 서로에 대한 이해의 부족, 혹은 인식의 오류 때문이고, 따라서 다카노 씨에게만 책임을 지울 일은 아니라고 생각해요."

그녀의 말을 들으면서 나는 뭔가 좀 의아했다. 그 평가가 딱히 틀린 것도 아니고 따라서 자업자득이 아니라고 주장한다면 일리가 있다고 맞장구를 쳐줄 수도 있다. 하지만…….

솔직히 말해서 미호시 씨의 말은 지나치게 이상론에 치우친 느낌이었다. 서로 사랑하고 이해하고 신뢰하는 연인은 항상 상대의 허용 범위를 잘 알고 있고 그 틀 안에서 언동을 취사선택할 게 틀림없다고? 그건 이상론이라고 할 수밖에 없는 주장이 아닌가. 연인들은 모두가 그렇게 되기를 바라지만, 인간이란 누구도 완벽한 존재가 아니기 때문에 실제로는 오랜 세월 사귄 연인과도 열나게 싸우고 헤어지고 부부 사이에도 험악한 상황이 벌어진다.

미호시 씨의 말대로라면 마치 한쪽만 잘못한 경우는 있을 수 없다고 단정하는 것 같다. 물론 실제로 그렇지도 않고, 설마 미호시 씨도 그렇게 믿고 있을 리는 없다. 이를테면 마코 같은 경우, 즉 부부의 한쪽이 불륜을 저지르는 경우라면 어떻게 되는가. 부부 사이가 나빠지는 원인이 어디에 있었든, 그러니까 불륜을 저질러도 괜찮다는 얘기는 아닐 것이고 충분히 한쪽에게만 책임을 물어야 하는 때도 있는 것이다.

서로 사랑하는 두 사람의 이해에 대한 논의 중에 그 얘기를 꺼내면 일이 더 복잡하게 꼬이겠지만, 내가 아는 미호시 씨는 공허한 이상론을 내세우며 만족할 만한 사람이 아니다. 오히려 이 세상을 살아가는 인간이 떠안은 나약함이나 모순에 공감하고, 누군가의 잘못을 지적하면서도 '인간이기 때문에 때로는 잘못하는 일도 있다'는 말을 건네줄 줄 아는, 그런 균형 감각을 가진 여성이다. 그래서 더더욱 나로서는 방금 그녀의 말이 헛된 공론일 뿐 마음을 울리는 얘기로는 들리지 않았다.

그녀의 심경이 변한 것인가. 아니면 내가 변한 건가. 어쨌든 나는 그녀의 말에 전면적으로는 공감할 수 없다고 생각하고 반론을 펼치려고 했던 것인데…….

"이제 됐어. 여기 두 분이 하는 얘기가 맞아. 그건 틀림없이 자업자득이었어."

다카노가 스스로 인정하고 나서는 바람에 나는 그만 김이 새버렸다.

"마지막 날 밤에 그런 곳에 데려가지 않았다면 우리는 서로 사랑하며 여행을 마치고 원만하게 결혼에 골인했을 거야. 그리고 나는 물론이고 그녀에게도 나름대로 행복한 인생이 펼쳐졌겠지. 진짜 괜한 짓을 했다고 생각해, 나도."

그리고 다카노는 등을 돌렸다. 자신을 책망하는 것으로 이 얘기를 끝내려는 것이다.

그런데 그 등에 대고 미호시 씨가 뜻밖의 말을 건넸다.

"하지만 다카노 씨는 꼭 필요하다고 생각했기 때문에 그렇게 하셨을걸요."

그러자 다카노의 등이 멈칫했다. 나는 난처한 기분이 들어 중간에 끼어들었다.

"꼭 필요하다니, 약혼녀를 마약 가게에 데려가는 게?"

"아뇨, 그게 아니에요."

미호시 씨는 고개를 가로저었다.

"다카노 씨는 대마 따위에는 손을 대지 않았어요. 그보다 애초에……."

그 순간 다카노가 이쪽을 돌아보았다.

그 얼굴을 어떻게 표현해야 좋을까. 마치 뭔가에 필사적으로 매달리는 느낌이랄까. 이를테면 암흑 속에서 한 줄기 빛을 보았을 때, 혹은 표류 끝에 도착한 무인도에 구조선이 왔을 때, 인간은 그런 표정을 짓는 게 아닐까.

미호시 씨는 그의 눈빛을 정면으로 마주했다. 그리고 스스로 빛을 내려주듯이, 구조선을 대주듯이, 다음과 같은 말을 던졌다.

"네덜란드에는 가신 적이 없지요?"

6

"무, 무슨 얘기예요?"

어리둥절한 듯 되물은 것은 노리카였다.

"아까 제가 정답이라고 말씀드렸잖아요. 손님의 답은 다카노 씨가 전에 내게 알려준 그대로예요. 네덜란드에서 대마를 파는 커피숍에 들어갔고, 그 결과 약혼녀가 이별을 통보했다는. 근데 왜 이제 새삼스럽게 네덜란드에는 간 적이 없다는 거예요?"

미호시 씨는 그런 노리카가 아니라 나를 돌아보며 말했다.

"아오야마 씨라면 당연히 아실 텐데요? 더치 커피의 '더치'는 네덜란드를 가리키는 말이지만, **더치 커피를 처음 만**

든 곳은 네덜란드가 아니에요."

"맞아요, 네덜란드령 인도네시아였죠."

통한의 마음으로 나는 대답했다.

알고는 있었다. 눈치를 챘던 것이다. 하지만 나는 그 점을 얼렁뚱땅 넘어갔다. 더치 커피를 네덜란드 것이라고 해석해 버리면 앞뒤가 잘 맞는 얘기가 되기 때문이다.

"어머, 진짜요?"

고개를 갸웃거리는 노리카에게 미호시 씨가 설명해 주었다.

"예전에 네덜란드령 인도네시아에서는 쓴맛이나 아린 맛이 강한 로부스타종의 원두를 재배했는데 그 원두에서 추출한 커피는 현지 네덜란드인의 입맛에 맞지 않았어요. 그러자 어떻게든 그 원두로 입맛에 맞는 커피를 내릴 수 없을까, 고심 끝에 만들어낸 게 바로 더치 커피, 즉 찬물로 우려내는 커피였다고 알려져 있어요."

찬물에 우려내면 원두에 열을 가하지 않기 때문에 카페인이나 타닌 같은 성분은 잘 녹아나지 않아 입에 닿는 맛이 한결 부드러워진다. 원두 가루를 물에 넣어 여과하는 냉침식과 원두 가루에 장시간 물을 한 방울씩 떨어뜨리는 워터 드립이 있지만, 더치 커피라고 하면 주로 후자인 워터 드립을 말한다.

"인도네시아에서 살던 네덜란드인이 고안해 낸 것이라서 더치 커피라는 이름이 붙었지만, 정작 네덜란드에서는 거의 마시지 않는다는군요. 어디까지나 인도네시아의 음료인 거예요."

"와아, 그렇구나. 그럼 다카노 씨가 갔던 곳은 네덜란드가 아니라 인도네시아였어요?"

노리카는 아직 반신반의하는 기색이었다.

"아니, 그게 아니죠, 네덜란드 커피숍 얘기는 메뉴에 네덜란드 음료가 있다는 전제하에서 나왔는데, 아예 그것부터 틀렸다는 얘기가 되잖아요. 다카노 씨, 저한테 거짓말을 하신 거예요?"

노리카가 재우쳐 물었지만, 다카노는 대답하지 않았다. 그 대신 다시금 미호시 씨를 지그시 바라보며 우렁우렁한 목소리로 말했다.

"다시 물어보죠. 여행 마지막 날 밤, 우리가 찾아간 커피숍은 어느 나라에 있었을까?"

미호시 씨는 망설임 없이 말했다.

"일본입니다."

그건 메뉴에 적힌 '세계의 커피' 중에서 후보가 될 만한 나라를 찾고 있던 나로서는 생각지도 못한 대답이었다.

"일본이라고요? 있어요, 그런 데가?"

"우선 다카노 씨는 '세계의 커피'의 메뉴는 모두 본고장에서 마셨던 것이라고 밝혔어요. 게다가 둘이 갔던 나라가 어디 어디인지, 이 메뉴판을 보면 다 안다고도 했지요. 그 말을 한 시점에 벌써 네덜란드는 제외됩니다."

나는 '세계의 커피'를 봤을 때, 중복되는 나라가 없는 것을 확인했다. 그리고 그 시점에는 더치 커피가 인도네시아가 아니라 네덜란드를 가리킨다고 생각했다. 아니, 최소한 네덜란드를 염두에 두고 있었다. 그렇게 생각한 것만으로도 알 수 있듯이 이 가게의 메뉴에는 네덜란드 음료는 없다.

"그렇다면 인도네시아나 오스트리아 등이 후보가 되겠지만, 거기에 딱 맞는 메뉴도 없었어요. 그래서 나는 '마지막 날 밤'이라는 표현에 주목했습니다. 이건 그러니까 입국한 다음 날에야 교토에 돌아왔다는 얘기예요. 귀국한 게 늦은 시각이어서 도쿄의 호텔에서 일박을 했고, 그렇다면 거기까지 여행에 포함되는 게 아닌가 하고 생각했어요."

분명 그런 경우도 있을 것이다. 다카노는 '우리가 갔던 나라들이 어디 어디인지, 이 메뉴판을 보면 다 알 수 있다'라고 말했기 때문에 여행 중에 일본의 커피숍을 찾아갔을 가능성을 부정한 적은 없다.

틀린 말은 아니라고 생각했다. 하지만 그렇다고 확실한 증거가 있는 것도 아니다. 단지 후보가 되는 나라가 한 군데 늘어났다는 것뿐이다.

"거기서 어떻게 꼭 일본이라는 결론이 나왔죠?"

"일본이라기보다 도쿄였다면 약혼녀가 다카노 씨와 파혼을 결심할 만한 경우가 딱 한 가지, 짐작되는 게 있었기 때문이에요."

"도쿄? 도쿄의 커피숍에 대체 뭐가 있는데요?"

나의 그 질문에 대답할 때만 미호시 씨는 슬픈 듯한 표정을 보였다.

"다카노 씨의 약혼녀는 예전에 다른 분과 결혼할 예정이었다고 했지요? 다카노 씨는 그분이 일하는 커피숍을 알아보고, 그녀를 그곳에 데려간 거였어요."

―그건 틀림없이 자업자득이었어.

아까 다카노가 했던 말이 머릿속에 되살아났다. 나는 깜짝 놀라서 다카노 쪽을 보았다. 그는 시선을 떨구고 있었다.

"아니, 왜 하필 그런 곳에……."

말문이 막혀버린 노리카를 향해 미호시 씨는 설명을 이어갔다.

"마음속에 뭔가 미진한 것을 남긴 채 그녀와 결혼하고 싶지는 않았겠지요. 그때까지도 다카노 씨는 자신이 예전 약혼자 대신이라는 느낌을 떨치지 못하셨던 것 같아요. 다카노 씨는 다시 한번 그녀와 예전 약혼자를 만나게 해주고 그래도 자신을 선택하는지 확인한 다음에 결혼을 결정하려고 했습니다. 반드시 그렇게 될 거라고 믿고 그녀를 커피숍에 데려갔겠지요."

커피숍을 찾아간 전후에 그녀의 마음이 변했다면 그곳에는 파혼을 결심할 뭔가가 있었던 게 틀림없다. 그렇다면 생각해 볼 수 있는 사람은 예전 약혼자뿐이라고 미호시 씨는 말했다.

"다카노 씨가 들려준 이야기가 아주 자연스럽게 흘러갔기 때문에 별다른 위화감을 느끼지 못했지만, 찬찬히 생각해 보면 그녀의 예전 약혼자와 관련된 에피소드는 혼전 여행과는 아무 관련도 없었어요. 그런데도 그 일을 굳이 얘기했다는 것 자체도 중요한 단서가 됐죠. 실제로 그 부분이 없었다면 이런 답도 낼 수 없었을 거예요."

예전 약혼자는 카페 경영에 실패해 거액의 빚을 떠안았다. 하지만 그 경력을 살려 다른 커피숍에 채용되었다. 실제로 그랬다면 같은 업종의 다카노가 그에 대한 정보를 얻는 건 그리 어렵지 않다. 거의 10년 전의 일이지만 그때쯤이면 벌써 이름만 알아도 인터넷 등을 통해 누군가의 근무지를 알아낼 수 있고, 설령 그렇게까지 간단하지는 않았더라도 커피 업계의 네트워크를 통해 어느 시기에 개점한 도쿄의 커피숍 경영자에 대해 알아보는 건 충분히 가능했을 것이다.

"아, 그래서 자업자득이라고 생각하지 않는다고……."

나는 조금 전에 들은 미호시 씨의 말을 떠올리며 혼자 중얼거렸다.

단순히 말의 의미만을 추출한다면 역시 이상론이라는 건 부정할 수 없다. 다만 그 배경으로 나는 마약 쪽을, 미호시 씨는 예전 약혼자 쪽을 상정했다. 어느 쪽에 서느냐에 따라 느낌이 완전히 달라진 것이다.

다카노가 자신을 선택할 거라고 믿고 그녀를 커피숍에 데려갔고 그 결과 파혼을 당했다면 분명 그건 서로에 대한 이해 부족이나 인식의 오류라고 할 수 있다. 그렇다고 다카노의 자업자득이라는 측면이 완전히 없어지는 건 아니다, 라고 나는 생각했다. 하지만 다카노를 나무랄 마음은 이제 대폭 줄어들었다.

"그런 속사정이 있었는데도 그걸 감추려고 자신이 마약에 손을 댄 것으로 했다니, 그것도 상당히 위악적인데요?"

선뜻 믿기 힘든 마음으로 그렇게 말하는 내게 미호시 씨는 자기 생각을 들려주었다.

"다카노 씨는 엉뚱한 네덜란드 커피숍을 끌어다 자조적으로 과거를 털어놓았지만, 사실은 마음속 어딘가에서 진상을 밝혀줄 누군가가 나타나기를 기다렸던 게 아닐까요? 이곳에 오자마자 나는 이글 커피라는 가게 이름은 다카노 씨의 이름에서 따온 것이냐고 물었어요. 그건 유감스럽게도 잘못 짚은 것이었지만, 다카노 씨는 그 말을 듣고 다양한 것을 밝혀내려는 내 성향을 짐작했겠지요. 그래서 퀴즈라는 명목으로 처음 만난 내게 그 얘기를 해주신 게 아닌가요?"

"……그런 것까지 알아차리다니, 정말 대단한 분이시네."

다카노는 팔짱을 낀 채, 지쳐버린 사람처럼 후우 긴 숨을 토해냈다.

"정확히 맞혔어. 나는 그녀가 내게서 떠날 수도 있다는 걸 알면서도 그자와 다시 만나게 해줬어. 그야말로 긁어 부스럼이었지."

"하지만 피해 갈 수 없는 일이었겠지요. 그래서 나는 그것도 필요한 과정이었다고 생각해요."

편을 들어주려는 게 아니라 실제로 그렇게 생각한다는 얼굴로 미호시 씨는 말했다. 하지만 다카노는 코웃음을 쳤다.

"아니, 역시 그건 자업자득이었어. 그 뒤에 내가 얼마나 후회했는지. 그런 쓸데없는 짓만 안 했어도 이렇게 누군가 진상을 밝혀주기를 기다리는 처량한 신세가 될 일은 없었을 텐데. 근데 진짜로 그걸 밝혀내는 바람에 이제야 그딴 걸로는 구원받을 수 없다는 걸 알았어."

그 말에 미호시 씨는 입을 꾹 다물었다.

"그자가 아니라 나를 선택하게 해서 그걸로 안심하고 싶었어. 우월감에 젖어보려고. 흥, 우쭐하다가 꼴좋게 뒤통수를 맞았지."

"하지만 다카노 씨, 이제 결혼했으니까 괜찮잖아요?"

노리카가 나무라듯이 말했지만, 다카노의 자학은 멈추지 않았다.

"그녀의 이별 통보에 충격을 받고 거의 자포자기 상태로 한 결혼이야. 그게 지금의 아내지. 아이도 생겼고. 하지만 본말이 전도된다는 게 바로 이런 경우겠지. 그 무렵에 그녀가 내게서 그자의 자취를 찾았던 것처럼 이제는 내가 그녀의 자취를 찾고 있더라고. 나도 모르게 그녀를 대신해 줄 사람을 찾는 거야."

거칠게 말을 내뱉고 다카노는 카운터를 떠나 직원용 공간으로 들어갔다. 마치 술에 취한 사람처럼 허청거리는 발걸음이었다.

나는 눅눅한 침묵 속에 잠겨 들었다. 나보다 열 살쯤은 많은 사람에게서 이토록 나약하고 노골적인 이야기를 들은 건 처음이었다. 그리고 그게 어쩐지 기분 나빴다. 하지만 이건 꼭 다카노라는 인간이 기분 나빴다는 얘기가 아니다. 잃어버린 사랑의 그림자를 오랜 세월 끌고 다니는 것은 아마도 그리 드문 일은 아니리라. 그 슬픔을 마음속에 담아둔 채 평생을 보내는 사람도 있을 것이다. 그보다는 지금도 여전히 완결되는 일 없이 이곳에 존재하는, 타인의 생생하고도 음울한 감정에 덜퍼덕 빠져버린 듯한 느낌이 어쩐지 불쾌해서 견딜 수 없었던 것이다.

그래서 자리에 어울리지 않게 썰렁하긴 했어도 노리카가 환한 목소리로 미호시 씨에게 말을 건넸을 때, 나는 안도했다.

"손님, 진짜 대단하시네요! 지금까지 마스터가 숨겨온 진실을 이렇게 순식간에 밝혀내다니."

"네, 고마워요."

미호시 씨는 민망해하면서도 상냥하게 응했다.

"우리랑 같은 일을 하신다고 했지요? 어떤 이름의 가게예요?"

"커피점 탈레랑이에요. 장소는 니조의 도미노코지 쪽이고."

"와아, 그렇구나. 이렇게 현명한 분이 내려주는 커피라면 분명 맛있을 거 같아요."

현명함과 커피의 향미가 상관관계가 있다고는 생각되지 않았지만, 나도 노리카와의 대화에 가세했다.

"미호시 씨가 내려주는 커피는 최고예요. 그건 내가 보증합니다."

"어머, 그렇다면 꼭 가보고 싶네요."

그러더니 그녀는 자세를 바로잡고 배 앞에 손을 맞댔다.

"저는 미나가와 노리카라고 합니다. 여기 가게에서 알바로 일하고 있어요. 이른 시일 내 꼭 탈레랑에 갈게요."

노리카의 말에 미소를 짓는가 싶더니 미호시 씨는 깊숙이 고개를 숙였다.

"어쩌면 우리 사장님이 폐를 끼칠 수도 있는데, 그래도 괜찮으시다면."

그래서 나는 노리카를 찬찬히 보았다. 단지 젊은 것만이 아니라 용모도 단정하다. 모카와 영감님이라면 분명 보자마자 0.5초 만에 벙실벙실 웃으며 다가갈 만한 인물이었다.

"사장이요? 흠, 뭔지는 잘 모르겠지만 기대할게요."

머리 위에 여러 개의 물음표가 그려진 듯한 노리카에게 커피값을 계산하고 우리는 이글 커피를 뒤로했다.

7

히가시오지 대로를 북쪽으로 걸었다. 예감했던 대로 하늘은 우리가 실내에 있는 동안에 울음보를 터뜨렸다.

"뭔가 굉장한 얘기였네요."

우리는 둘 다 접이식 우산을 갖고 있었다. 옆에 선 미호시 씨는 어쩐지 시무룩한 것처럼 보였다.

"나는 정말로 다카노 씨가 어쩔 수 없는 선택을 했다고 생각했어요. 근데 다카노 씨는 고집스럽게 자신을 책망하시네요. 결국 나 때문에 자책감만 더 커진 건 아닌지 모르겠어요."

"다카노 씨는 과거에 자신이 했던 선택을 긍정해 줄 사람을 기다렸던 거예요. 미호시 씨야말로 자신을 책망하지 말아요."

비가 투두둑 우산을 때렸다. 미호시 씨의 표정은 그 그늘에 가려 잘 보이지 않았다.

지나가던 시영 버스가 빗물을 튕겼다. 미호시 씨가 불쑥 물었다.

"······그런데 그 커피점, 혹시 마코 씨가 소개해 줬어요?"

"엇, 들켜버렸네!"

이 상황에 대충 얼버무리고 넘어갈 수는 없다. 미호시 씨는 마코의 에마를 본 것이다. 이제 새삼 거짓말을 해봤자 쓸데없다.

"요즘 내가 《겐지 이야기》를 읽고 있는데 거기서 인용한 〈장한가〉 한 구절에 원앙이라는 단어가 있었어요. 카페에서 그런 얘기가 나왔을 때, 마코 씨가 원앙차를 하는 커피점이 있다면서 알려줬어요."

"카페에서 손님이 하는 얘기를 들었다고 했지요? 뭐, 거짓말을 한 건 아니네요."

"아니, 그렇게 말씀하시니 도리어 가슴이 뜨끔한데요, 하하하……."

메마른 웃음을 짓는 나를 아랑곳하지 않고 미호시 씨는 뭔가 깊은 생각에 잠겨 있었다. 별 의미 없는 거짓말이었다고 해명할까도 생각했지만, 괜히 길게 얘기해 봤자 혼만 나겠다 싶어서 그냥 덮어두었다.

기온 사거리 남측에서 빨간 신호에 멈춰 섰다. 상가의 예스러운 기와지붕 밑에서 나는 스마트폰을 꺼내고 몸을 살짝 틀어 화면을 감춘 채 마코에게 보낼 메시지를 입력했.

'이글 커피, 다녀왔습니다. 원앙차도 잘 마셨고, 뜻하지 않게 마스터의 신상 얘기도 듣고, 다양한 의미에서 재미있는 커피점이었어요.'

메시지를 보내고 잠시 뒤에 신호등이 초록 불로 바뀌었

다. 막 건널목을 건너기 시작했을 때, 스마트폰이 부르르 진동했다. 꺼내보니 마코에게서 온 답신이었다. 엄청 빠르다. 거의 무의식중에 나는 메시지를 열었다.

그러고는 전율했다.

"……아오야마 씨?"

기온 사거리 한복판에서 우두망찰 멈춰 서버린 나를 미호시 씨가 당황한 기색으로 잡아끌었다. 하지만 내 두 발은 늪에라도 빠진 것처럼 움직이지 않았다.

나는 머릿속에 떠올리고 있었다. 야스이콘피라구에서 발견했던 마코의 에마를.

─미노리가 불륜을 멈추게 해주세요.

─저는 미나가와 노리카라고 합니다.

'그렇다면 미나가와 노리카가 **미노리**?'

마코에게서 도착한 메시지는 단 한 문장이었다.

'그 커피점에 불륜 상대가 있어.'

[어떤 편지 3]

그날 밤의 실수는 일방적인 폭력일 뿐이었다고 약혼자에게 몇 번을 호소했는지 모른단다.

하지만 약혼자는 전혀 들어주지 않았어. 설령 원해서 그런 게 아니더라도 너에게 과실이 있다는 건 변함이 없다는 말만 되풀이했어.

한 번은 그가 이런 말을 한 적이 있었어.

"네가 주장하는 말이 모두 맞고, 너에게 한 치의 잘못이 없었다고 해도 마찬가지야. 무엇으로도 그날 밤 내가 본 광경을 지워버릴 수는 없어."

이건 짐작이지만, 실은 그 사람도 내 말을 믿었을 거야. 같은 방에 약혼자가 있는 상황에서 다른 남자와 관계를 맺다니, 그건 도저히 제정신으로 할 짓이 아니니까. 내 말을 믿었지만, 그래도 그의 망막에 낙인처럼 찍힌 광경 속의 나를 두 번 다시 받아들일 수 없었던 것이겠지. 서글프지만 그것도 이해가 안 되는 건 아니야.

약혼은 없었던 일이 되었어.

직장도 그만두어야 했어. 나는 아주 잠깐 경계심이 풀린 것 때문에 단 하룻밤 사이에 모든 것을 잃고 말았어.

나를 덮친 동료를 고소할 수도 있었겠지. 하지만 그래 봤자 내 곁을 떠나버린 그가 돌아오는 것도 아니잖아. 그날 밤의 일을 떠올리는 정신적 고통과 맞바꿔 얼마간의 돈을 손에 넣어본 들 그건 내게 너무도 허망한 일이고, 그럴 만한 기력도 남아 있지 않았어.

하지만 나는 그 동료를 절대로 용서하지 않을 거야. 평생 불행의 밑바닥에서 몸부림치며 살다가 고통 속에서 죽어가기를 간절히 기원할 거야.

제4장

커피 인형의 레종데트르

1

중학교 여름방학이 끝나자, 한동안 예전의 일상을 되찾기에 바쁜 나날이 이어졌다. 게다가 9월 말에 운동회가 있어서 그 연습에 쫓겼다. 어느새 나는 강변에 나가지 않게 되었다.

문득 깨닫고 보니 10월이 시작되고 있었다. 월요일, 집에 돌아오는 길에 불어오는 바람이 선선해서 저절로 지난봄이 생각났다. 나는 오랜만에 강변으로 걸음을 옮겼다.

마코의 뒷모습은 금세 찾을 수 있었다. 퇴색해 가는 풀밭에 앉아 책에 시선을 떨구고 있었다. 내가 나오지 않은 동안에도 분명 그 자리에서 책을 읽었으리라. 별다른 근거 없이도 확신할 수 있을 만큼 그녀는 강변 풍경에 녹아들어 있었다.

"마코 누나, 오랜만이야."

말을 건넸다. 그녀는 돌아보지 않았다.

―응, 오랜만이다. 여름방학 때 오고 처음인가?

"어, 혹시, 나 기다렸어?"

―후훗, 건방지기는. 너 만나기 전부터 나는 항상 여기 왔었어.

곁에 가서 나란히 앉았다. 그러고는 물었다.

"왜 울고 있어?"

가만히 놔두는 것도 선량함이라는 걸 알 만큼 나는 성숙하지 않았던 것이다.

―들켰네.

그녀는 평소보다 코맹맹이 소리를 냈다. 게다가 땀을 흘릴 만큼 무더운 날씨는 이미 지나갔는데도 턱 끝에서 물방울이 한 차례 반짝 빛났다. 아무리 얼굴을 보여주지 않으려 해도 울고 있다는 건 명백했다.

―나는 태어나서 지금까지 내내 본가에서 살았어.

고향 동네는 다른 지역에서 일부러 일하러 찾아올 만큼 큰 도시가 아니었다. 독신이던 마코가 이렇게 강변에 나오는 것만으로도 이미 본가에서 산다고 실토한 것이나 마찬가지다. 하지만 당시의 내 시선에서 보자면 마코는 어른이었다. 어른이 됐는데도 부모와 함께 산다는 게 어쩐지 상상하기 어려운 일 같았다.

―우리 부모님, 엄청 사이가 안 좋아. 항상 싸우기만 해. 그래서 미용실 쉬는 날에도 별로 집에 있고 싶지 않아. 아버지가 자영업이라 평일에도 일찌감치 장사 걷어치우고 집에 들어오니까.

나는 딱히 별문제가 없는 집에서 태어났고, 부모님도 기본적으로 사이가 좋았다. 그래서 당시에는 그게 일반적인 가정의 모습인 줄로만 알았고, 부모의 이혼 등으로 형태가 달라진 집은 극히 일부일 뿐이라고 생각했다. 실제로는 그렇지 않다고 알게 된 건 그로부터 한참 나중이었다.

"그래서 이 시간에는 항상 강변에 나와 있었어?"

―응, 초등학생 때부터. 원인은 대부분 아버지의 바람기. 그것 때문에 엄마가 화가 나서 울고불고……. 그런데도 왜 그런지 이혼은 안 한다니까. 그래서 어릴 때는 이혼이란 절대 해서는 안 되는 줄 알았어. 근데 이제는 그냥 얼른 헤어지면 좋겠다는 생각밖에 없네.

마코의 옆얼굴은 석양으로 그늘져서 어떤 표정인지 잘 알 수 없었다.

―엄마가 울부짖을 때마다 귀를 막고 어딘가로 도망쳐 버리고 싶어……. 아마 내가 소설책을 좋아하게 된 가장 큰 이유는 그거겠지? 이야기 속에는 따뜻하고 아늑한 가정이 있고, 다툼 따위 없이 서로 진심으로 사랑하는 사람들이 있고……. 물론 그런 이야기만 있는 건 아니지. 하지만 어쨌든 소설 속 세계에 몰입해 현실도피를 하는 동안만큼은 나도 마음이 편안해져.

아무 말도 할 수 없었다. 중학생인 나에게는 버거운 고백이었다.

―진짜 분통이 터져. 아버지와 바람피우는 여자는 자기 때문에 우리 집안이 엉망진창이 되는 거, 알기나 할까? 아이가 집에 붙어 있지 못하고 이렇게 강변에서 시간을 때우며 자랐다는 거, 한순간이라도 상상해 본 적이 있을까?

마코는 이미 울고 있지 않았다. 오히려 내가 그녀의 이야기를 들으며 눈물이 날 것 같았다. 어째서 그런지는 모른다. 중학생인 내가 그때까지 경험한 적이 없을 만큼 너무 슬프고 화가 나서 견딜 수 없었다.

"용서할 수 없어. 진짜 용서할 수 없지. 마코 누나를 이렇게 힘들게 하는 아버지도, 상대 여자도. 진심으로 경멸하고, 지금 당장이라도 응징하러 가고 싶어."

―후훗, 너도 함께 화를 내주는 거야?

왜 웃는 걸까, 나는 화가 나는데. 하지만 조금 흐뭇하기도 했다.

"집을 나올 생각은 안 해봤어?"

―고민해 본 적은 있지. 근데 내가 떠나면 더 심하게 싸울 거야. 어찌 됐든 여자인 엄마 쪽이 이래저래 약자잖아. 전업주부라서 이혼하면 당장 먹고살기도 힘들어. 그런 걸 생각하면 도저히 나 혼자 떠나버릴 결심은 못 하겠더라.

마코가 전에 기술을 배우고 싶다고 말했던 게 생각났다. 여차할 때 엄마처럼 되지 않기 위해서, 라는 마음이 있었던 걸까. 만일 그렇다면 현명하지만 참으로 서글픈 동기였다.

엄마를 걱정하는 마코의 그 착한 마음이 아름답다고 생각했다. 그 한편에서 그녀의 언동 틈새마다 감도는 체념 같은 것에 나는 순수한 의문이 느껴지기도 했다. 엄마를 위해 자신의 삶을, 그리고 마음의 평화를 희생할 필요가 있을까. 부모와 자식이란 원래 그런 걸까.

거기서 전에 그녀가 했던 말이 퍼뜩 생각났다. 언젠가 그녀가 내게 들려준 꿈 이야기다.

"그래서 멋진 신부가 되고 싶다고 했구나······."

새로운 가정을 꾸려 거기에 자신의 자리를 만들기 위해. 그녀의 부모님 같은 관계가 아니라 사이좋은 부부로 살 수 있게. 그리고 자연스럽고 당연한 상황에서 부모 슬하를 떠날 수 있게.

─응.

고개를 끄덕일 거라면 그런 약한 소리는 하지 말았으면 좋겠다고 생각했다. 체념한 듯한 모습은 보이지 말았으면 좋겠다고 생각했다.

"다른 걱정은 할 거 없어. 마코 누나 자신이 행복해지는 것만 생각하면 돼."

그냥 떠오르는 대로 입 밖에 낸 것뿐이었다. 중학생다운 치기라든가 허세 같은 건 그때 내 마음속 어디에도 없었다.

문득 어깨에 무게와 온기가 느껴졌다.

마코가 몸을 기울여 내 어깨에 머리를 얹고 있었다.

심장이 멎어버릴 것 같았다.

─중학생 주제에 건방지기는. 그래도······ 고마워.

그녀의 머리칼 향기가 코끝을 간질였다. 역시 나는 그녀가 좋았다.

하지만 그런 마음을 어떻게 해야 좋을지 알 수 없었다.

2

—미노리가 불륜을 멈추게 해주세요.

그 '미노리'가 이글 커피의 미나가와 노리카라면 야스이 콘피라구에 걸린 마코의 에마는 자신의 남편이 아니라 불륜 상대를 향한 기원을 적은 것이라는 얘기다.

어딘지 부자연스럽다는 느낌도 있었다. 하지만 저주까지는 아니어도 그런 부정적인 기원—사람과 사람 사이를 갈라놓겠다는 것은 상황이야 어떻든, 부정적이라고 할 수밖에 없다—을 남편에게 걸기가 아무래도 망설여졌다는 건 이해할 만했다. 극단적인 예지만, 남편이 사고 등으로 사망해도 불륜은 멈춰진다. 혹시라도 그런 형태로 기원이 이뤄진다면 마코로서도 견디기 힘들 것이다.

이글 커피는 마코가 소개했고 그녀는 그곳에 가본 적이 있다. 설마 남편의 불륜 상대가 그때 우연히 그곳에 있었을 리는 없다. 마코는 남편의 불륜 상대인 노리카가 일하는 곳을 알아본 끝에 접촉하기 위해 자신의 신분을 감추고 그곳에 찾아간 것이다. 근거가 정확한 건 아니지만, 그렇게 보는 게 가장 알기 쉬운 구도라고 생각되었다.

그러면 마코는 왜 그 에마에 직접 '미나가와 노리카'라고 적지 않았는가. 그 이유도 쉽게 짐작해 볼 수 있다. 미나가와 노리카는 이글 커피에서 일하고 있기 때문에 바로 옆의 야스이콘피라구에 들를 가능성이 크다. 인간은 익히 보아온 자신의 이름에 민감하게 반응하게 마련이다. 에마에 미나가와 노리카라는 이름을 적어놓으면 본인이 눈치채 버릴 우려가 있다. 그래서 자신이 붙인 별명을 적어놓기로 했을 것이다.

게다가 '미노리'라는 단어에는 또 다른 의미도 있을 것이다.

그날 나는 커피점 탈레랑의 카운터 자리에 앉아 《겐지 이야기》를 읽고 있었다. 서서히 문장에 익숙해졌는지 아니면 그 세계관이 점점 스며들었는지, 읽는 속도가 빨라져서 벌써 히카리 겐지의 생애를 묘사한 파트 끝부분에 접어들었다.

마침 제39첩의 〈저녁 안개〉를 다 읽었을 때였다. 전자책 리더기에는 미리 전편을 다운로드해 두었다. 나는 그다음 편을 펼쳤다.

그리고 그 제40첩의 제목이 바로 〈미노리御法〉(불법을 높여서 부르는 말)였다.

거기서 내 생각은 저절로 마코의 에마 쪽으로 날아갔다. 그리고 미나가와 노리카에게 '미노리'라는 별명을 붙인 것은 그야말로 마코답다고 생각했다.

나는 리더기에서 고개를 들었다. 카운터 안쪽에서 미호시 씨가 뭔가 지금까지와는 다른 것을 만들고 있었다. 유리 서버 두 개를 나란히 놓고 서로 다른 음료를 컵 안에서 섞고 있다.

"미호시 씨, 혹시 원앙차를 만드는 거예요?"

말을 건네자 그녀는 쓴웃음을 지었다.

"이글 커피에서 마신 원앙차가 맛있어서 나도 만들어봤는데 잘 안되네요."

"어디 좀 마셔볼까요?"

미호시 씨가 내민 컵은 캐러멜 색감의 액체로 가득 채워졌다. 그 색감만 본다면 이글 커피에서 마신 것과 별반 다르지 않았다.

하지만 애써 만들어준 원앙차를 한 모금 마신 순간, 나는 어찌할 도리 없이 얼굴을 찌푸리고 말았다.

"크윽, 정말 맛이…… 별로네요."

"그렇죠? 떫은 것만 두드러지고, 맛이 각각 따로 놀아요."

미호시 씨는 실례했습니다, 라면서 컵을 가져갔다.

"재료 배합이 잘못된 건가. 아니면 내가 내린 커피와 홍차가 원앙차에는 안 맞는 건가……. 잘 만들어지면 메뉴에 추가하려고 했는데 당분간 어렵겠네요. 흠, 왜 맛있게 안 나오지?"

그녀는 정말 이상하다는 듯 고개를 갸웃거렸다. 호기심이 강한 것은 미호시 씨의 큰 특징 중 하나다. 처음 만났을 때 그대로, 전혀 변함이 없는 점이 흐뭇하게 느껴졌다.

뜻밖의 일은 있었지만, 어떻든 이글 커피에 다녀온 게 미호시 씨에게는 큰 자극제가 된 모양이다. 그렇다면 다행이라고 생각하면서도 여전히 수수께끼인 것은 마코가 우리를 이글 커피에 보낸 이유였다.

마코 안에서는 대체 어떤 이야기가 전개되고 있는 것인가.

그런 생각을 하기 시작했을 때, 갑작스레 탈레랑 입구의 문이 열렸다.

"안녕하세요?"

씩씩한 목소리와 함께 들어선 인물을 보고 나는 가슴이 철렁했다.

"어서 오세요……. 와아, 노리카 씨?"

미호시 씨가 환하게 미소를 지으며 말했다.

"지난번에 오겠다고 말씀드렸죠? 저, 진짜로 와버렸어요!"

카운터로 성큼성큼 다가온 사람은 미나가와 노리카였다. 마코에 대해 이런저런 생각을 하는 중인 이 타임에 그야말로 딱 맞춰 나타났다. 말투로 봐서는 탈레랑은 오늘이 처음인 모양이다. 우산을 입구 옆 우산 받침대에 꽂고 돌아선 그녀의 무릎길이 베이지색 치마는 여름비에 젖어 색깔이 달라져 있었다.

"어머, 함께 계셨네? 안녕하세요?"

나도 마음속의 동요를 애써 감추며 마주 인사를 건넸다. 이글 커피를 방문하고 약 열흘만의 재회였다.

"멋진 가게네요. ……헉, 이게 뭐야?"

노리카는 스스럼없이 가게 안 여기저기를 구경하다가 구석 의자에 앉힌 인형 앞에서 덜컥 멈춰 섰다.

"어때, 귀엽잖아? 우리 커피점의 마스코트 '다레이랑'

이구먼."

옆의 카운터 자리에 앉아 있던 모카와 영감님이 인형을 소개했다. 어느 틈에 그런 이름을 붙였는지, 참.

"안 되죠, 마음대로 우리 커피점의 마스코트라니?"

콧등에 주름을 잡고 미호시 씨가 항의했다.

"미안해요, 노리카 씨. 치우라고 몇 번을 말했는데 도무지 말을 안 듣네요."

"아, 네에……. 근데 이쪽 분은?"

"우리 커피점의 사장님……."

"나는 모카와 마타지라는 사람이외다. 앞으로 잘 지내봅시다."

부드러운 동작으로 대화에 끼어들더니 모카와 영감님이 노리카의 손을 잡았다.

노리카는 슬쩍 몸을 뒤로 빼면서 말했다.

"이분이 사장님……. 지난번에 잠깐 얘기하셨던?"

"네, 정말 죄송해요. 이렇답니다."

너무도 예상한 그대로 일이 흘러가서 미호시 씨와 노리카, 그리고 나까지 세 사람은 동시에 맥이 빠졌다. 장본인 모카와 영감님 혼자서만 10년쯤 다시 젊어진 것처럼 생기가 넘쳤다.

이윽고 노리카는 커피를 주문하고―여름이지만 내가 추천한 뜨거운 커피로 정했다―잠시 샤를과 놀아주고 있었다. 자기를 좋아하는 사람을 용케도 알아보고 금세 안겨드는 샤를의 사랑스러움에 노리카는 흐물흐물 녹아드는 것 같았다. 미호시 씨가 커피를 카운터로 내주자, 자리로 돌아와 잔에서 피어오르는 향기를 맡았다.

"이 향기, 진짜 좋아요. 역시 마음이 차분해지는데······. 저기 저 시선만 없다면."

인형의 두 눈동자가 정확히 노리카가 앉은 자리로 향하고 있었다. 당황한 미호시 씨가 카운터에서 나와 의자를 번쩍 들어 각도를 바꿔주었다.

"후유, 미안해요."

"그냥 치워버리면 안 될까요?"

내가 물었다.

"이게 크기도 큰 데다 너무 무거워서 나 혼자는 옮기기도 힘들어요. 게다가 이 인형이 온 뒤로 아저씨의 지정석이 없어진 만큼 꾸벅꾸벅 졸면서 땡땡이치는 일도 줄었고······."

오, 그렇구나. 아주 나쁜 것만은 아닌 모양이다.

노리카는 커피를 호호 불어 식힌 뒤에 후루룩 소리를 내며 마셨다.

"······맛있어!"

딱 한마디. 왠지 내가 자랑스러운 기분이 들었다.

"그렇죠? 미호시 씨가 내려주는 커피는 그야말로 최상의 커피거든요."

일단 노리카는 마코에게는 원수 같은 인물일 것이고, 따라서 나도 두 손 들고 환영할 수는 없었다. 하지만 막상 마주하고 보니 그런 이미지와는 잘 연결되지 않았다. 노리카의 우호적인 태도 때문인지, 문득 깨닫고 보니 나는 그녀와 다정하게 대화를 나누고 있었다.

한바탕 커피의 향미를 칭찬하더니 노리카는 문득 생각난 듯 다시 인형 쪽으로 시선을 던졌다.

"인형과 커피라니까 생각나는데 제가 최근에 좀 이상한 얘기를 들었어요."

"이상한 얘기?"

미호시 씨는 카운터 안으로 돌아가려던 참이었다.

"네, 그게 좀 수수께끼 같은 일이라서……. 아, 그렇지!"

노리카가 손뼉을 따악 쳤다.

"바리스타께서 지난번처럼 수수께끼를 풀어주실래요? 제가 자세히 얘기해 드릴 테니까요."

"내가 풀 수 있다면 좋겠지만……."

미호시 씨는 겸손하게 말했지만, 사실은 이미 호기심이 발동한 눈치였다. 나도 부쩍 관심이 갔다.

"뭡니까, 인형과 커피에 얽힌 수수께끼라는 게?"

"네, 실은 우리 고모 얘기인데요……."

노리카는 다시 후루룩 커피를 마시고 이야기를 시작했다.

3

노리카의 고모, 미나가와 마나는 38세의 회사원이다.

대학을 졸업하자마자 오사카의 지역 생활정보 잡지사의 편집자로 채용되어 벌써 근속 15년째다. 키가 훌쩍 크고 바지 정장을 깔끔하게 소화하고, 일할 때 방해가 된다고 머리는 항상 쇼트커트다. 그녀의 경험과 능력은 회사에서도 좋은 평가를 받아 이제는 그에 걸맞은 책임 있는 자리에 앉아 있다. 현재 프리터인 노리카에게 롤 모델이 되는 여성인 것이다.

마나는 미혼이지만 오사카 시내의 맨션에서 약혼자 니지마 다카토시와 동거 중이다. 마흔 살의 다카토시는 주로 음식점 인테리어 등을 담당하는 개인 공간 디자인 사무실을 운영하고 있다. 두 사람이 알게 된 것도 업무 관련이었고, 처음 만난 곳은 새로 오픈한 음식점 행사장이었다.

다카토시는 자기 일에 대해 실내 장식에 관한 것이라면 뭐든 자신 있다고 말했다. 실제로 실내 장식과 전자 제품 관련 지식이 풍부한 것은 물론, 고객별로 유연하게 대응해서 때로는 기성 제품의 외견을 가게 분위기에 맞춰 새로 디자인해 주기도 했다. 다카토시가 직접 손을 대는 게 아니라 그런 설계 주문에 기술적 뒷받침을 해주는 복수의 업자와 연결되어 있다. 개인 사무실인 만큼 융통성을 발휘해 세세한 요청에도 응해주어서, 개업 후 10여 년 동안 꾸준한 인기를 누리고 있다.

다카토시의 사무실은 오피스 거리의 아담한 주상복합건물 안에 자리 잡고 있다.

신발을 신은 채 안으로 들어가 바로 왼편이 화장실이고 그 앞으로 우선 응접 공간이 보인다. 낮은 유리 테이블을 사이에 두고 한쪽에 2인용 소파, 반대편에는 1인용 소파 두 개가 있다. 그 안쪽은 파티션과 키 큰 관엽식물 화분으로 공간을 구분했다.

파티션 너머 오른편으로 주방과 샤워실이 있어서 사무실이라도 마음만 먹으면 살림이 가능한 구조다. 그리고 왼쪽 문을 지나면 그곳이 바로 작업실이다. 이곳에는 고객의 개인정보 등을 보관하고 있기 때문에 외부인의 출입은 금하고 있다. 책상과 컴퓨터, 책장 외에 일이 바쁠 때는 자고 가거나 낮에 잠깐 눈을 붙일 수 있게 침대도 비치했다.

고객을 만나는 공간은 항상 청결을 유지한다. 그러지 않으면 제구실을 못 하기 때문이다. 하지만 작업실 쪽은 어차피 외부인이 들어올 일이 없다는 인식이 있다. 직업상 공간 구성이나 가구 배치에는 세심하게 신경을 쓰지만, 따로 직원이 있는 것도 아니라서 작업실은 대부분 어질러져 있었다.

그래서 언제부턴가 마나가 짬이 날 때마다 다카토시의 작업실을 정리해 주곤 했다. 물론 업무 관련 서류나 도구에는 일절 손을 대지 않았고, 그런 면에서 서로 간에 신뢰가 있었다. 다카토시가 작업실에서 일할 때는 어차피 정리도 할 수 없기 때문에, 마나는 다카토시가 부재중에 사무실에 드나들 수 있게 복사 열쇠를 건네받았다.

마나가 그곳에 드나든 지 1년이 넘었지만, 다카토시의 사무실은 거의 변화가 없었다. 그런데 바로 한 달쯤 전에 갑작스럽게 그의 작업실에 이상한 물건이 들어왔다.

그건 키가 50센티미터가 넘는 대형 비스크 인형이었다.

비스크 인형이란 19세기 유럽에서 시민계급 여성들 사이에 유행했던 인형을 말한다. 얼굴 부위 등을 도자기로 만들었기 때문에 프랑스어로 '두 번 구운'이라는 뜻을 가진 '비스큐이'라고 했던 것이 이름의 유래가 되었다고 한다. 당대의 풍속이 엿보이는 화려한 의상과 얼굴 모습, 그리고 직인의 정교하고도 섬세한 기교가 담겨 있어서 한창 유행하던 시기로부터 100년이 지난 지금까지도 앤티크 인형으로 애호가들을 매료시키고 있다.

다카토시의 작업실에 등장한 비스크 인형은 작은 팔걸이의자에 단정히 앉아 있었다. 가슴까지 내려오는 진한 갈색 머리칼은 세로로 돌돌 말렸고, 프릴이 잔뜩 달린 풍성한 초록빛 드레스를 입고 있었다. 그 앞에는 인형 전용인 듯한 테이블도 새로 들어왔다.

그런 인형이 갑작스레 작업실에 떡 놓여 있으니 마나는 당연히 헉, 이게 뭐야, 하고 놀랄 수밖에 없었다.

"애는 이름이 '릴리'야."

다카토시는 인형을 그렇게 소개했다.

"실내를 인형으로 꾸미는 콘셉트의 음식점 작업 의뢰가 들어왔어. 그래서 그쪽 사장님과 전문점에 인형을 구경하러 갔는데 거기서 이 아이를 덜컥 만났지. 마치 나를 데려가 줘요, 호소하는 것 같더라고."

여태껏 인형을 좋아한다는 말은 한 번도 한 적이 없었던 약혼자의 갑작스러운 취미에 마나가 뜨악해한 것도 당연한 일이다. 다카토시가 디자인 작업에 항상 자신만의 신념을 가진 예술가의 면모를 보여왔다는 것을 고려하더라도 이건 역시 예상 밖의 일이었다.

"어때, 귀엽지? 가끔 옷도 바꿔 입히고 액세서리도 달아주고 화장도 해주면 돼."

그러면서 '릴리'의 머리를 쓰다듬는 약혼자를 마나는 당황스러운 눈빛으로 바라볼 수밖에 없었다. 다카토시는 그런 마나의 심정을 눈치챘는지 조금 짓궂은 표정으로 뒤를 이었다.

"우리 릴리가 커피를 진짜 좋아한다니까."

그 말에 마나는 한 달쯤 전에 사무실에 다녀갔을 때가 생각났다.

당연하지만 그때는 아직 이런 인형 같은 건 없었다. 다카토시는 예전부터 커피를 싫어해서 먼저 찾는 일도 없었지만, 사무실에는 손님들을 위해 드립백 커피를 항상 준비해

두었다. 마나는 사무실 비품을 정리하다가 그 드립백 커피가 웬일인지 부쩍 줄어든 것을 발견했다.

마나는 다카토시에게 요즘 손님이 많이 왔었느냐고 물었다. 그는 아니라고 고개를 저었다. 그래서 드립백이 부쩍 줄었다고 얘기했더니 다음과 같이 대답했다.

"요즘 나도 커피를 즐기게 됐어. 프림과 설탕을 듬뿍 넣어서."

그전에도 어쩌다 꼭 필요할 때는—이를테면 고객과 함께 있을 때—다카토시가 그런 식으로 커피를 마셨기 때문에 마나도 그런가 보다, 하고 대수롭지 않게 넘어갔다. 그날도 다카토시는 마나 앞에서 프림과 설탕을 넣어 커피를 마셨다.

그 연장선상에서 생각해 보면, 자기 혼자 커피를 즐길 뿐만 아니라 인형과 함께한다는 것은 그리 이상할 게 없다. 불단에 공양을 올리듯이 인형 곁에 커피를 놓아주는 모양이라고 생각했다.

그래서 인형이 커피를 좋아한다는 다카토시의 말을 마나는 웃으며 흘려 넘겼다. 하지만 마나의 그런 반응을 보고 다카토시는 왠지 불끈하는 것이었다.

"내 말을 안 믿는 거야? 진짜로 커피를 마신다니까? 그것도 블랙으로."

마나는 어리둥절했지만, 다카토시는 아랑곳하지 않고 성큼성큼 싱크대 앞으로 갔다. 그리고 검은 법랑 머그잔에 드립백 커피를 내리기 시작했다.

"우리 릴리는 자기가 좋아하는 이 컵이 아니면 커피를 안 마셔."

다카토시가 말했다.

이어서 그는 인형 앞의 새 테이블에 있던 서류들을 치웠다. 작은 원형 카운터 테이블이고 상판은 검은색 유리, 그 한복판에 초록색 선으로 동심원이 그려진 독특한 디자인이었다.

게다가 인형 옆에 옛날 카세트 플레이어를 갖다 놓고 클래식 음악까지 틀었다.

"음악을 들으면서 커피 마시는 걸 좋아하거든."

그 모습을 지켜보며 마나는 어리둥절한 것을 뛰어넘어 뭔가에 홀린 것만 같았다.

마지막으로 테이블에 커피잔을 올리더니 다카토시는 마나에게 작업실에서 나가자고 재촉했다.

"빤히 쳐다보면 수줍어서 커피를 안 마셔."

그렇게 두 사람은 응접용 공간으로 나와서 커피를 마셨다. 다카토시는 중간에 화장실을 다녀왔고 주방에도 잠깐 들렀지만, 작업실 쪽으로는 가지 않았다. 그 문 앞에조차 접근한 적이 없다.

그렇게 한 시간쯤 지나자, 다카토시는 손목시계로 시각을 확인하더니 소파에서 일어섰다.

"이제 다 마셨겠네. 한번 가볼까?"

그의 뒤를 따라 작업실로 들어갔다. 그리 넓지도 않은 실내에 커피 향이 가득했다. 장중한 클래식 음악은 끊기는 일 없이 계속 울리고 있었다.

마나는 테이블에 놓인 머그잔을 들여다보았다. 그리고 저절로 숨을 헉 삼켰다.

머그잔에 가득했던 커피가 반절 넘게 사라진 것이다.

마나의 놀란 얼굴을 보고 다카토시가 웃으면서 말했다.

"설마 이 방에 누가 숨어 있다고 생각하는 건 아니지? 뭐, 의심스러우면 확인해 봐."

그의 말대로 마나는 작업실 안에 사람이 숨었을 만한 곳을 샅샅이 찾아보았다. 책상 밑, 침대, 수납장 안……. 하지만 아무도 없었다.

분명 인형이 커피를 마셨다고 생각할 수밖에 없는 기묘한 상황이었다.

4

"……어때요?"

노리카는 비밀 대화라도 하듯이 등을 웅크리고 한껏 목소리를 낮춰 물었다.

나는 끄응 하고 신음했다.

"그냥 인형이 마셨다고 생각하고 싶긴 하네요. 그럴 리는 없지만."

"다카토시 씨가 원래부터 깜짝 놀랄 장난을 치는 어린애 같은 면이 있거든요. 이번 일도 마나 고모는 분명 그러려고 다카토시 씨가 일부러 인형을 거기에 앉혀뒀다고 생각했죠. 그러니까 이건 초자연 현상 같은 게 아니라 미리 그런 장치를 만들어둔 게 틀림없어요."

당연히 사전에 뭔가 장치를 해뒀다는 건 기본 전제일 것이다.

"확인차 묻겠는데, 다카토시 씨가 몰래 마셨을 가능성은 없겠죠?"

내 질문에 노리카는 그건 절대 아니라고 딱 잘라 말했다.

"말씀드린 대로 다카토시 씨는 작업실을 나와서 고모와 함께 다시 돌아갈 때까지 약 한 시간 동안 그쪽 문 근처에도 간 적이 없어요. 작업실 문이 고모 자리에서 뻔히 보이는 위치였으니까요. 그리고 머그잔을 놓고 나올 때도, 한 시간 뒤에 다시 돌아갈 때도, 고모가 내내 다카토시 씨 옆에 붙어 있었어요. 즉, 고모가 잠깐 한눈을 파는 사이에 슬쩍 커피를 마셔버리는 식의 트릭은 불가능해요. 무엇보다 다카토시 씨는 블랙커피를 안 마시거든요."

블랙커피를 안 마신다는 점은 꾹 참고 마시거나 어딘가에 슬쩍 쏟아버리는 방법도 있기 때문에 별문제가 안 된다. 하지만 역시 다카토시가 몰래 처리했다고 생각하기는 어려울 것 같다.

"어때요, 미호시 씨?"

나는 카운터 안으로 시선을 던졌다. 미호시 씨는 이번에는 커피 원두조차 갈지 않았다.

"그러게요. 짐작되는 게 있긴 한데……."

"앗, 역시 예리하시네요. 빨리 답을 듣고 싶어요."

노리카가 재촉하는 것을 내가 나서서 가로막았다.

"잠깐만요. 실은 나도 생각난 게 있어요."

그러자 미호시 씨는 손끝을 이쪽으로 향했다. 선수를 양보한다, 라는 뜻이다.

"한 시간 동안 커피가 반절 넘게 없어졌다는 거잖아요. 그렇다면 내 생각에는 커피가 증발한 게 아닌가 싶은데요."

"뜨거운 물로 내린 커피가 한 시간 만에 반절이나 자연 증발했다는 건 설마, 아니죠?"

노리카가 눈을 가늘게 뜨면서 말했다. 물론 그런 어설픈 추리는 하지 않는다.

"어지간히 특수한 조건이 아닌 한, 그만한 분량이 한 시간에 자연 증발할 수는 없어요. 하지만 자연 증발이 안 된다면 가열하면 되겠죠."

"그럼, 테이블에 가열 기구 같은 게 있었을 것이다, 라는 추리로군요?"

노리카의 재빠른 정리에 나는 고개를 끄덕였다.

"다카토시 씨는 전자 제품에 관한 고객의 세세한 주문에도 응해주고, 그런 쪽의 업자도 많이 알고 있어요. 그렇다면 가열 기구가 숨겨진 테이블을 만들어달라고 주문하는 것쯤은 그리 어려운 일이 아니었겠지요."

"하지만 테이블 위에 서류가 있었는데요?"

그 말의 의미를 이해하는 데 깜빡 시간이 좀 걸렸다.

"……중요한 서류가 타버릴 수 있다는 건가요? 그거야 전원을 껐다면……."

"네, 실제로 그렇게 하면 해결되겠죠. 하지만 보통 사람의 심리를 생각해 보면, 굳이 가열 기구가 숨겨진 테이블에 서류 같은 걸 올려놓을까요? 그리고 유리로 된 테이블은 훤히 보이니까 간단히 끄고 켤 수 있는 스위치는 숨겨두기도 힘들어요."

듣고 보니 맞는 말이었다. 화재 발생 여부에 둔감한 사람도 물론 이 세상에는 있을 것이다. 하지만 나라면 종이 서류를 올려놓는 건 분명 망설였을 것이다. 혹시라도 전원이 켜진다면 큰일이기 때문이다.

"끄응……. 미호시 씨는 어떻게 생각해요?"

평소 같으면 "전혀 잘못 짚으셨어요!"라고 단칼에 내쳐질 참이었다. 하지만 미호시 씨는 그렇게 하지 않았다.

"인덕션을 썼던 게 아닐까요?"

이건, 미호시 씨가 띄워준 구조선이다. 부정하지 않은 걸 보면 내 얘기도 전혀 엉뚱한 건 아니었던 모양이다.

최근에 인덕션은 많은 사람들에게 익숙한 이름이 되었다. 유도가열, 즉 인덕션 히팅Induction Heating의 줄임말로, 히터 내부의 코일에 전류가 흐르면서 생성되는 자기장이 특정 금속을 통과할 때 열이 발생하는 구조다. 화력 등으로 직접 가열하는 게 아니라 이른바 금속이 자기 발열하는 형식이기 때문에 다른 것에 열이 전해지는 일이 없어서 안전성이 높다.

"법랑 머그잔을 인덕션에도 쓸 수 있어요?"

나는 소박한 의문을 밝혔다. 모든 금속에 대응하는 인덕션도 있다지만, 대부분은 사용할 수 있는 조리 기구가 아니면 반응하지 않는 것으로 알고 있다.

미호시 씨의 대답은 간단명료했다.

"상품에 따라 다르지만, 원래 법랑은 인덕션에 사용할 수 있는 금속이에요."

그런가. 하긴 나처럼 요리도 거의 안 하고, 혼자 사는 사람 집에 인덕션 같은 세련된 물건이 있을 리 없으니 모르는 것도 당연하다…… 라고 생각하고 싶었다.

"인덕션이라면 설령 전원을 깜빡 끄지 않더라도 대응하는 금속이 아닌 한 가열되지 않으니까 서류 등을 올려놓는 것에 망설임은 한결 줄어들겠죠. 작동 소리는 카세트 플레이어에서 흘러나오는 클래식 음악 소리에 지워졌을 거고요."

단순한 연출이라고 생각했던 클래식에 그런 의미가 있었다니! 거기까지는 미처 생각도 못 했다. 역시 미호시 씨에게는 당해낼 재간이 없다.

하지만 뜻밖에도 노리카는 미호시 씨의 발상에 감탄하는 기색도 없이 즉각 문제점을 지적했다.

"가열 기구 전원이라면 고모의 눈을 피해 켜고 끌 수 있는 방법은 얼마든지 있었겠죠. 하지만 다카토시 씨는 한 시간이 지나 다시 작업실에 들어갈 때까지 그 방의 테이블은커녕 문 근처에도 가지 않았어요. 당연히 가열 기구에는 손도 댈 수 없었죠. 만일 그사이에 계속 가열 중이었다면 작업실에 돌아갔을 때, 머그잔의 커피가 끓고 있어야 하는데 고모가 그걸 못 보고 놓쳤을 리가 없어요."

"다카토시 씨는 중간에 응대 공간을 떠나 화장실과 주방에 다녀왔다고 했지요? 아마 화장실에서 가까운 현관이나 혹은 주방 근처에 배전함(전기를 분배하거나 흐름을 차단하기 위해 설치하는 브레이커 장치 모음 상자.)이 있었던 게 아닐까요. 작업실로 가는 전기의 흐름만 차단하면 인덕션의 전원은 끊기니까요."

"작업실 전기를 내리면 카세트 플레이어의 전원도 같이 끊길 텐데요?"

"카세트 플레이어는 옛날 것이라고 하셨죠? 그건 나도 몇 년째 써본 적이 없어서 요즘에는 어떤 사양으로 나오는지 잘 모르지만, 오래된 타입의 카세트 플레이어라면 대부분 건전지로 작동하는 게 많아요."

분명 디지털 음악 플레이어가 보급된 이후로 카세트 플레이어는 찾아보기도 어려워졌다. 고등학생 때쯤까지는 거의 매일 같이 썼는데. 그때 내 방에 있던 카세트 플레이어는 저렴한 물건이라서 최저한의 기능밖에 없었지만, 건전지를 넣는 사양이었던 게 기억났다.

　　노리카의 반론도 끊겼고 미호시 씨의 설은 마침내 완성되는 것 같았다. 그런데 여기에 이르러 미호시 씨는 다시금 생각지도 못한 발언을 덧붙였다.

　　"내가 할 말은 여기까지예요. 하지만 노리카 씨, 이미 정답을 알고 있지요?"

　　"엇, 정말요?"

　　노리카 쪽을 돌아보자, 그녀는 비둘기가 콩알 탄을 맞은 듯한 얼굴을 하고 있었다.

　　"실은 그렇긴 한데……. 어떻게 아셨어요?"

　　"방금 들려준 얘기에 필요한 정보들이 완벽하게 제시되었으니까요. 머그잔의 소재, 실내에 커피 향이 가득했다는 것 등은 분명 힌트로 끼워 넣은 것이죠?"

　　"역시나 바리스타님, 대단하시네요. 그것까지 간파하다니."

　　미호시 씨를 바라보는 노리카의 눈빛이 한층 더 반짝거리는 것 같았다.

　　"말씀하신 대로 고모와 나는 그 일에 관해 얘기한 끝에 인덕션을 쓴 게 아니냐고 결론을 내렸어요. 아까 했던 얘기도 일부러 힌트를 많이 넣어서 두 분을 유도했다고 할까요."

"혹시 유도가열이라서?"

나는 약간 김빠지는 기분이었다. 수수께끼로서는 그럭저럭 재미있다고 생각했다. 하지만 이미 답은 나와 있었다. 굳이 머리를 굴릴 필요도 없었다…… 라기보다 나는 풀지도 못했지만.

라고 생각했더니만, 이건 또 무슨 소리인가.

"그런데요, 그 결론은 틀렸어요."

노리카의 그 한마디에 사태는 다시금 뒤집어졌다.

"틀렸다고요?"

나의 복창에 노리카는 턱을 끄덕였다. 그리고 진지한 얼굴로 말했다.

"이 얘기, 그다음 편이 있거든요."

5

며칠 뒤, 마나는 생활정보지에 소개할 음식점을 취재하러 혼자 오사카 거리를 걷고 있었다.

낮에 다카토시의 사무실 근처를 지나가게 된 것은 우연이었다. 아니, 익숙한 동네의 익숙한 거리였으니까 우연이라는 건 어폐가 있는지도 모른다. 하지만 그날 마나가 다카토시의 사무실에 올라간 것은 잠깐 생각나서였기 때문에 그 쪽에서 사전에 알 방도는 없었다.

사무실의 복사 열쇠는 자택 열쇠와 함께 소형 케이스에 꽂아 항상 갖고 다녔다. 습관적으로 실례합니다, 라는 인사를 건네고 사무실에 들어가 보니 안에 다카토시의 모습은 없었다. 부재중인 것 같았다. 다만 조명이나 에어컨은 켜져 있어서 잠시 자리를 뜬 것으로 보였다.

이제는 내 집 같은 사무실에서 마나는 우선 커피를 내렸다. 마침 포트에 끓인 물이 있어서 새로 끓일 필요는 없었다. 커피를 마시는 동안, 저절로 지난번의 인형에 관한 일이 머릿속을 스쳤다.

조카와 얘기 끝에 인덕션을 사용한 것 같다는 가설을 세웠다. 그걸 확인해 보기 딱 좋은 기회인지도 모른다고 생각했다.

마나는 며칠 전에 봤던 대로, 법랑 머그잔에 드립백 커피를 내려 작업실의 인형 앞 테이블에 갖다 놓았다. 그러고는 카세트 플레이어로 클래식을 틀어놓고 방을 나와 마지막으로 주방에 있는 배전반에서 작업실의 차단기를 내렸다.

왜 그런 방법을 썼는지는 자신도 잘 알 수 없었다. 이걸로 커피가 줄어들지 않는다고 해도 지난번에 인덕션을 사용했다는 증명이 되지는 않는다. 다만 되도록 같은 조건으로 실험해 보자는 생각이었다. 그것이 다카토시의 치기 어린 장난에 대한 그녀 나름의 친밀함의 표현이었다. 불끈해서 진상을 폭로하겠다고 덤비는 건 뭔가 촌스럽다.

 응접 공간에서 커피를 마시다가 몇 차례 작업실에 들어가 머그잔을 확인했다. 커피가 줄어드는 기적은 없었다. 당연한 일인데도 어쩐지 실망스러운 기분이었다. 그렇게 십오 분쯤 지났을 무렵, 마침 마나가 작업실에 있을 때 사무실 입구의 문이 열렸다.

 "어?" 발소리는 곧장 작업실 쪽으로 다가왔다. 다카토시가 눈을 데굴거리며 나타났다. "뭐 하고 있어? 아니, 그보다 마나가 왜 여기에?"

 그녀는 작업실에서 끌려 나와 응접 공간에서 다카토시와 마주하게 되었다. 근처를 지나가다 잠깐 들러 커피를 마시는 김에 인형 릴리에게도 내려줬다고 얘기하자 다카토시는 벌컥 화를 냈다.

 "당신 맘대로 하면 안 되지!"

 항상 와서 청소도 해주는데 그 말은 너무 심한 거 아니냐고 대꾸하려다가 생각해 보니 오늘은 청소 때문에 온 것도 아니었다. 마나는 순순히 미안하다고 사과했다.

 다카토시는 툴툴거리며 편의점에서 사 온 샐러드와 삼각김밥, 페트병 음료수 등을 테이블에 꺼냈다. 한 끼라기에는 양이 너무 많아서 마나가 어떻게 된 거냐고 묻자, 다카토시는 이렇게 대답했다.

 "저녁 먹을 것까지 한꺼번에 사 왔어."

매번 이런 식으로 끼니를 때우는 건 그리 바람직하지 않다. 마나는 넌지시 건강에 좀 더 신경을 써야 한다고 얘기했다. 다카토시는 어깨를 으쓱 쳐들었다.

"그럼, 지금 밖으로 먹으러 나갈까? 시간 있지? 이건 이따가 출출할 때 먹으면 되니까."

마나는 손목시계를 확인했다. 다음 취재까지 아직 좀 여유가 있었다.

"좋아, 잘됐네. 그 전에 나는 잠깐 화장실에."

다카토시의 모습이 화장실 안으로 사라지는 것을 확인하고 마나는 슬쩍 작업실로 돌아갔다. 혹시나 해서 나가기 전에 머그잔을 확인해 보고 싶었던 것이다. 테이블로 다가가 머그잔 안을 들여다보았다.

그리고 저도 모르게 놀란 소리를 올렸다.

머그잔에 가득했던 커피가 반절 가까이 줄어 있었다.

차단기는 아까 내려둔 그대로다. 따라서 인덕션이 작동했을 가능성은 없다. 머그잔을 들고 테이블 상판도 만져봤지만, 미지근하게 커피잔의 열기가 남았을 뿐, 가열은 생각할 수 없는 온도였다.

"……그래서 내가 말했잖아, 릴리가 커피를 마신다고."

어느새 화장실에서 돌아왔는지 다카토시가 등 뒤에서 중얼거리며 피식 웃었다.

마나의 시선은 인형에 못 박혔다. 크고 동그란 눈을 허공으로 향하고 가련하게 앉아 있는 모습이 전에 봤을 때와는 비교가 안 될 만큼 으스스하게 느껴졌다.

"……차단기를 내렸는데도 커피가 줄어들었다고요?"

어리둥절해서 내가 되물었다. 노리카는 진지한 얼굴을 하고 있었다.

"네, 맞아요."

그렇다면 인덕션을 포함해 전력이 필요한 어떤 가열 기구도 사용할 수 없다는 얘기여서 미호시 씨의 가설은 뿌리부터 흔들리게 된다.

"카세트 플레이어처럼 건전지로 작동하는 인덕션은 없을까요?"

답답함도 풀 겸 일단 던져봤지만 노리카는 그 즉시 부정했다.

"그런 쪽으로도 알아봤는데, 없었어요. 가열에 필요한 전력을 건전지로 감당하는 인덕션 제품은 아직 없다는 얘기죠."

구체적인 이미지는 떠오르지 않았지만, 어쨌든 그만큼 많은 전력을 소비한다는 뜻이다. 나는 그밖에 가능한 방법들을 열심히 생각해 보았다.

"다카토시 씨는 머그잔에도 상당히 신경을 썼지요? 그게 인덕션 때문이 아니라면……. 이를테면 자동으로 컵을 교환해 주는 장치가 있었다면 어떨까요?"

인형이라면 우선 일본에는 '가라쿠리 인형'이라는 전통문화가 있다. 차를 나르는 인형이 그 대표적인 예일 것이다. 손님 앞까지 찻잔을 나르고 다 마신 잔을 내려놓으면 자동으로 주인 쪽으로 가져온다. 태엽으로 작동하기 때문에 전력은 일절 소비하지 않는다.

물론 컵을 바꿔치기하는 방법을 상정한다면 가열해서 증발시킬 때와 비교해 지극히 적은 에너지가 들기 때문에 전력에 의지하는 장치라고 해도 상관없다. 컵을 교환하는 로봇 같은 것을 건전지로 구동하는 게 충분히 가능한 것이다.

나쁘지 않은 아이디어라고 생각하려는 찰나…….

"아뇨, 전혀 잘못 짚으셨습니다!"

이번에는 미호시 씨가 내 생각을 단칼에 부정했다. 어느새 원두를 갈기 시작했는지 손에 잡은 핸드밀에서 드르르륵 소리가 울렸다.

"빈 컵으로 바뀌었다면 그 생각도 전면적으로 부정하기는 어렵겠지요. 하지만 두 번 다 커피는 반쯤 남아 있었어요. 그렇다면 바꿔치기하는 장치에 고도의 기술이 필요하다는 건 둘째치고 커피가 반쯤 담긴 컵을 미리 준비해야 한다는 게 큰 걸림돌이 됩니다. 더구나 그날 마나 씨는 우연히 그 사무실에 올라가 인형 앞에 커피를 갖다 놓은 것이라서 다카토시 씨가 미리 대비할 수 없었어요."

"그래도…… 다른 사람에게 보여줄 예정이 있었다든가

해서 미리 준비했을 수도 있죠. 이를테면 컵의 무게로 작동하는 장치라면 굳이 다카토시 씨가 직접 할 필요도 없어요."

"컵을 올려놓은 뒤에 마나 씨는 몇 번이나 작업실에 들어가 커피가 줄지 않은 걸 확인했지요? 올려놓은 순간에는 작동하지 않다가 수십 분이 지난 다음에 커피가 반쯤 든 컵으로 바뀌고, 게다가 콘센트에서 전력을 끌어오지 않아도 되는 장치라니, 그런 게 현실적으로 가능할까요?"

나는 말문이 막혔다. 있을 수도 있다, 라는 게 내 느낌이었다. 하지만 그렇게까지 철저히 준비하겠느냐고 의문을 제기한다면 역시 고개가 갸웃거려진다. 조금 전 미호시 씨의 설에 등장한, 인덕션을 매설한 테이블을 만드는 것과 자체적으로 컵 교환 장치를 만드는 것 사이에는 하늘과 땅만큼의 차이가 있다.

"그밖에 컵 속의 커피를 일정량 자동으로 빨아들이는 장치 등도 생각해 볼 수 있지만, 똑같은 이유로 나는 불가능하다고 생각해요. 컵을 바꾸는 것보다 그나마 간단하겠지만, 양쪽 다 현실적이라고 할 수 없어요."

"그렇다면 미호시 씨는 알고 있어요? 커피 마시는 인형의 정체를."

그녀는 원두를 갈던 손을 멈추고 딱 잘라 말했다.

"네, 아주 간단한 답을 찾았어요."

그리고 노리카에게 곧장 시선을 던졌다.

"답을 듣고 싶어요? 받아들이시겠어요, 그 진실을?"

노리카는 심각한 표정으로 아무 말이 없었다.

"듣고 싶냐니, 당연히 답을 들으려고 노리카 씨가 여태 얘기해줬잖아요."

내가 나서서 그렇게 말했다. 하지만 미호시 씨는 고개를 저었다.

"이건 어디까지나 짐작일 뿐이에요. 내가 생각하는 진실이 자칫하면 노리카 씨가 한 번쯤 품었을 불길한 예감을 확고부동한 것으로 만들 수도 있어요."

"아니, 잠깐만요, 노리카 씨가 이미 답을 대략 알고 있다고요?"

이건 조금 전과 똑같은 상황이다. 나는 혼란에 빠져버렸다.

노리카는 여전히 입을 다물었다. 하지만 잠시 뒤에 얼굴을 들고 또렷한 목소리로 응했다.

"네, 괜찮아요. 얘기해 주세요."

그에 대한 답변을 미호시 씨는 툭 내뱉듯이 얘기했다. 그녀답지 않은 냉랭함이었다.

분명 이런 화제가 진심으로 지겨웠던 것이리라.

"다카토시 씨가 바람을 피운 거예요."

6

"……오늘 제가 몇 번이나 깜짝 놀라야 하죠?"

노리카는 몹시 지친 듯한 미소를 지으며 말을 이어갔다.

"원래 이런 얘기를 하려고 온 게 아니었어요. 오히려 그 일은 나 혼자 가슴속에 묻어둘 생각이었죠. 하지만 현명한 바리스타가 계시고, 게다가 저런 인형까지 있었잖아요. 나를 응시하는 눈빛이 어서 빨리 그 얘기를 하라고 재촉하는 느낌이 들지 뭐예요."

모카와 씨가 데려온 인형 '다레이랑'을 보며 노리카가 말했다. 미호시 씨의 말을 단 한마디도 부정하지 않은 것이다.

"저기요, 인형이 커피를 마신 게 어째서 다카토시 씨가 바람을 피웠다는 얘기가 되지요? 나는 도통 뭐가 뭔지 모르겠어요."

아직 가장 중요한 수수께끼에 대한 답을 듣지 못했다. 미호시 씨에게 설명을 청하자, 그녀는 갈아낸 원두 가루로 커피를 내리면서 입을 열었다.

"나이 마흔에 입맛이 달라져 커피를 마시게 됐다는 건 전혀 있을 수 없는 일은 아니에요. 하지만 내게는 그 변명이 역시 군색하게 느껴지더군요. 드립백 커피가 부쩍 줄어든 건 단순히 다른 누군가가 마셨기 때문이죠. 마나 씨에게 그 존재를 털어놓을 수 없는 사람, 그리고 드립백이 줄어든 게 금세 눈에 띌 만큼 자주 사무실에 들락거린 사람."

거기에 들어맞는 사람이라면 불륜 상대밖에 없다고 미호시 씨는 말했다. 마나와 동거 중이던 다카토시에게 사무실 쪽은 딴 여자를 데려오기 좋은 장소였던 것이다.

"하지만 마나 씨는 사무실의 복사 열쇠를 갖고 있었어요. 그런 곳에 딴 여자를 데려올까요?"

의문을 토로하는 나에게 미호시 씨는 지독한 악취를 맡은 듯한 얼굴을 했다.

"정말 간도 크다 싶은 짓이죠. 그러다 덜컥 마주쳐 아수라장이 됐다는 얘기는 여기저기서 한두 번 들어본 게 아니에요."

"……그건 그렇죠."

이건 반론을 할 수 없었다. 미호시 씨는 짧은 헛기침과 함께 원래의 냉철한 표정을 되찾았다.

"게다가 마나 씨는 직장이 있는 여성이라서 그의 사무실을 정리해 주는 타이밍은 주말 등의 일정한 패턴이 있었어요. 즉 정해진 요일이나 시간대 외에는 마나 씨가 오지 않는다는 확신이 있어서 딴 여자를 데려올 수 있었다고 생각해도 되겠죠?"

이토록 빈틈없는 얘기를 듣고 보니 그건 그렇다, 라고 대답할 수밖에 없었다. 나는 말을 가로막은 것을 사과하고, 얘기를 계속해 달라고 청했다.

"불륜 상대가 커피를 좋아하고 그 결과 드립백이 줄어

든 것 따위, 다카토시 씨는 전혀 신경도 안 썼어요. 그런데 뜻밖에도 마나 씨가 그걸 알아봤어요. 다카토시 씨는 위기감을 느꼈겠죠. 이대로 가다가는 머지않아 불륜 상대의 존재를 들켜버릴지도 모른다고. 그래서 작업실에 인형을 갖다 놓기로 했어요."

얘기가 너무 비약하는 거 아니냐고 내가 이의를 제기하려고 했을 때, 미호시 씨가 먼저 설명에 들어갔다.

"혹시 불륜 상대가 액세서리나 화장 도구 등을 사무실에 흘리고 가더라도 인형의 물건이라고 얼버무리면 돼요. 그리고 머리카락도 있죠. 마나 씨는 검은 쇼트커트였고 인형은 돌돌 말린 갈색 머리였어요. 아마 불륜 상대도 웨이브가 있는 갈색 머리였겠지요."

바람피운 것을 감추기 위한 행동치고는 너무도 대담하다. 하지만 다카토시의 직업이나 여태까지 마나 앞에서 예술가입네 하고 행동해 온 점 등을 생각하면 그 점은 그리 큰 문제가 되지 않는다. 새로운 의심의 단서가 되지 않을 자신이 있었던 것이다.

"그러면 노리카 씨의 첫 번째 얘기 때, 미호시 씨는 이미 불륜일 가능성을 짐작했다는 거잖아요. 근데 왜 그때는 그런 얘기를 안 했어요?"

내 질문에 미호시 씨는 오히려 이상하다는 얼굴을 했다.

"왜냐니, 머그잔의 커피가 줄어든 이유를 설명하면서 굳이 다카토시 씨의 불륜을 폭로할 필요는 없잖아요. 수수께끼의 주체는 어디까지나 줄어들 리 없는 커피가 줄어들었다는 현상이었어요. 그 점에 대해서는 인덕션을 이용했다는 얘기만으로도 충분해요."

그 주장은 아닌 게 아니라 이해할 만하다. 하지만 여전히 남은 문제가 있었다.

"그래도 결국 인덕션 얘기는 틀렸잖아요. 전기를 쓸 수 없는 상황에서도 커피가 줄었으니까."

"아뇨, 나는 지금도 그건 거둬들일 생각이 없어요. 아마도 다카토시 씨는 단순히 인형을 갖다 놓은 것만으로는 그 목적을 들킬 우려가 있다고 생각했겠죠. 그래서 장난인 척하면서 이상한 현상을 준비해 마나 씨의 의식을 다른 쪽으로 돌리려고 했던 거예요."

다시금 나는 혼란에 빠졌다. 지금 이 판국에 이르러 미호시 씨는 대체 무슨 말을 하는 건가.

"하지만 두 번째 경우에는 인덕션을 쓸 수 없었는데요?"

"네, 그 말 그대로예요. 처음에 사용했던 인덕션을 두 번째 때는 사용하지 않았어요."

아직도 무슨 얘긴지 알아듣지 못한 내게 미호시 씨는 이번에도 진실을 냉큼 밝혀주지 않았다. 그렇게 하는 것에 뭔가 저항감을 느끼는 걸까.

"모르시겠어요? 다카토시 씨가 편의점에서 한 끼로는 지나치게 많은 양의 먹을거리를 사 왔잖아요."

그 말에도 감을 못 잡았다면 나는 두 여성에게서 따가운 시선을 받았을 것이다. 다행히 그렇지는 않았다.

"서, 설마 **그때 작업실에 다른 사람이 있었다**는?"

그 상상에 나는 등이 오싹해졌다.

"처음 갔을 때는 마나 씨가 작업실에 다른 사람이 없는지 일부러 확인했어요. 그래서 두 번째 갔을 때는 다른 사람이 커피를 마셨을 가능성은 완전히 배제해 버렸죠. 실제로는 두 번째 때, 작업실 어딘가에 다카토시 씨의 불륜 상대가 숨어 있었는데 말이에요. 그 여자가 마나 씨가 두고 간 커피를 슬쩍 마신 거예요. 다카토시 씨가 인형이 마신 것처럼 커피를 줄어들게 하는 어린애 같은 장난을 했다는 것을 알고."

"그럴 수는 없죠. 그 주장은 모순이 있어요."

나는 두 팔을 펼치며 반론에 나섰다.

"다카토시 씨가 편의점에 나간 사이에 마나 씨가 사무실에 도착했고, 그때 불륜 상대가 순간적으로 몸을 숨겼다는 얘기지요? 그 사무실은 신발을 신은 채 들어가는 곳이라고 했으니까 그 시점에 마나 씨가 불륜 상대의 존재를 미처 알지 못했던 건 어쩔 수 없는 일이었어요."

노리카의 얘기로는, 마나가 사무실에 들어갈 때 습관적으로 '실례합니다'라고 인사를 했다. 불륜 상대는 그 소리를 들었기 때문에 들키는 일 없이 잽싸게 숨을 수 있었다. 거기까지는 완전히 이론적으로 맞는 전개다.

"그렇다면 불륜 상대는 일부러 숨었으면서 왜 몰래 그 커피를 마셨을까요? 어렵게 마나 씨의 시선에서 도망치는 데 성공했으면서 왜 굳이 그녀의 의심을 살 만한 짓을 했죠? 한 사람이 지극히 짧은 시간에 취한 행동이라고 하기에는 그 두 가지는 명백히 모순이잖아요."

"······하지만 인간이란 항상 모순된 행동을 취하는 동물이에요."

노리카가 불쑥 끼어들었다. 상당히 감정적인 목소리였다.

"그렇잖아요, 한쪽 여자에게 사랑한다고 하고 둘이 맹세한 결혼을 착착 진행하면서 또 다른 쪽 여자에게는 그런 사실까지 다 털어놓고 불륜 관계를 맺었어요. 그걸 모순이라고 하지 않고 뭐라고 해야 할까요?"

나는 할 말을 잃었다. 분명 인간은 합리적인 동물은 아닌지도 모른다. 무엇보다 현재 불륜 중인 것으로 추정되는 노리카가 그런 말을 한다는 것에 나는 심오한 뭔가를 느끼지 않을 수 없었다.

미호시 씨가 침착하게 나 대신 말을 받아주었다.

"마나 씨와 다카토시 씨의 예정된 결혼은 순조롭게 진행 중이라고 했지요? 그런 얘기를 들은 불륜 상대는 다카토시 씨와 앞으로도 맺어질 수 없다고 각오했을 거예요. 어쩌면 결혼을 계기로 인연을 끊자는 얘기까지 했는지도 모르지요."

그래도 괜찮다고 불륜 상대가 받아들였을 거라는 얘기다. 왜냐하면 그 여자가 나쁜 마음을 먹었다면 다카토시와 마나 사이를 찢어놓는 것쯤은 간단했을 게 틀림없기 때문이다. 하지만 겉으로는 그렇게 다카토시의 결혼을 순순히 받아들였더라도 진심으로 체념했다고는 할 수 없다.

 "불륜 상대인 그 여자는 이번 결혼을 깨버릴 생각까지는 없었어요. 하지만 그래도 사람인데 전혀 아무 감정도 없지는 않았겠지요. 이제 곧 다카토시 씨의 아내가 될 마나 씨에게 한순간 휘몰아치는 돌풍처럼 심술궂은 감정이 생겼다고 해도 이상할 건 없어요."

 재빨리 숨은 작업실 한구석에서 그녀는 마나의 행동을 훔쳐봤다. 인형이 실제로 커피를 마실 리가 없잖아, 순진하기는, 이라고 혼자 피식 웃었는지도 모른다.

 하지만 시간이 지날수록 그녀의 가슴속에 뒤틀린 뭔가가 싹텄다. 커피가 줄어든 게 그토록 궁금하다면 내가 마셔줄게. 그러면 당신 마음속에는 언제까지고 풀리지 않는 수수께끼가 남겠지. 당신이 알지 못하는 곳에서 내가 다카토시 곁에 있었다는 것과 표리일체의 수수께끼가.

 "네, 저도 그게 정답일 거라고 생각은 하는데……."

 양손으로 뺨을 감싸며 노리카가 띄엄띄엄 말을 이어갔다.

 "고모는, 뭐랄까, 연애에 신중한 만큼 일단 좋아한 사람은 전혀 의심하지 않는 성격이라서……. 하지만 나는 그 인형 얘기를 듣자마자 뭔가 수상하다고 느꼈어요. 두 번째로 갔던 얘기를 들었을 때도 작업실에 누군가 있었던 거 아니냐고 하마터면 말해버릴 뻔했죠."

생각해 보면 다카토시가 바람을 피울지 모른다는 선입견이 있었다면 조금 전에 미호시 씨가 얘기한 정답에 가닿는 건 별일도 아니었을 것이다.

"근데…… 받아들이고 싶지 않았어요. 우리 고모, 이제야 겨우 행복을 손에 넣었거든요. 차마 입이 떨어지지 않더라고요, 다카토시 씨가 바람피우는 거 아니냐는 그런 말은……. 설령 그게 길게 봐서 고모를 위한 일이라고 해도."

그걸로 딱 감이 왔다.

그래서 노리카는 불쑥 이런 얘기를 꺼냈는가. 또 다른 정답을 미호시 씨가 찾아줬으면 했던 것이다. 자신의 짐작이 쓸데없는 기우였다고 한바탕 웃으며 말끔히 지워지기를 바랐던 것이다.

유감스럽게도 노리카의 바람은 이뤄지지 않았다.

"나도 무슨 확증이 있는 건 아니에요. 단순한 지레짐작이기를 빌어보자구요."

미호시 씨의 말은 이미 시든 꽃에 물을 주는 것처럼 공허하게 들렸다.

"혹시 내 짐작이 맞더라도 결혼 얘기가 순조롭게 진행 중이라면 조금 전에도 말했듯이 불륜 상대와는 일시적 관계로 끝날 거예요. 결혼을 계기로 마음을 바꿔 성실해지는 경우도 흔히 볼 수 있으니까요."

물론 그럴 가능성도 없지는 않다. 하지만 우리는 그게 지극히 낙관적인 관측이라는 것을 잘 알고 있었다. 그래서 이번 얘기를 마무리하는 노리카의 한마디는 적잖이 가슴 아프게 들렸다.

"그래도 언젠가 고모가 다카토시 씨에게 또다시 배신당하는 일이 생긴다면……. 그때는 이 얘기를 고모에게 전하지 않은 걸 진심으로 후회하게 될 것 같네요."

내 머릿속에는 마코의 얼굴이 떠올랐다. 배신은 이미 일어나 버렸다. 그다음에는 단지 누군가의 마음에 더 큰 상처가 나기 전에 그 배신이 멈춰지기를 빌어보는 수밖에 없다.

마나의 경우에는 그나마 기회가 있는지도 모른다. 그녀는 아직 상처를 입지는 않은 것 같으니까. 하지만 마코의 마음에는 이미 깊은 생채기가 나버렸다. 그리고 그녀를 상처 입힌 배신의 당사자가 지금 내 눈앞에서 배신당한 자신의 고모를 위해 마음 아파하고 있다. 미나가와 노리카, 바로 이 아가씨가.

"……그나저나, 아저씨!"

미호시 씨가 느닷없이 카운터 자리 끝에서 끄덕끄덕 졸고 있는 모카와 영감님을 불렀다.

"아저씨가 저 다레이랑 인형을 갖다 놓은 것도 혹시 똑같은 목적인 거 아니에요?"

……크윽. 상냥하지만 등줄기가 써늘해지는 음색이다.

모카와 씨는 반쯤 잠이 덜 깬 목소리로 대꾸했다.

"똑같은 목적이냐니, 그게 뭔 소리라냐?"

"우리 커피점에 나 몰래 여자를 데려왔던 걸 들키지 않으려고 위장 목적으로 인형을 갖다 놓은 거 아니냐고요!"

모카와 씨는 여우에 홀린 듯한 얼굴이었지만, 그래도 선부른 말대꾸는 삼가고 있었다. 하지만 그 침묵이 금이 되지는 못한 모양이다.

"저 인형, 얼른 치우세요!"

미호시 씨가 인형을 가리키며 소리쳤다.

"지, 진정해……. 우리 커피점 손님 중에 젊은 여자들이 한둘이 아니잖아. 그런 위장을 해봤자 별 의미도 없어."

모카와 씨가 중언부언 반론에 나섰지만, 미호시 씨는 전혀 귀를 기울이지 않았다.

"당장 처분하시라고요. 아셨죠?"

모카와 씨는 한숨을 내쉬며 느릿느릿 자리에서 일어섰다.

"자동차 가져올게. 다레이랑이 너무 무거워서 차 없이는 못 옮기는구먼."

모카와 씨가 밖으로 나가자 노리카는 카운터에 양쪽 팔꿈치를 괴었다. 그리고 손 위에 턱을 얹고 이런 말을 했다.

"우리 고모, 어리석다고 말하고 싶진 않지만, 역시 결혼이란 성급하게 결정할 일이 아니더라고요. 나도 그만 헤어져야 하나……."

"그렇죠! 그게 좋아요!"

나도 모르게 요란한 반응이 튀어나왔다. 노리카가 의아한 눈빛으로 나를 돌아보았다.

"어머, 그렇게 좋아하실 것까지는 없잖아요."

"미, 미안해요. 근데 방금 그 헤어진다는 말은 무슨 얘기인지……."

"실은 내가 여기서 사귄 남자 친구가 있거든요." 마코의 남편 얘기일 것이다. "근데 고향 홋카이도 친구가 어떤 회사를 소개해 줘서 채용 원서를 보냈더니 덜컥 합격해 버렸지 뭐예요. 거기에 입사할 거면 조만간 교토를 떠나 고향으로 가야 할 거 같아요."

"아, 잘됐네요. 축하해요."

미호시 씨가 말했다.

"저는 모처럼 이런 멋진 커피점도 알게 됐는데 좀 섭섭해요. 원거리 연애는 솔직히 내키지 않고, 아예 결혼해서 교토에서 계속 살까, 아니면 헤어지고 고향에 가서 취직할까, 남자 친구한테 얘기는 해봤어요. 근데 그가 지금 당장 결혼할 생각이 없다는 건 나도 잘 알거든요."

그야 당연히 그럴 것이다. 노리카의 그 사람, 즉 마코의 남편은 가정이 있는 사람이다. 노리카가 그걸 아는지 어떤지는 모르겠지만.

"……왜 그래요, 아오야마 씨?"

내가 상당히 멍한 얼굴이었던 모양이다. 미호시 씨가 부르는 소리에 퍼뜩 정신을 차렸다.

"아, 아뇨, 아무것도 아니에요. 그런데요, 노리카 씨, 교토를 떠난다면 언제쯤 갈 예정이에요?"

"마치 빨리 떠나라고 재촉하시는 거 같네요?"

노리카가 쓴웃음을 지으며 말하는 바람에 나는 미안해서 쩔쩔매는 수밖에 없었다.

"그 회사에 취직한다면 하반기인 10월 1일부터 근무예요. 지금이 7월이니까 교토에 머물 시간은 이제 두 달밖에 안 남았죠. 그동안 참 많은 일이 있었는데……."

절절히 말하는 노리카와 거기에 반응해 주는 미호시 씨의 목소리가 내 의식에서 스르륵 멀어져 갔다.

야스이콘피라구의 에마에 의탁한 기원이 이렇게까지 효험이 있을 줄이야. 노리카는 실제로 마코 남편과의 불륜을 멈출 작정인 모양이다.

마코는 이걸 알고 있을까. 아직 모른다면 어서 전해주고 싶었다. 그래도 모든 게 원만하게 정리된다고까지는 할 수 없다. 하지만 코앞에 닥친 걱정거리가 해소되면서 마음의 부담은 크게 줄어들 것이다. 그다음에 뭘 어떻게 할지, 그리고 바꿀 수 없는 과거를 어떻게 받아들일지는 냉정해진 상태에서 다시 음미해 보면 된다.

창밖을 내다보니 거세게 퍼붓던 비도 멈추고 어느새 여린 햇살이 비춰 들었다. 다시 만난 이후로 슬픈 옆얼굴을 얼핏얼핏 내보이던 마코의 짙은 구름이 드리운 앞날에도 조금씩 맑은 하늘이 열릴 듯한 마음이 들었다.

[어떤 편지 4]

하지만 나는 벌써 오래전부터 마음속 어딘가에서 이런 결말을 맞이할 거라고 예감하고 있었는지도 모르겠어.

나도 모르는 사이에 항상 내 곁에서 나를 위로해 준 이야기를 무엇보다 좋아했고, 내 인생의 길 안내자로 삼아 여기까지 걸어온 것 같아.

그렇다면 나는 이 운명이라는 이름이 붙은 대하소설의 흐름을 거스르지 않고 그곳에 두둥실 떠서 조용히 흘러가는 배가 될 거야.

결심은 단단하고 후회도 없어. 그러는 게 그야말로 강의 흐름에 몸을 내맡긴 것처럼 매우 자연스러운 경과라는 느낌까지 들어.

단 한 가지.

너의 눈빛이 떠오른 것은 정말 생각지도 못한 일이었어.

너는 언젠가 내 곁에서 나와 하나가 되어 분노해 줬지. 그리고 인간의 도리에 어긋난 행위를 하는 자들을 진심으로 경멸한다고 말했었지.

그런 순수한 눈빛으로 나를 지켜봐 준 너만은 진실을 알아주었으면 좋겠구나. 내가 그런 짓을 할 사람이 아니라는 것을, 약혼자가 있는데도 다른 남자에게 몸을 허락할 여자가 아니라는 것을, 너만은 믿어주었으면 좋겠구나.

소식 한 통 없이 오랜 세월이 흘렀다. 이제 새삼 이런 편지를 보내다니, 너에게 그저 폐가 될 뿐이겠지.

그래도 만일 아직 내 이름을 기억하고 있다면, 종이 위에 그 저주받은 이름을 적어놓고 가만히 향기를 맡아보기를 바랄게. 그것만으로도 내가 이제부터 흘러가게 될 운명을 알 수 있을 테니까.

안녕. 부디 건강하기를.

네가 앞으로 만들어나갈 인생의 대하소설이 부디 행복으로 가득한 것이 되기를.

(보낸 사람 이름 없음)

대하소설은 서서히 막을 내리고

제5장

1

마코의 눈물을 목격한 10월의 그날 이후, 월요일마다 강변에 나가도 그녀를 만날 수 없었다.

탈레랑 백작이 말했던 이상적인 커피를 찾아내면 그녀의 기운을 북돋울 수 있을지도 모른다. 그런 마음에 용기를 내서 커피점을 돌아보기도 했지만, 중학생인 나의 미각에 커피는 여전히 쓰디쓴 것일 뿐이었다.

그러다가 겨울이 오고 연말이 코앞에 다가왔다. 월요일, 학교에서 돌아오는 길에 싸락싸락 눈이 흩뿌렸다. 설마 이런 날에는 나왔을 리 없다고 생각하면서도 나는 강변에 들르는 것을 거르지 않았다.

그녀는 그곳에 와 있었다. 거의 다 시들어버린 풀밭에 자리를 잡고 우산도 들지 않은 채 내리는 눈을 온몸으로 맞고 있는 모습은 마치 그렇게 하는 것으로 자신을 일부러 상처 입히려는 것처럼 보였다.

"마코 누나!"

말을 건네자, 그녀는 마치 나올 줄 알았다는 듯 자연스러운 몸짓으로 이쪽을 돌아보았다. 오늘은 그 눈에 눈물이 글썽거리지 않는 것에 나는 우선 마음이 놓였다.

―너 기다렸어. 오려나, 하고.

"요즘에 통 안 왔었잖아. 왜 하필 이렇게 눈 내리는 날에 기다리고 있어?"

─너한테 전해줄 말이 있어서.

"나한테?"

마코는 턱을 들어 허공에 날리는 눈 틈새에 살짝 끼워 넣듯이 말했다.

─너 만나는 거, 오늘이 마지막이야.

충격과 적막, 그리고 한 줄기 절망이 가슴속을 메웠다. 그래도 즉각 반응하지 않고 호흡을 가다듬은 나는 아마도 마코를 처음 만난 무렵에 비하면 한층 어른이 되었던 것이리라.

"왜?"

─도쿄에 가기로 결심했어.

네가 등을 밀어준 덕분이기도 해, 라고 마코는 말했다.

─나 혼자 살 거야. 일할 곳도 벌써 정해졌어. 아버지와 엄마에게서 벗어나기로 했어.

이제는 만날 수 없다는 아쉬움을 나는 필사적으로 꾹꾹 눌러 감췄다.

"그랬구나. 섭섭하지만, 그러는 게 좋아. 마코 누나의 인생이잖아. 부모님 문제로 이래저래 힘들지 않아도 되고, 혼자 평온하게 지낼 수 있는 환경이 더 좋지."

─응. 고마워.

한참을 둘이 가만히 앉아 있었다. 뭔가 말을 해야 할 것 같은데 아무 말도 못 한 채 겨울 햇살만 도망치듯이 자꾸 저

물어갔다.

저녁노을에서 밤으로의 그러데이션이 끝나갈 무렵, 마코는 불쑥 자리에서 일어나 몸을 파르르 떨었다.

—점점 추워진다. 그만 가볼게.

"응, 나도 집에 갈래."

일어서서 교복 바지의 엉덩이를 털었다.

내가 어른이 된 그만큼 젊은 마코도 변했던 것이리라. 예전에 만날 때마다 보였던 놀려먹는 웃음을 그녀가 오랜만에 지으면서 짧게 손을 흔들었다.

—안녕, 잘 지내. 나 없다고 울지 말고.

울긴 누가, 라는 말도 진짜로 울어버릴 것 같아서 제대로 맞받아치지 못했다.

마코가 등을 돌리고 멀어져 갔다. 눈송이가 차례차례 그녀의 머리칼이며 어깨를 치고 바닥으로 떨어졌다.

이대로 보내도 되느냐고 내 마음이 호소하고 있었다. 그녀의 앞길을 가로막을 생각은 없다. 하지만 그래도 아직 뭔가 중요한 것을 미처 전하지 못했다는 느낌이 들었다. 그녀가 눈시울을 붉히며 내 어깨에 기댔던 그때 분명하게 손에 쥔 열매를 이대로 들고 돌아간다면 그건 그저 썩어버릴 뿐이다.

"마코 누나!"

작아져 가는 그녀의 뒷모습에 나는 힘껏 내 목소리를 던졌다.

그녀가 멈춰 섰다. 돌아섰을 때 내 눈에 들어온 그 서글픈 얼굴은 지금까지의 어느 때보다 아름답게 느껴졌다.

사실은 마음속에 있는 것을 모두 다 털어놓고 싶었다. 하지만 아직 아무 경험도 없는 나는 무엇을 어떻게 전해야 할지, 알지 못했다. 내 감정을 몸 밖으로 끌어내려고 했지만, 그것은 마치 지구를 낚아버린 낚싯줄처럼 꿈쩍도 하지 않았다. 지그시 기다리는 그녀에게 나는 어쩔 수 없이 다음과 같이 말했다.

"탈레랑의 격언에 나온 커피, 다음에 만날 때까지 내가 꼭 찾아낼 거야!"

그녀는 하하 웃었다. 어둠을 건너뛰어 전해져 왔다.

―응, 기대할게.

"그러니까 다시 만날 수 있지?"

―그래, 다시 만나면 좋겠다.

그리고 이번에야말로 그녀는 떠났다. 점점 거세지는 눈발의 어둠 너머로 그녀가 사라졌을 때, 우두커니 서버린 내 마음속에서는 햇빛을 보지 못한 감정이 조용히 이취異臭를 내뿜기 시작했다.

탈레랑 백작이 언급했던 사랑의 달콤함이라는 것을 나는 마코와의 만남을 통해 알았다.

하지만 그 맛을 닮은 커피를 찾다가 어느 틈에 커피 그 자체에 집중하게 되었고, 마코와의 일은 서서히 잊혀졌다.

10대의 사랑이란 그런 것이다. 태풍처럼 갑작스럽게 찾아와 맹위를 떨치다가 지나고 나면 맑은 하늘을 누리며 깨끗이 잊어버린다.

이윽고 나는 이상적인 커피를 발견했고, 그리고 마코를 다시 만났다.

분명 다시 만나자는 약속은 이루어졌다. 하지만 그러기까지 11년의 세월이 걸렸다.

그건 마코 때문이 아니었다. 명백히 내 쪽에 잘못이 있었다.

처음으로 좋아했던 사람을 두 번 다시 떠올리지 않겠다, 라고 맹세하고 기억 속에 봉인해 버린 것은 6년 전의 나 자신이었으니까.

2

역시 오늘도 비가 내린다.

게이한 전철 우지 역 입구. 역 앞 로터리에 내리는 비를 바라보며 나는 차양 아래 혼자 멍하니 서 있었다.

갑작스러운 마코의 연락을 받고 우지까지 달려온 것은 8월 초 어느 날의 일이었다. 하루만 동행해 달라는 것이었다. 전화를 받은 건 어제, 월요일 밤이다. 우연히 오늘 일정이 비어 있었던 게 그나마 다행이라고 할까.

아직은 빗발이 약하지만, 이 비는 교토에 접근 중인 태풍의 영향이라서 시간이 지날수록 더 심해진다는 예보였다. 굳이 이런 날씨에 만나는 것보다는 다시 다음에, 라는 뜻을 은근히 전했지만, 마코는 오늘 꼭 만나고 싶다면서 양보하지 않았다. 그 말에서 뭔가 심상치 않은 결의 같은 게 느껴졌기 때문에 나는 이렇게 빗속을 뚫고 우지까지 온 것이다.

로터리 한복판에 선 소나무가 바람을 맞고 가지를 흔들었다. 풍속은 아직 몸으로 위험이 감지될 정도는 아니었다. 하지만 이것도 점점 강해질 것이다. 그나저나 오늘 마코가 나를 만나자고 한 이유는 뭘까, 하고 생각을 더듬었다.

미나가와 노리카는 교토를 떠나 고향으로 가는 김에 교제 상대와도 헤어질 생각, 이라고 분명하게 밝혔다.

그리고 그게 다음 달이 될 예정이라고 했다. 그 말대로 된다면 우선 당장 마코 남편의 불륜은 멈출 것이다. 어린 시절부터 고통 받아온 가까운 사람의 불륜 문제에서 마코는 드디어 해방되는 것이다.

물론 남편이 불륜을 멈추기만 하면 마코가 행복해지느냐고 묻는다면 그건 좀 미묘한 부분이다. 남편의 부정을 깨끗이 잊어버릴 수 있을 리도 없고, 언젠가 똑같은 일이 되풀이되지 않는다고 장담할 수도 없다. 다만 적어도 마코가 남편과의 이혼이 아니라 그의 불륜이 멈춰지기를 빌었다는 것은 에마의 기원을 통해서도 확실해졌으니까, 그녀의 뜻에 따른 결과가 나온 건 일단 순수하게 축하해 줘도 될 것이다.

그렇다면 이 시점에 그녀가 나를 불러낸 것도 그 해결과 관계가 있는 게 아닐까. 노리카가 교토를 떠난다는 소식을 마코도 어떤 형태로든 들었던 것이리라. 오늘 나를 불러낸 것은 그러니까 지금까지 그녀에게 신경을 써준 내게 보고하려는 것인지도 모른다, 라는 게 마코가 도착하기 전까지 내가 내린 결론이었다.

"미안, 오래 기다렸지?"

목소리가 들려서 나는 뒤를 돌아보았다.

마코는 검은색 칠부바지에 하늘색 블라우스라는, 사무실에서 입을 것 같은 차림새였다. 블라우스는 반소매여서 더이상 팔을 감추려 하지는 않았다. 이따금 연락을 주고받았기 때문에 그렇게 오랜만이라는 느낌은 없었는데, 헤아려 보니 한 달 넘게 만나지 못했다.

나는 웃음으로 마코를 맞이했다.

"화요일인데, 미용실은 쉰다고 했지요?"

"응, 쉬는 날이야. 그보다 《겐지 이야기》는 읽고 왔어?"

"어젯밤에 겨우겨우 다 읽었죠."

《겐지 이야기》를 다 읽으면 그 무대로 자주 등장한 우지를 안내해 주겠다, 그게 로잔지에 갔을 때 마코와 했던 약속이다. 그 약속을 착실히 지켜서 나는 어제 밤늦게 마침내 마지막 권 〈몽부교〉까지 읽었다. 이미 자정을 넘긴 시각이었다.

"좋아, 잘했어. 약속한 대로 우지를 안내해 드려야지."

"그게 아니죠, 마코 씨가 호출하는 바람에 급하게 다 읽었잖아요."

"아하하, 하긴 그러네."

마코는 쾌활하게 웃었다. 뭔가 후련한 듯한 그 표정을 보면서 역시 그녀는 미나가와 노리카가 교토를 떠난다는 걸 알고 있다는 내 짐작이 한층 더 단단해졌다.

"그럼 가볼까. 비가 내리니까 웬만하면 실내가 더 좋겠지?"

그렇게 우산을 들고 걸음을 떼는 마코를 뒤따라갔다.

"어디로 갈지 정했어요?"

"겐지 이야기 박물관에 갈 거야. 여기서 도보로 십 분도 안 걸려."

그 말대로 역 앞을 달리는 지방 도로에서 옆길로 빠져 주택가를 잠시 걸어가자 곧바로 겐지 이야기 박물관 건물이 눈에 들어왔다.

정식 명칭은 '우지시 겐지 이야기 박물관'이다. 1998년에 개관했고, 그 이름에서 알 수 있듯이 《겐지 이야기》를 좀 더 깊이 감상할 수 있게 다양한 수집품을 모아둔 공립 박물관이다.

건물 외벽을 따라 단풍이 무성한 오솔길로 들어가자, 유리문이 나타났다. 우산꽂이에 두 개 나란히 우산을 꽂을 때는 옛 기억이 되살아났다. 나도 모르는 사이에 마코에게서 큰 도움을 받았던 중학교 1학년 때의 나.

"마코 씨는 이 박물관, 여러 번 왔겠군요."

"응, 근데 몇 번을 와도 재미있어."

접수처를 지나 유료 전시 구역으로 들어갔다.

길을 따라 전시실에 들어서면 맨 처음 나타나는 곳은 헤이안 코너다. 《겐지 이야기》를 집필한 시대인 데다 작품 속에서도 묘사되어서 우선 헤이안의 왕조 문화를 소개한 것이다. 귀족들의 대표적 주택 양식을 본떠 만든 집 안에 당시의 생활상을 보여주는 인형이며 장식품과 가구들이 꾸며졌고 영상으로 해설이 흘러나오는 등, 박물관이라고 해도 단지 전시물을 둘러보는 것뿐만 아니라 체험형 시설에 가까웠다. 계절별로 전시물이 바뀐다니까 역시 여러 번 찾아와도 싫증은 나지 않을 것 같았다.

긴 아치형 통로는 교토와 우지를 이어주는 역할을 하는 것으로 꾸며져 있었다. 그곳을 건너가자, 앞에 펼쳐진 것은 우지 10첩의 세계를 마음껏 즐길 수 있는 우지 코너였다.

어슴푸레한 실내에 비친 《겐지 이야기》의 풍경 CG는 그야말로 환상적이었다. 하치노미야 저택에서 나카노키미를 담 너머로 엿보는 가오루 등, 우지 10첩에 등장하는 몇 가지 인상적인 장면을 인형과 세트로 재현해서 보는 사람을 이야기 속으로 유혹하고 있었다.

구경하는 보람이 있는 전시를 즐긴 뒤 영상실로 이동

해 우지 10첩을 실사화한 단편영화를 감상했다. 마코에 의하면, 영화는 두 종류여서 하루에 두 편을 한꺼번에 볼 수도 있다고 한다. 이것도 재차 방문하기 위한 동기가 될 것 같다.

우리는 〈하시히메〉라는 영화를 보았다. 이십 분으로 뭉뚱그린 것이라서 이야기가 툭툭 건너뛰는 느낌은 부정할 수 없었지만, 사전에 원작을 읽고 온 덕분에 마음껏 즐길 수 있었다. 상영이 끝나고 영상실을 나오자, 그때까지 전시물에만 집중했던 우리는 처음으로 우지 10첩을 읽어본 느낌을 주고받았다.

"새삼 돌아보니 마음먹은 대로 풀리지 않는 인생을 응축한 안타까운 이야기였어요."

"내 생각에는, 그 안타까움을 어떻게도 할 수 없는 것이 우지 10첩의 매력인 거 같아."

히카리 겐지의 아들로 태어나 자신의 출생과 관련해 부친이 따로 있는지 모른다는 의구심을 품고 자란 가오루는 세상을 덧없이 여겨 불교에 경도되었고, 이윽고 우지에서 불도 수행에 전념하던 겐지의 이복동생 하치노미야와 교류하게 된다. 어느 날 우지의 그 저택을 방문한 가오루는 우연히 하치노미야의 두 딸 오이기미와 나카노키미를 담 너머로 살짝 엿보고 언니인 오이기미에게 반해버린다.

그런데 오이기미는 그 마음을 받아주지 않아서 그녀 대신 여동생 나카노키미를 가오루와 결혼시키려고 하자, 그는 한 가지 계략을 짜낸다. 즉, 히카리 겐지의 손자이자 예전부터 친교가 있었던 니오우노미야에게 나카노키미와 혼인하라고 한 것이다. 하지만 오이기미는 여전히 가오루의 구애를 거부하다가 병에 걸려 죽고 만다. 가오루는 슬픔에 젖어 오이기미의 의향에 따라 나카노키미와 결혼했더라면 좋았을 것이라고 후회한다.

가오루는 뒤늦게 니오우노미야가 니조노엔으로 맞아들인 나카노키미를 찾아가 세상을 떠난 언니의 자태를 지닌 나카노키미에게 연심을 호소한다. 어떻게 대응해야 할지 난감했던 나카노키미는 가오루가 우지의 저택에서 오이기미의 초상화와 인형, 즉 오이기미의 모습을 본뜬 상을 만들어 놓고 독경하고자 한다는 말을 듣고, 마침 이복 여동생 우키후네가 오이기미를 꼭 빼닮은 모습이라고 귀띔해 준다. 그 후 가오루는 우지에서 담장 너머로 우키후네를 보고 한눈에 반해 곧 구애의 뜻을 표한다.

그 무렵 우키후네는 다른 혼약이 깨지는 바람에 딸의 장래를 염려한 그녀의 모친 주조노키미의 지시로 니조노엔에 사는 이복언니 나카노키미에게 가 있던 참이었다. 나카노키미의 우아한 생활을 선망하던 주조노키미는 딸을 귀한 신분의 가오루와 결혼시키기로 마음먹는다. 그런데 니조노엔에 있는 동안 니오우노미야도 우키후네를 보고 구애를 하고 있었다. 우키후네는 모친의 뜻에 따라 산조노엔으로 옮겨가고 그곳에서 가오루와 처음으로 부부의 연을 맺는다. 가오루는 그녀를 우지에 숨겨두고 둘이 살림을 차린다.

그런데도 여전히 우키후네를 잊지 못한 니오우노미야는 가오루가 우키후네를 우지에 숨겨둔 것을 알아채고 가오루인 척하며 우키후네를 찾아가 강제로 연을 맺었다. 우키후네는 경악했지만, 가오루와는 달리 열정적인 니오우노미야에게로 점차 마음이 끌려간다. 가오루에게 미안한 마음에 괴로워하면서도 사랑하는 니오우노미야와 꿈같은 시간을 보낸 우키후네는 가오루에게서 자신과 니오우노미야의 관계를 의심하는 편지를 받고는 궁지에 몰려 우지가와강에 몸을 던지기로 했다. 우키후네가 실종되었다는 것은 가오루에게도 비밀에 부쳐진 채 장례식이 치러졌고, 가오루는 자신이 우키후네를 죽음으로 몰아붙인 것을 탄식한다.

그 무렵 요카와라는 곳에 소즈라는 고승이 살고 있었다. 어느 날 소즈는 모친의 요양을 위해 찾아간 우지노엔에서 젊고 아름다운 여자가 의식을 잃고 쓰러진 것을 발견하고 급히 구해내 고향 마을인 오노로 데려간다. 그 여자가 바로 우키후네였다. 이윽고 의식을 되찾은 우키후네는 자신의 과거를 밝히지 않은 채 소즈에게 출가를 허락해 달라고 간청하지만, 소즈는 젊은 여인의 앞날을 안타깝게 여겨 재가신자의 계율인 오계를 받도록 하는 것에 그쳤다. 소즈의 여동생은 그즈음 세상을 떠난 자신의 딸이 살아 돌아온 것만 같아서 우키후네를 애지중지한다.

그 뒤에 다시 소즈 여동생의 사위였던 주조에게 구애받은 우키후네는 여러 남자에게 희롱당하는 자신의 숙명이 새삼 끔찍해져서 소즈에게 간청하여 이번에야말로 출가의 뜻을 이루었다. 소즈는 신원이 분명하지 않은 여자를 구해내 출가시켰다는 사실을 니오우노미야의 모친에 해당하는 아카시노추구에게 이야기했다. 추구는 그 여자가 우키후네라고 짐작하고 그 일을 가오루에게 전했다. 가오루는 깜짝 놀라 즉시 요카와로 향한다.

가오루와 대화를 나눈 요카와의 고승 소즈는 그제야 우키후네의 신상을 알고 그녀를 출가시킨 것을 애석해한다. 가오루는 우키후네의 이부 남동생에 해당하는 고기미에게 우키후네에게 보내는 편지를 맡기면서 꼭 전해달라고 당부한다. 우키후네는 자신의 신상이 결국 밝혀진 것을 알고 어쩔 줄 모르면서도 가오루에게 답신을 보내지 않았다. 고기미에게서 우키후네의 냉담한 반응을 전해 들은 가오루는 번민한다…….

여기서 전체 54장에 이르는 대하소설이 갑작스럽게 막을 내린다.

"좋게 말하면 긴 여운이 남고, 나쁘게 말하면 어중간하다고 할까, 맥 빠지는 방식의 결말이었어요."

이야기 코너라고 불리는 공간으로 우리는 이동했다. 작가인 무라사키 시키부의 생애와 그녀가 보고 들은 대로《겐지 이야기》의 작품 속에 묘사한 후지와라 가문의 영화榮華 등,

소설의 배경을 자세히 소개하고 있었다.

"······그러면 만일 그다음 편이 있다면 어떤 이야기였을까?"

마코가 불쑥 그런 질문을 던졌다.

"그다음 편?"

"내 생각에는 무라사키 시키부가 우지 10첩의 그다음 편도 쓸 계획이었는데 부득이한 사정으로 결국 끝까지 쓰지 못했던 것 같아. 그래서 그다음을 어떤 이야기로 이어가려고 했는지 내 나름대로 생각해 둔 게 있어."

이건 매우 흥미로운 얘기다. 나는 좀 더 자세히 듣고 싶었다.

"그래요? 오, 궁금하네요. 그다음에 어떤 이야기가 이어지죠?"

우리가 주고받는 말소리가 주위 관람객들에게 폐가 될 만큼 붐비지는 않았다. 마코는 흐흠, 한 차례 헛기침을 한 뒤에 이야기하기 시작했다.

"내가 생각한 이야기는······."

─우키후네는 가오루에게 끝내 답신을 보내지 않는다. 하지만 자신 때문에 죽었다고 생각했던 사람이 살아 있는 것을 알게 된 가오루는 도저히 그녀를 포기할 수 없어서 지금까지와는 달리 적극적으로 우키후네를 설득하고 나선다. 그 열의에 마음 약한 우키후네는 결국 가오루와의 만남을 받아

들이고 다시 관계를 갖고 말았다.

그 후 퍼뜩 정신을 차린 우키후네는 자신이 범한 과오를 깨닫고 두려움에 떤다. 남자에게 농락당하는 인생을 끝내고자 불교에 귀의해 비구니가 되었건만, 계율을 어기고 다시 남자와 동침하고 만 것이다. 새삼 출가만으로는 부족하고 자신이 죽지 않는 한 이런 고통에서 풀려날 수 없다고 확신한다.

가오루는 우키후네의 그런 속마음을 털끝만큼도 알지 못한 채 부부 사이가 회복되었다고만 생각하고 그녀를 다시 교토에 데려오려고 한다. 하지만 우키후네는 자신이 살아 있다는 소식이 니오우노미야를 비롯한 교토의 지인들에게 알려지면 한바탕 소동이 난다는 등을 이유로 우지로 옮겨가기를 희망한다. 가오루는 일말의 불안감을 느끼면서도 우키후네가 삶의 의지를 회복했다고 믿고 그녀를 우지의 저택에 데려간다.

그리고 가오루가 교토에 돌아가기를 기다려 우키후네는 우지가와강에 몸을 던져 이번에야말로 세상을 등지고 만다.

"……그, 그건 너무 비극적인 전개인데요."

등이 서늘해지는 느낌이 들어서 나는 말했다. 마코는 잠깐 고개를 끄덕이더니 상상의 이야기를 다음과 같이 마무리했다.

"우키후네의 죽음이 확실해지자 그제야 니오우노미야는 자신의 크나큰 죄를 깨달았어. 그리고 가오루도 이 세상이 더욱더 덧없어져서 출가해 버린다는 것으로 끝."

"왜 그렇게 생각했어요? 뭔가 근거라도 있었어요?"

이 질문에 마코는 옅은 웃음과 함께 대답했다.

"왜냐하면 원래 《겐지 이야기》가 그냥 그렇게 애매하게 끝날 리가 없잖아. 가오루의 깊은 미련을 생각하면 단지 답신을 보내주지 않는다는 정도로 그리 쉽게 우키후네를 포기하지는 않았을 거야. 그대로 가오루가 강하게 설득에 나섰다면 그다음에 어떤 일이 기다리고 있을지, 상상해 보면 그런 결말은 자연스러운 흐름이지."

그리고 마코는 마치 친한 친구 얘기인 것처럼 우키후네에 대해 말했다.

"우키후네는 애초에 오이기미를 대신하는 존재로 이야기에 등장했어. 가오루가 오이기미의 모습을 본뜬 인형을 만들겠다고 했을 때, 나카노키미는 액받이 인형, 즉 종이 등을 사람 형태로 오리고 그걸 쓰다듬어 부정을 떠넘긴 뒤에 강물에 흘려보내는 그런 액받이 인형을 떠올리면서 우키후네에 대해 귀띔했어. 그러니까 우키후네는 자신의 불륜 때문에 궁지에 몰려 자결을 선택했지만, 설령 불륜을 저지르지 않았더라도 어차피 강물에 떠내려갈 숙명을 애초에 떠안고 있었던 거야."

가오루와 나카노키미에 대한 부분은 희미하게 기억이 났지만 그 장면에 그토록 큰 의미가 감춰져 있는 줄은 전혀 생각도 못 했다.

"가엾은 여자일까? 하지만 나는 불륜이라는 잘못을 범한 우키후네가 출가했다고 무사히 살아갈 수 있을 거라고는 도저히 생각할 수 없었어."

―아버지와 바람피우는 여자는 자기 때문에 우리 집안이 엉망진창이 되는 거, 알기나 할까?

11년 전 마코의 절절한 비명이 지금 그녀의 말과 겹치는 것 같았다.

불륜을 저지른 여자가 무사히 살아갈 수 있을 리 없다. 예전에는 아버지의 불륜 때문에, 그리고 최근에는 남편의 불륜 때문에 고통을 겪으면서 차곡차곡 쌓아온 인생관에 따라 그녀는 방금 들려준 우지 10첩의 결말을 끌어낸 것이다.

내 느낌을 가볍게 늘어놓을 만한 분위기가 아니었다. 우선 그런 분위기부터 바꿔야 한다는 생각에 나는 남들 눈에 수상할 만큼 주위를 둘레둘레 둘러보았다. 그리고 무슨 마크 같은 것이 잔뜩 그려진 게시판 앞으로 달려갔다.

"이건…… 겐지 향源氏香?"

"응, 향을 조합하는 거. 에도시대에 만들어진 게임이야."

해설문을 읽어볼 것도 없이 마코가 옆에 다가와 알려주었다.

"우선 다섯 종류의 향이 나는 나무를 각각 종이로 감싸 다섯 봉지씩 모두 스물다섯 봉지를 준비해. 그중에서 무작위로 선택한 다섯 개의 봉지를 순서대로 태워서 향기를 맡는 거야. 그리고 첫 번째부터 다섯 번째의 봉지 중에서 어느 것과 어느 것의 향기가 같은지 혹은 다른지를 판정하는 것이지. 모두 다 다르다, 첫 번째와 두 번째만 같다, 첫 번째와 두 번째와 세 번째가 같다, 네 번째와 다섯 번째가 같다, 모두 다 같다, 라는 식으로 조합하면 모두 합해 52가지가 나오는데, 거기에 《겐지 이야기》 전체 54첩 중 제1첩 〈기리쓰보〉와 제54첩 〈몽부교〉를 제외하고 52개의 제목을 붙인 거야."

마코는 '겐지 향도源氏香圖'라는 그림 중 하나를 가리키며 설명을 이어 갔다.

"이를테면 이 〈다마카즈라〉는 오른쪽에서부터 알파벳 소문자의 엠^{m}과 엔^{n}이 옆에 나란히 붙은 모양이지? 이건 첫 번째와 두 번째와 세 번째 향기가 같고, 네 번째와 다섯 번째도 같다는 조합을 나타내는 거야."

"오호, 다섯 개의 세로선 중에서 오른쪽에서부터 차례대로 첫 번째 봉지, 두 번째 봉지, 라는 식이 되네요. 똑같은 향기가 나는 봉지들은 윗부분을 가로선으로 붙여준 것이죠?"

"그렇지. 마찬가지로 한가운데 세로선의 양쪽에 엔^{n}이 있는 모양의 〈태풍〉은 첫 번째와 두 번째, 네 번째와 다섯 번째가 각각 같은 향기라는 것을 나타내고 있어."

"찬찬히 보니까 의외로 단순하고 알기 쉬운데요? 나도 한번 해보고 싶네요."

"후각은 민감한 편이야? 아참, 항상 커피 향을 맡으니 당연히 민감하겠네."

"아뇨, 그건 아마 별 관계가 없을걸요."

답답한 분위기를 날려준 것에 내심 안도하면서 이야기 코너를 떠났다.

어느새 유료 전시 구역을 한 바퀴 다 돌았는지 처음 출발한 접수처가 나왔다.

3

겐지 이야기 박물관을 나서자 놀랍게도 비가 뚝 그쳐 있었다.

"지금 잠깐이야. 태풍이 접근 중이라는 건 변함이 없잖아."

마코는 어디까지나 냉정하게 말했지만, 나는 마냥 좋기만 했다.

"그래도 반짝 해가 나왔으니까 잠깐 바깥을 돌아볼까요?"

"응, 어딘가에서 차라도 마실까 했는데 이 정도면 괜찮을 것 같다."

차라도 마시자는 것은 단순히 차만 마신다는 뜻은 아닐 것이다. 어쨌든 이곳은 우지인 것이다. 가마쿠라 시대에 에이사이 선사가 도가노오에 뿌렸고 그 싹을 우지에도 심었다는, 일본의 차 재배 발상지다. 요즘에도 우지는 거리를 걷다 보면 곳곳에서 차를 파는 가게가 눈에 띄는 곳이다.

다시 편도 2차선 지방 도로로 나와 남서쪽을 바라보니 다리가 걸려 있었다. 폭이 100미터가 훌쩍 넘는 강을 가로지르는 그 다리가 《겐지 이야기》에도 등장하는 우지교다. 그리고 그 아래를 흘러가는 강물이 우키후네가 몸을 던지기로 결심한 우지가와강이다.

"교토 오토쿠니군 오야마자키초의 '야마자키교', 시가현 오쓰시의 '세타노카라하시교'와 함께 일본 3고교古橋로 손꼽히는 오래된 다리야. 현재의 모습으로 다시 세운 것은 1996년, 유서 깊은 역사 도시의 분위기에 맞춰 목제고란木製高欄(전각, 사찰, 다리 등의 가장자리에 목재로 짜서 붙이는 높직한 난간.)이라는 전통 양식으로 지어졌어."

마코의 해설은 우지가와 강물의 흐름처럼 막힘이 없었다.

다리를 건너가는 중에 한가운데서 서쪽으로 약간 넘어간 자리에 상류를 향해 사각형으로 볼록 튀어나온 곳이 있었다. 크게 한 걸음 성큼 내디딜 정도의 깊이에 폭은 2미터쯤이나 될까. 그 둘레를 따라 난간도 함께 꺾어져서 우회하고 있었다.

"여기는 산노마야."

빗물에 젖은 난간에 손을 짚고 마코가 상류의 경치를 바라보며 말했다.

"산노마?"

"다리 서쪽 끝에서부터 세 번째의 기둥 사이에 만들어졌기 때문에 붙은 이름이야. 옛날에는 여기에 다리의 수호신 '하시히메'를 모셨대. 도요토미 히데요시가 산노마에서 길어 올린 물로 차를 끓였다는 일화가 유명한데, 지금도 해마다 10월의 우지 차 축제 때 이 자리에서 '명수名水 긷기 의식'을 하고 있어."

얘기를 듣고보니 강물을 내려다보지 않을 수 없었다. 하지만 난간으로 몸을 내민 나는 명수라는 이미지와는 거리가 먼 컴컴하고 거친 강물에 등이 오싹했다.

"이건 도, 도저히…… 물을 길어 올리기 어렵겠는데요?"

"아, 물이 많이 불어났네. 상류 쪽에서 계속 비가 쏟아지는 모양이지."

《겐지 이야기》에서 우키후네는 투신하려던 순간에 원혼에 사로잡혀 미수에 그친다. 하지만 겐지 이야기 박물관에서 본 영화에서는 실제로 우키후네가 강물에 몸을 던지는 장면이 있었다.

나는 평소의 우지가와강이 어떤지는 잘 알지 못한다. 하지만 지금처럼 발밑에서 콸콸 소리를 내며 흘러가는 강물에 몸을 던졌다면 우키후네도 살아남지 못했을 거라는 실감이 들었다.

다리를 건넌 곳에 무라사키 시키부의 석상이 있었다. 2003년에 건립된 비교적 새 조형물이라서 무라사키 시키부의 생애는 여전히 수수께끼라는 내용이 적힌 바로 곁의 안내판도 깨끗했다.

마코의 뒤를 따라 다리 끝에서 강변으로 내려갔다. 강물은 바로 저 앞까지 차올랐지만, 아직 위험하다고 할 정도는 아니었다. 강변은 간단히 정비해서 산책로처럼 이용하고 있었다. 오른편 돌담 위로는 초목이 무성하고 그 위로 여관이며 식당 등이 처마를 맞대고 이어졌다.

"잠깐 앉아서 얘기할까?"

갑작스럽게 건넨 마코의 말에 나는 흠칫했다.

"앉다니, 이 근처에는 벤치 같은 것도 없는데요?"

"뭐, 어때? 저기 저 잔디에 앉으면 되지. 옛날처럼."

"하지만 비 내린 뒤라서 축축할 텐데……."

"괜찮아, 괜찮아. 엉덩이만 살짝 젖을 텐데 뭘."

딱 잘라 말하는 바람에 나도 그런가 싶었다. 무엇보다 꼭 이곳에서 얘기하고 싶다는 마코의 의지가 느껴졌다.

어디에 앉아도 마찬가지겠지만 그나마 눈에 보이는 느낌상 덜 축축한 곳에 자리를 잡았다. 나는 두꺼운 청바지라서 안까지 스며들지는 않았다. 마코는 "엇, 차가워"라면서 킥킥 웃었지만, 검은색 바지라서 젖은 부분이 눈에 띄는 일은 없을 것이다.

돌담 위의 여관도 그렇고 공들여 지은 우지교도 그렇고, 우지가와 강변 풍경은 특징이 뚜렷했다. 역시 관광지다운 모습이다. 딱히 얘기할 것도 없었던 고향의 강과는 달랐다. 그래도 마코와 함께 강변에 나란히 앉아 있으니 옛날 그때가 그리워졌다.

"너한테 여태껏 걱정만 끼쳐서 미안해."

불쑥 핵심에 다가가는 말을 마코가 중얼거렸다.

"아뇨, 걱정은 무슨……."

미나가와 노리카가 이제 곧 교토를 떠난다는 소식을 전해야 할지 말지 망설였다. 하지만 그 얘기를 하려면 야스이 콘피라구에서 마코의 에마를 봤다는 것부터 설명하지 않으면 안 된다. 그런 염탐 비슷한 짓을 털어놓는다는 건 아무래도 결심하기가 어려웠다.

그런데 나의 그런 망설임은 마코의 그다음 말로 인해 의미를 잃었다.

"근데 이제 괜찮아."

"예?"

그녀의 옆얼굴은 역시 뭔가 후련한 것처럼 보였다.

"불륜에 대한 것은 결론이 났다고 할까, 이제 괜찮아졌어."

"……그렇군요."

나는 내심 힘이 쭉 빠졌다. 처음에 생각했던 대로 그녀는 남편의 불륜이 끝난 것을 이미 알고 있다. 굳이 내가 알려줄 것도 없이.

다행이네요, 라고 말하려다 관뒀다. 남편의 불륜으로 줄곧 고통을 겪어온 장본인에게 그 고통이 끝난 건 분명 좋은 일이다. 하지만 주위에서 '다행이다'라는 말을 해줄 경우에는 '그나마 불륜이 멈춰서 다행'이라는 뉘앙스가 분명하게 담기지 않으면 자칫 마음 아픈 상처가 될 수 있다. 이런 때는 섣부른 말은 안 하는 게 좋다.

바람이 조금 강해졌다. 마코는 날리는 머리칼을 왼손으로 누르고 있었다. 그 약지에서 반짝이는 반지를 보며 나는 물어보았다.

"남편은 어떤 분이에요?"

마코는 숨을 토해내듯이 피식 웃었다.

"우리, 여기서 처음 만났어."

"아, 그랬군요."

그래서 이 자리에서 얘기하자고 한 것인가.

"착하고 멋진 사람. 힘도 센 사람. 교토에 온 직후에 만났으니까 벌써 6년째인가?"

행복했어, 라고 마코는 말했다. 뭐, 이래저래 사연도 많았지만, 이라는 자조를 덧붙이면서.

전에도 생각했지만, 불륜이 끝났다고 그걸로 만사가 해결되는 것도 아니다. 남편이 불륜을 저질렀다는 사실은 절대 지워지지 않고, 그것에 대한 마코의 마음은 그녀 스스로 이제부터 정리해 두어야 할 곳에 차곡차곡 넣어두는 수밖에 없을 것이다.

하지만 마코는 어쨌든 불륜이 끝나기를 원했다. 누구에게 보여줄 것도 아닌 에마에, 본심을 위장할 필요가 없는 곳에, '불륜을 멈추게 해주세요'라는 비통한 기원을 올렸다. 그렇다면 나도 마음속에서나마 그녀의 앞길을 축하해 주어야 할 것이다.

11년 전, 자기 행복을 위해 한 걸음을 내디뎠던 마코와 현재의 그녀가 겹쳤다. 그래서 뒤를 이어 그녀가 한 말을 듣고도 나는 그리 놀라지 않았다.

"그래서 말인데, 너를 만나는 것도 이게 마지막이 될 거 같아."

물론 우리는 불륜 따위의 관계는 아니다. 하지만 마코가 남편의 배신에서 오는 외로움이나 슬픔 같은 부정적인 감정을 나와의 만남을 통해 달래보려고 했던 것도 사실이다. 즉 마코에게 나와의 만남은 남편의 불륜과 상당한 관계가 있는 일이었다. 마코는 이제 그런 모든 것을 다 끝낼 생각인 것이다.

"네, 정말 반가웠어요. 기적 같은, 정말 기적이라고 할 수밖에 없는 형태로 마코 씨를 다시 만날 수 있어서."

"나도 반가웠어."

"마코 씨가 이렇게 살아 있는 것도 알았고, 이제는 단지 행복하기만을 바랍니다. 그러기 위해서 나는 이별도 받아들이려고요."

"넌 나이를 먹어서도 건방지구나?" 마코는 재미있다는 듯 웃었다. "하지만, 고마워."

더 이상 그녀는 내 어깨에 기대지 않았다. 예전의 그녀는 버팀목이 필요했다. 어쩌면 바로 얼마 전까지도 그랬는지 모른다. 하지만 이제는 필요하지 않게 되었다.

"그렇다면…… 이쯤에서 헤어져야겠네요."

나는 자리에서 일어섰다. 마코는 따라 일어서지 않았다.

"응, 그 사람이 이따가 여기로 오기로 했어."

남편 얘기인 것이리라. 나와 함께 있다가 괜히 쓸데없는 오해를 사서는 안 된다. 하늘을 올려다보니 눈에 보이지 않을 만큼 가느다란 비가 다시 내리기 시작했다.

"그럼, 이만 갈게요. 안녕."

그녀는 이쪽을 돌아보지 않았다.

"응, 안녕. 이제 더 이상 만날 일은 없겠지만, 잘 지내."

마치 소설 같은 이별이다. 그것 또한 마코가 원했던 것이리라.

나는 교한센 역을 향해, 왔던 길을 되돌아갔다. 우지교 난간에서 바라보자, 강변에 앉아 있는 그녀가 영락없이 예전의 그 모습으로 보였다.

더 이상 만날 일은 없다고 마코는 말했지만 살아 있다면 다시 만날 듯한 마음도 들었다. 어쨌든 우리는 11년이라는 시간을 뛰어넘어 다시 만났다. 더 이상 만날 일은 없다고 생각했는데 멀리 떨어진 도시에서 다시 만날 수 있었다.

그러니 섭섭하기는 해도 슬프지는 않았다.

단 한 가지, 11년 전의 약속을 이루지 못한 것이, 마코에게 탈레랑의 커피를 마시게 해주지 못한 것이 마음 깊이 아쉬움으로 남았다.

4

전차를 타고 교토 시내로 돌아온 나는 그 길로 탈레랑에 찾아갔다.

미호시 씨에게도 얘기해 줄 생각이었다. 고통에서 해방된 마코와 더 이상 만나지 않기로 한 것을. 이래저래 폐를 끼쳤으니까. 좀 더 솔직히 말하면 혼자 있고 싶지 않은 기분도 있었다.

탈레랑에 도착했을 때는 잠시 그치기 전보다 더 세찬 비가 쏟아졌다. 옆으로 후려치는 비여서 우산이 거의 아무 도움도 되지 않았다. 흠뻑 젖은 채로 탈레랑의 문을 열었다. 날씨 때문인지 손님이 하나도 없었다.

카운터 쪽에 자리를 잡고는 다짜고짜 얘기를 꺼냈다.

"마코 씨의 그 불륜 건은 결론이 난 모양이에요. 이제 괜찮답니다."

"다행이네요."

커피 원두를 갈면서 대답하는 미호시 씨는 감정의 흔들림이 털끝만큼도 느껴지지 않았다. 이런 날씨에 일부러 찾아온 것부터가 꼭 할 얘기가 있어서라고 미리 짐작했는지도 모른다.

"그래서 나와 만나는 것도 오늘이 마지막이라고 했어요. 매듭을 짓고 싶었던 거겠죠."

"그래요? 굳이 작별까지 할 건 없을 거 같은데?"

"그건 그렇죠. 하지만 역시 마코 씨다운 결단이에요."

나는 카운터에 이마를 대듯이 머리를 숙였다.

"미호시 씨에게도 걱정을 끼쳤어요."

"아뇨, 나는 딱히 한 것도 없는데요, 뭘."

곤혹스러운 듯 미호시 씨는 고개를 저었다. 어쩐지 객기가 발동해서 나는 슬쩍 장난을 쳤다.

"그래도 좀 신경 쓰이지 않았어요? 나와 마코 씨의 관계가."

"……아뇨, 무슨 말씀을?"

미호시 씨는 고개를 돌려버렸다. 나는 머리를 긁적이면서 약간은 화를 내주는 게 마음이 편한데, 라고 내 멋대로 생각하고 있었다.

이윽고 방금 내린 커피가 나왔다. 8월이지만 몸이 젖은 것도 있어서 뜨거운 커피를 주문했다. 몇 번을 마셔도 그 맛이 달라지지 않아서 역시 마코에게 대접했으면 좋았을 텐데, 하는 후회가 머릿속을 스쳤다.

'아니, 어쩌면…….'

마코의 이상적인 커피는 나 같은 사람이 찾아주는 것보다 그녀 스스로 찾아내는 게 좋을지도 모른다.

"진심으로 마코 씨가 행복해졌으면 좋겠어요."

미련이 많은 말이었는지도 모른다. 하지만 미호시 씨는

화를 내지 않았다.

"동감이에요. 마음고생이 심했을 테니까요."

"이제는 남편이 정신 차렸기를 빌어주는 것밖에 없네요."

커피잔을 입가로 가져가자, 한순간 시야가 흐릿해졌다. 그리고 그 전후에 일어난 현상은 마치 마법 같았다.

"……남편이라고요?"

온화한 웃음을 짓고 있던 미호시 씨의 얼굴이 순식간에 바짝 굳어 있었던 것이다.

"네, 오늘도 나와 헤어진 뒤에 거기로 데리러 온다고 했어요."

"그, 그 장소가 어디예요?"

"우지가와 강변인데요? 우지교 끝에서 아래로 내려가서……."

말하면서 나는 뭔가 마음에 턱 걸리는 느낌이었다. 마치 데자뷔처럼 어디선가 이런 이야기를 했던 듯한, 하지만 얼른 생각은 나지 않는 느낌. 나는 위화감을 떨쳐내려고 어중간한 웃음을 지었다.

"나와 함께 있는 모습을 그 사람이 보기라도 하면 어렵게 좋아진 관계가 자칫 틀어질 수도 있잖아요. 그래서 나와는 더 이상 만나지 않는 거라고……."

"그거, 마코 씨가 한 말이에요?"

어째서 추궁하는 투로 캐묻는지 알 수가 없었다.

"아뇨, 생각해 보니…… 마코 씨는 이게 마지막이 될 것이라고만 했어요."

"그밖에 또 뭔가 마음에 걸릴 만한 말은 없었어요?"

물어보는 대로 나는 오늘 마코와 나눈 대화를 돌아보다가, 아, 그렇지, 하고 방금 느낀 데자뷔의 정체를 드디어 깨달았다.

"강변에서 했던 말은 아니지만,《겐지 이야기》의 결말에 관해 얘기했어요. 애매하게 끝난《겐지 이야기》의 그다음 편이 있을 거라는."

나는 마코가 얘기한《겐지 이야기》의 결말을 미호시 씨에게 들려주었다. 기억을 더듬어가며 재현해 볼수록 오래된 우유가 덩어리지듯이 불길한 예감이 형태를 만들어갔다.

"우키후네는 이번에야말로 우지가와강에 몸을 던져 죽는다……. 그게 바로 우지가와강이었어요."

왜 눈치채지 못했을까, 하고 나 자신을 저주했다. 한편으로 내 불길한 예감은 어디까지나 직감적인 것일 뿐, 딱히 근거가 있는 건 아니다. 오히려 상황을 고려한다면 그렇게는 되지 않을 터였다.

하지만 미호시 씨는 뭔가 말을 하기도 전에 그 얼굴빛만으로 나의 낙관적인 관측을 산산조각 내고 말았다.

"그 얘기, 마코 씨의 앞날을 암시한 것일 수도 있어요."

무슨 말이냐고 다시 물어볼 것도 없었다. 미호시 씨가 애매한 부분을 정정해 주었다.

"마코 씨가 오늘 우지가와강에 몸을 던질 생각인지도 모른다구요."

나는 말문이 턱 막힐 수밖에 없었다.

아, 그렇구나. 그래서 꼭 오늘이 아니면 안 되었구나. 태풍이 접근하면서 강물이 불어났으니까. 나는 그 거칠게 흐르는 강물을 바로 앞에서 봤다. 그런 곳에 빠진다면 더 말할 것도 없다, 즉 확실하게 죽을 수 있다.

게다가 쉬는 날도 아닌 화요일에 만나자고 연락한 것도 그걸로 설명된다. 미용실 일을 쉬기로 했는지 아니면 그만뒀는지, 어느 쪽이든 강물에 몸을 던지기로 마음먹은 사람에게는 사소한 문제였을 게 틀림없다.

"하지만 정말 모르겠네요. 불륜 문제는 이미 해결됐잖아요. 노리카 씨가 교토를 떠나기로 했다는데 왜 이 시점에 마코 씨가 강물에 몸을 던져야 하는지……."

느낌상으로는 미호시 씨의 추리를 지지하면서도, 이론적으로 따지고 드는 뇌 부분이 의문을 주절거렸다.

하지만 미호시 씨는 슬프게도 그것을 밀쳐버렸다.

"아오야마 씨가 중대한 착각을 하신 것 같군요. 아무튼 이렇게 입만 놀리고 있을 때가 아니에요. ……아저씨, 자동차 준비해 주세요! 전차는 이 시간에는 운행을 안 할 테니까."

드디어 내가 나설 차례라는 듯이 모카와 씨가 나이에 어울리지 않는 기민한 동작으로 가게를 뛰쳐나갔다. 단 일이

분 만에 자신의 애마, 빨간 렉서스를 탈레랑의 문—양쪽 처마 사이의 터널— 앞의 도로에 대주었다.

나와 미호시 씨는 구르듯이 뒷좌석에 올랐다. 처음 이 차를 타본 게 1년 전 9월이었고, 그때도 엄청난 극한 상황이었다. 차 주인에게는 미안하지만, 정말 이 차에 좋은 추억이라고는 하나도 없다.

우지교를 향해 급히 차를 몰았다. 불행 중 다행으로 차량 통행은 적은 편이었다. 날씨 탓이다. 비바람이 그야말로 태풍다운 난폭함을 드러내고 있었다.

"마코 씨가 자신의 운명을《겐지 이야기》의 우키후네에 겹쳐 보고 있었다는 건 분명해요."

미호시 씨는 앞좌석 등받이의 아무것도 없는 지점을 응시하면서 말했다. 그렇게 해서 쓸데없는 정보를 차단하려는 것처럼 보였다.

"하지만 우키후네가 궁지에 몰린 건 자신의 불륜이랄까, 양다리를 걸친 것 때문이었잖아요."

"마코 씨도 과거에 그런 경험이 있었던 게 아닐까요? 아오야마 씨, 뭔가 마음에 짚이는 거 없어요? 마코 씨에게서 그런 이야기를 들었다든가."

몹시, 몹시 서글프게도…….

나는 분명 마음에 짚이는 게 있었다. 벌써 6년 전에 도착했고, 절대로 잊히지 않았지만 애써 떠올리지 않으려고 해온 소식이, 있었다.

왜냐하면 당시의 나로서는 어떻게도 해결해 줄 수 없었으니까.

도와주고 싶었고, 어떻게든 해주고 싶었고, 하지만 정말로 어떻게도 할 수 없었다.

그래서 못 본 척하기로 했다. 기억하고 있는데도 잊어버린 것으로 쳤다.

그러므로 더더욱 마코와의 재회는 나에게 기적이라고 할 수밖에 없는 일이었던 것이다.

"미호시 씨, 좀 더 자세한 설명이 필요해요. 문제가 해결되었다고 말했던 마코 씨가 어째서 투신할 생각을 했는지, 나는 아직도 모르겠어요."

와이퍼가 미친 듯이 빗물을 씻어냈다. 내 마음은 천 갈래, 만 갈래로 어지럽게 흩어졌다.

"하지만 뭐가 뭔지 모르면서도 아까 미호시 씨가 투신 가능성을 지적했을 때, 분명 나는 마코 씨라면 그럴지도 모른다고 생각했어요. 그 이유를 말하려면 시간을 되돌려 마코 씨와의 관계를 처음부터 되짚어야 합니다."

얘기해 주세요, 라고 미호시 씨가 말했다. 우지에 도착하려면 아직 시간이 있으니까, 라는 것은 절망적인 일인데도 희망이기도 한 것 같은 말투였다.

"재회는 11년 만이었다고 했었죠? 분명 그렇긴 해요. 내가 중학교 1학년일 때 만났다가 헤어졌고, 그 이후로는 최근까지 한 번도 마코 씨와 얼굴을 마주한 적은 없으니까."

하지만, 이라고 뒤를 잇는 내 목소리가 떨렸다.

"그 사이에 완전히 소식이 끊겼던 건 아니에요. 6년 전에 단 한 번, 마코 씨가 편지를 보내준 적이 있어요. 보낸 사람의 이름도 주소도 적혀 있지 않아서 내 쪽에서 답장을 보낼 수도 없는 편지를."

그래도 나는 읽자마자 마코 씨의 편지라는 것을 알았다. 강변에서 나눴던 얘기들이 깊은 슬픔에 잠긴 그 문장의 갈피마다 새겨져 있었기 때문이다.

나는 다시 만난 마코에게 그 편지 이야기를 하기가 두려웠다. 마음의 상처를 새삼 헤집는 일이 될까 봐 오늘 작별할 때까지 아무것도 못 본 척하는 태도를 보였다. 그게 잘못이었던 걸까. 나는 어떻게 했어야 좋았을까.

편지에는 구체적인 에피소드가 적혀 있었고 그녀의 고통과 절망이 그려져 있었다. 그리고 마지막에는 애매한 말로 이별을 고했다. 하지만 나는 처음 한 문장과 조합해서 그것을 다음과 같이 해석했다. 그렇게밖에는 생각할 수 없었다.

"그 편지 속에서 마코 씨는 자살을 내비쳤어요. 그러니까 오늘이 처음이 아니었어요. 그녀는 예전에도 그런 생각에 사로잡힌 적이 있었어요."

강풍이 차 문을 쳤다. 가슴속에서 날뛰는 내 심장과 호응하는 것 같았다.

부디 너무 늦지 않기를, 하고 나는 기도했다.

언젠가 보내온 편지에서 보고도 못 본 척해버린 그녀를……

이번에야말로 나는 반드시 구해내지 않으면 안 된다.

제6장

떠오른 배

태풍의 밤에

1

그건 고등학교 3학년 때, 가을도 깊어가던 무렵이었다.

졸업 후 진로를 아슬아슬한 막판까지 고민 중이었다. 결과적으로 내가 하고 싶은 것을 최우선으로 생각해 전문학교에 진학했지만, 부모님은 나의 진로 희망에 그리 좋은 내색은 하지 않았다. 주위에는 취직하는 친구도, 4년제 대학에 가는 친구도 있었다. 너나없이 앞으로 길게 이어질 자신의 인생을 고민하며 어쩐지 불안한 나날을 보내던 시기였다.

그날 학교에서 돌아오자, 테이블 위에 한 통의 편지가 있었다. 어머니가 우편함에서 꺼내와 눈에 띄는 곳에 놓아둔 것이다. 받는 사람은 내 이름이고, 보낸 사람의 이름이나 주소는 없었다.

편지라고는 거의 써본 적도 받아본 적도 없던 시절이었다. 연애편지냐고 놀려먹는 가족의 말을 대충 받아넘기고 나는 내 방에 틀어박혀 봉투를 열고 편지지를 꺼냈다.

그때의 충격은 새삼 얘기할 것도 없으리라.

매정하게도 그즈음 나는 마코에 대해 거의 생각한 적이 없었다. 나 스스로 첫사랑이라고 인정했고, 다감한 시기에 매우 인상적인 순간들을 공유한 사람이었는데도 강물이 유유히 흘러가듯이 추억은 세월의 저편으로 멀리 사라져 버렸다. 첫사랑도 다를 게 없다. 새로운 사랑이 찾아오면 오래된 것은 추억 속에서 차지하는 비율이 줄어들고 만다.

 그래도 나는 편지를 읽고 가장 먼저 마코를 머릿속에 떠올렸다. 이런 편지를 보낼 사람이라면 마코 외에는 없다고. 그녀는 자신의 우산으로 나를 집까지 데려다준 적이 있다. 내 주소라면 알고 있을 터였다.

 온갖 생각이 머릿속을 내달렸다. 당장 편지를 들고 경찰서로 달려갈까 하는 생각까지 했다. 하지만 글 속에는 그녀가 취하려고 하는 행동에 대한 구체적인 말은 없었다. 경찰이 이런 일에 일일이 대응해 줄 거라고 생각되지 않았다. 그녀의 소식은 벌써 5년 전쯤에 끊긴 상태여서 찾아낼 방도도 없었다.

 분명하게 기억나지는 않지만, 아마 몇 시간쯤은 고민했을 것이다.

 떨리는 손으로 나는 편지지를 다시 봉투 속에 넣었다.

 그러고는…… 못 본 걸로 하기로 했다.

 그때의 행동을 정당화할 마음은 털끝만큼도 없다. 하지만 그렇다면 나는 과연 어떻게 했어야 좋았을까.

 우리 동네에 있는, 그녀가 예전에 일했던 곳에 찾아가 어디로 이사했는지 물어보는 건 가능했을지도 모른다. 혹은 아직 같은 지역에 살고 있을 가능성이 있는 그녀의 부모님을 찾아보는 방법도 있었다. 하지만 그렇게 해본들 뭐가 어떻게 달라진다는 것인가.

 ―네가 이 편지를 읽고 있을 때쯤, 나는 이미 이 세상에

없을 거야.

그런 문장으로 시작하는 편지의 어디에서 희망을 찾아내야 했을까.

슈뢰딩거의 고양이, 라는 말이 있다. 상자 속에 갇힌 고양이는 상자를 열어볼 때까지 살았는지 죽었는지 알 수 없어서 그 상태가 중첩된다고 생각하게 되는 것을 나타내는 양자역학 용어다.

나는 상자를 열어볼 용기가 없었다. 그녀의 죽음을 확인하지 않기만 하면 그녀는 내 안에서 죽지 않는다고 생각했다. 어차피 만날 일이 없다면 그걸로 괜찮지 않은가, 라고도.

진로 문제로 고민하던 시기였다. 생각해야 할 일들이 그것 말고도 잔뜩 쌓여 있었다. 물론 그런 게 사람의 목숨보다 귀하다는 것은 아니다. 하지만 인간에게는 한도라는 게 있다. 그리고 고등학생의 그것은 아마도 어른이 상상하는 것보다도 훨씬 적다.

슬픔으로 가득한 그녀의 인생을 내가 받아들이고 구해내고 혹은 위로해 준다는 건 도저히 가능할 것 같지 않았다. 그래서 못 본 것으로 해버렸다. 편지도, 만났던 사람도, 강변에서 나눈 대화도, 사랑도. 모두 다 잊으려고 했고, 기억하는데도 잊은 것으로 해버렸다.

그리고 내 인생에서 그녀라는 사람은 사라지고…….

이상적인 커피를 찾는다는, 상대도 없는 약속만 남겨졌다.

2

"비슷해요, 그 편지에 적힌 내용과 우키후네가 더듬어 간 운명이."

각자 얘기해야 할 것을 다 털어놓자, 미호시 씨는 그렇게 말하며 입술을 깨물었다.

비슷한 것뿐이다. 엄밀하게는 다르다. 하지만 이미 인연을 맺은 상대가 있는데 다른 남자의 책략에 걸려들어 그자의 뜻대로 하게 해버렸다는, 단지 그 정도의 유사점만으로도 마코가 자신을 우키후네와 겹쳐 보는 이유의 하나로서는 충분했다.

모카와 씨의 차는 우지에 접어들었다. 나는 아직 미호시 씨의 설명을 다 이해하지 못했다. 나의 중대한 착각이라고 그녀가 지적하며 들려준 내용은 너무도 믿기 어려운 것이었다.

"마코 씨가 좋아한다고 했던 영화가……."

불쑥 미호시 씨가 중얼거렸다. 나는 다시 그 제목을 하나하나 말했다.

"〈미용사의 남편〉, 〈소피의 선택〉, 〈밀리언 달러 호텔〉이었어요."

"아오야마 씨도 영화를 봤군요. 그러니 그렇게 술술 얘기할 수 있겠죠."

"마코 씨에게서 얘기를 듣고 비디오 대여점에서 빌려다

세 편을 다 봤어요. 중학생이 보기에는 난해한 영화들이었죠."

"그렇다면 그 영화들의 공통점도 알겠네요. 사랑에 관한 내용이라는 것 외에 한 가지 중요한 공통점이 있다는 거."

나는 고개를 떨구었다.

"네, 자살한다는 것이죠. 주인공의 사랑은 세 편 모두 당사자의 자살로 끝이 납니다."

중학생 때의 나는 그것에서 별다른 의미를 찾지 못했다. 편지를 받았던 고등학생 때는 되도록 이런저런 생각을 하지 않으려 했다. 그리고 최근에 마코를 다시 만났을 때, 그 영화에 관한 것은 그저 소소한 추억일 뿐이었다.

"우지 10첩에서처럼 마코 씨는 어려서부터 어떤 이야기를 감상할 때, 등장인물의 자살이라는 결단에 깊이 감정을 이입하는 경향이 있었던 게 아닐까요? 마코 씨 본인이 자살을 생각한 순간이 있었기 때문인지, 아니면 그런 이야기를 즐겨 읽다 보니 점점 자살이라는 것에 빠져들었는지……."

나는 우선 마코가 평탄치 않은 집안 사정 때문에 눈물을 흘렸던 게 생각났다. 그런 때에 자기도 모르게 죽음을 생각한 순간이 있었는지도 모른다. 하지만 인간의 마음이란 그렇게 단순한 게 아니다. 내가 아는 아주 작은 부분만으로 그녀의 중요하고 심각한 부분을 추정하려고 한 것이 부끄러웠다.

"마코 씨는 그 편지를 보낸 뒤에 정말로 투신했던 걸까요……."

미호시 씨에게 말해봤자 알 도리가 없는 일이다. 하지만 그런 참혹한 상상을 나 혼자 마음속에 담아두기가 힘들었다.

"실행에 옮겼는지 미수에 그쳤는지, 그건 모르겠어요. 하지만 결과적으로 마코 씨는 살았어요. 어쩌면 그것이 한층 더 우키후네의 운명에 자신을 겹쳐 보는 일로 이어진 게 아닐까요?"

그때 오싹한 생각이 내 머릿속에 떠올랐다. 6년 전, 마코는 정말로 죽으려고 했던가. 현실 속에서 이야기를 만들어내는 그녀는 우키후네의 운명에 자신을 좀 더 근접시키기 위해 실제로 투신하는 흉내를 냈던 게 아닐까.

한 사람의 생사에 관련된 일이다. 진심이었느냐 혹은 거짓이었느냐, 라는 식으로 타인이 추측할 일이 아니다. 그래서 나는 선뜻 입 밖에 내지 못했지만, 미호시 씨가 그런 가능성을 내다보지 못했을 리 없다.

"어쨌든 자살이 실현되지 않으면서 마코 씨는 그다음에 이어진 이야기를 살아가게 되었다. 그리고 아오야마 씨를 다시 만났다……."

"나를?"

나와 재회한 것이 뭔가 관련이 있다는 말인가.

"《겐지 이야기》속에 우키후네를 구해준 요카와의 고승, 소즈라는 인물이 있었지요? 그는 우지 10첩의 등장인물 중에서도 특히 동정심이 많은 사람으로 묘사되었어요. 물론 작가는 때때로 그가 입이 가볍다고 비난하기도 했지만, 적어도 일반인이 보기에는 덕망 있는 사람이었죠."

소즈는 우지노엔에서 우키후네를 발견했을 때, 원혼이 아니냐며 겁을 낸 제자들의 반대를 물리치고 혼자서 우키후네를 구해낸다. 또한 출가를 간청하는 우키후네를 가엾게 여겨 젊은 여인이 속세를 버린다는 게 어떤 의미인지 잘 알면서도 그녀의 소원을 들어주었다. 개별적 언동의 잘잘못은 제쳐두고, 누구보다 선량한 인물로 그려졌다는 건 의심의 여지가 없다.

"바꿔 말하면 그게 바로 아오야마 씨예요. 아마도 마코 씨에게 한없이 선량한 사람으로 보였겠지요. 그런 아오야마 씨를 우연히 재회했을 때 마코 씨가 이런 생각을 했다면 어떨까요, 등장인물이 모두 갖춰졌다, 라는 생각을."

오소소 소름이 돋았다. 나 역시 그녀가 만들어낸 이야기의 배역 중 하나였다는 것인가.

"그렇게 생각해 보면 지난 6월에 아오야마 씨에게 일부러 가정 폭력을 당한 척했던 것도 이해가 되지요."

"그, 그건 동정을 끌기 위해서였던 것으로 결론이 났잖아요."

"마코 씨가 남편에게 폭력을 당한다는 거짓말을 했을 때, 아오야마 씨는 그녀의 피난처로 집을 빌려주겠다고 허락했어요. 정확히 소즈가 우키후네를 구해내 오노에 데려간 것과 똑같아요. 마코 씨가 실제로 노렸던 건 그게 아니었을까요?"

"그럼 그런 이야기를 만들어내기 위해 사루가쓰지의 장난을?"

설마, 말도 안 된다고 생각했다. 그런데도 부정할 수 없었다.

이를테면 마코가 우리 쪽에 들키는 방식이 아니라 스스로 가정 폭력의 피해를 호소했다면 어땠을까. 그런 다음에 '그러니 나를 너희 집에 숨어 있게 해달라'는 식으로 말했다면 역시 나도 약간은 경계했을 게 틀림없다. 우키후네의 운명대로 만들기 위해서라고는 상상도 못 했겠지만, 절도라든가 하는 다른 꿍꿍이가 있는지도 모른다는 정도의 의심은 했을 것이다.

그런데 그때 마코는 어디까지나 가정 폭력의 피해를 한사코 감추려는 태도를 보이면서 오히려 우리 쪽에서 그걸 알아내도록 유도했다. 그래서 나는 집을 피난처로 제공하는 것에 아무런 위화감도 품지 않았다. 사루가쓰지의 일이 그런 계획에 따라 미리 짜놓은 것이었다면……. 단지 동정을 사기 위해서였다고 생각하는 것보다 훨씬 더 납득할 만한 얘기로 여겨졌다.

"아오야마 씨를 이글 커피에 보낸 의도에 대해서도 똑같이 설명할 수 있겠죠.《겐지 이야기》의 마지막 권〈몽부교〉 속에 가오루와 요카와의 소즈가 대면하는 장면이 있잖아요. 마코 씨는 그 장면처럼 아오야마 씨와 불륜 상대를 만나게 하려고 했던 게 아닌가 싶어요."

"마코 씨가 그런 것까지 생각했다고요?"

정말 믿어지지 않았다. 하지만 실제로 마코가 나를 이글 커피에 보낸 이유는 지금까지도 밝혀지지 않았다. 하지만 우지 10첩대로 따라간다는 목적이라면 분명 잘 들어맞는 설명이 된다.

"마코 씨는 언제부턴가 단순한 우연에 정신을 지배당하고 있었던 거예요."

미호시 씨의 말이 묵직하게 다가왔다.

"우지 10첩의 등장인물이나 그 이야기와의 일치를 여러 번 겪었다는 생각에 그녀는 그걸 운명이라고 여겼고, 이윽고 우연을 기다리지도 않게 됐어요. 우지 10첩과 똑같이 겹치도록 직접 자신의 인생을 왜곡한 것이죠."

"그러면 마코 씨가 우지가와강에 몸을 던지기로 결심한 것은……."

나는 급히 입을 다물었다. 말로 내뱉으면 내 마음까지 그 차가운 급류에 빨려들 것 같았기 때문이다.

―마코 씨가 우지가와강에 몸을 던지기로 결심한 것은, 그 방아쇠 역할을 한 것은, **나와 재회한 것 때문이었다고?**

그렇게 해석될 수 있는 말을 미호시 씨가 했다는 것 자체가 지극히 이례적이었다. 평소 같으면 내 입장을 배려해 결코 입에 담지 않았을 말이다. 즉 그만큼 사태가 절박하다는 얘기다.

제발 너무 늦지 않기를. 부디 기우로 끝나기를.

나는 몸을 웅크리고 머리를 부여잡았다.

지금 마코의 삶은 그녀 자신이 만들어낸 우지 10첩의 속편 중에서도 마지막 결말의 시간에 가 있었다.

반드시 멈추게 해야 한다. 이번에야말로 내가 그녀를 구해내야 한다.

차 안에서도 몇 번이나 전화를 걸었다. 하지만 마코는 받지 않았다. 시시각각 점점 더 거칠어지는 폭풍우 속을 모카와 씨가 운전하는 차는 필사적으로 내달렸다.

이윽고 우지가와강이 보이기 시작했다. 한낮에도 무서울 정도였지만 이제는 그때와도 비교가 안 될 만큼 물의 흐름이 빠르고 수량도 무섭게 불어났다. 마치 강이 분노해 미쳐 날뛰는 것 같았다. 그것은 그야말로 죽음의 심연이었다.

어떻게 하면 쉽게 찾을 수 있을지, 나는 급하게 머리를 굴렸다. 어디에서 몸을 던졌는지 알 도리가 없다. 일단 우지교로 가보자고 하는 수밖에 없었다.

결론부터 말하자면, 그 판단은 정확했다.

차가 우지교에 접어들었을 때, '산노마' 난간에 앉아 있는 사람의 자취가 어렴풋이 눈에 들어왔다.

마코였다.

"저기예요! 차 세워요!"

내가 부르짖었을 때, 차는 벌써 속도를 줄이고 있었다. 완전히 멈춰 서기도 전에 차 문을 박차고 뛰쳐나왔다.

"마코 씨!"

쏟아지는 빗속을 내달렸다. 마코는 차도 쪽을 향해 목제 난간에 올라앉아 다리를 안쪽에 내놓은 채 바로 옆을 짚은 두 손으로 가까스로 몸을 받치고 있었다. 빗물에 흠뻑 젖은 몸이 이따금 바람에 떠밀려 휘청거렸다.

"너를 또 만난 거야? 이번 생의 작별이라고 생각했는데."

그녀는 미소를 지었다. 빈 허물 같은 웃음이었다.

산노마의 정면으로 다가가자, 그 너머로 우지가와 강물이 보였다. 저 격류 속으로 떨어진다면 단 한 순간도 못 버틴다. 청소기가 날벌레를 빨아들이듯이 눈 깜짝할 사이에 사람의 목숨을 삼켜버릴 것이다.

"이쪽으로……. 마코 씨, 이쪽으로."

팔을 내밀며 신중하게 다가갔다. 하지만 마코는 엇갈리고 있던 두 발목을 풀고 다리를 길게 뻗었다.

"다가오지 마. 그 사람이 올 때까지 기다렸다가 여기서 떨어질 거야. 제발 부탁이니까 방해하지 말아줘."

나는 고개를 저었다. 그것만은 절대로 들어줄 수 없다. 하지만 무리하게 다가가면 그녀가 발작적으로 몸을 던질까 봐 일단 발을 멈추지 않을 수 없었다.

"미안해요. 내가 내내 착각했어요. 마코 씨의 진짜 고통을 나는 전혀 알아주지 못했어요. 불륜에 관한 것은 원만하게 해결되었다고만 생각했어요."

"그럼 드디어 다 알아버렸구나."

"설명을 듣고서야 알았어요. 내가 좀 더 일찍 알아차렸어야 했는데."

"어쩔 수 없었어. 너의 오해, 내가 일부러 풀리지 않게 했는데 뭘. 넌 아무 잘못도 없어."

바람 소리와 빗소리와 강물 소리가 시끄럽게 울려서 나는 내 귀를 쥐어뜯고 싶었다. 마코의 목소리를 한 마디도 놓치면 안 되는데.

"잘못이 없었다고 해도 마찬가지예요. 마코 씨를 여기서 막지 못한다면 나는 평생 자책 속에서 살아야 할 테니까. 마코 씨라면 잘 알겠죠. 마코 씨도 자신을 책망하며 살아왔잖아요. 그런 심정을 다 알면서 죽는다느니 하는 얘기, 하면 안 되잖아요. 제발 이쪽으로 내려와요."

하지만 마코는 자세를 풀지 않았다. 창백해진 입술이 움직였다.

"사실을 알았다면 그냥 경멸하고 넘어가면 되잖아, 그때처럼."

"아뇨, 나는 이제 무지하고 천진했던 중학생이 아니에요."

소리치지 않으면 그녀에게 가닿지 않는다. 나는 미호시 씨가 알려준 것을, 11년 만에 마코와 재회한 그날부터 내가 봐왔던 세계를 한꺼번에 바꿔버린 슬픈 진실을 말했다.

"경멸 같은 거, 안 해요. 설령 마코 씨가 사실은 **결혼한 적이 없다**고 해도. 그리고 **불륜을 저지른 사람이 마코 씨 자신이었다**고 해도."

3

"나도 모르겠어……."

마코는 고개를 떨군 채 넋이 나간 듯 중얼거렸다.

"너한테 불륜이 알려지는 게 두려웠는지 아니면 알려지기를 바랐는지, 지금도 어느 쪽이었는지 나도 내 마음을 모르겠어."

"아뇨, 내가 바보같이 착각하고 오해했을 뿐이에요. 마코 씨가 나를 속였던 게 아니라고요."

다시 만난 날, 멋진 신부가 되겠다던 꿈은 이루어졌느냐고 묻는 내게 아무 대답도 하지 않았던 것, 남편이나 신랑이라는 호칭 대신 매번 '그 사람'이라고 했던 것, 혹은 "나 말고 딴 여자가 있다"라는 표현……. 어디를 되짚어 봐도 사실 관계에 대해 마코가 나한테 거짓말을 했던 순간은 잡히지 않았다. 유일한 예외라면 가정 폭력 얘기였지만, 그건 나를 속이기 위해서가 아니라 우지 10첩을 그대로 만들어내기 위한 거짓말이라는 것은 조금 전 미호시 씨와의 대화에서 밝혀졌다. 더구나 그런 때조차 마코는 가족 간이나 부부 사이의 범법

행위인 '가정 폭력'이라는 말은 단 한 번도 쓴 적이 없었다.

"하지만 너의 오해를 바로잡아 주지 않았어."

마코는 이 판국에도 자신을 책망하고 있었다.

"숨길 생각이었다면 거짓말을 하면 됐고, 고백할 생각이었다면 네 오해를 정정하면 될 일이었어. 그런데도 나는 그중 어느 것도 하지 않았어. 경멸당하고 싶지 않은 마음 한편에서 네가 화를 내며 응징해 주었으면 하는 마음도 있었던 모양이지. 내가 저지른 잘못은 잘 알고 있었으니까."

─용서할 수 없어. 진짜 용서할 수 없지.

─마코 누나를 이렇게 힘들게 하는 아버지도, 상대 여자도.

─진심으로 경멸하고, 지금 당장이라도 응징하러 가고 싶어.

─후훗, 너도 함께 화를 내주는 거야?

고향 동네 강변에서의 대화가 11년의 세월을 건너뛰어 지금 우리에게로 날아왔다.

"마코 씨의 약지에서 반지를 발견한 순간부터 내 착각이 시작됐어요."

조금 전에 마코는 불륜 상대가 올 때까지 기다리겠다고 했지만, 언제 어떻게 마음이 바뀔지 모르는 상황이다. 계속 그녀의 주의를 끌어야 한다는 생각에 나는 변명을 늘어놓기 시작했다.

"하지만 그 정도라면 연인끼리라도 왼손 약지에 반지를 낄 수 있겠죠. 근데 그다음에 보여준 명함 때문에 내 착각이 더욱더 견고하게 자리를 잡아버렸어요."

명함에 '간자키 마코'라는 이름이 적혀 있었다. 예전에는 고지마 마코였다. 성씨가 바뀐 것이다. 당연히 결혼해서 남편 성씨로 바뀐 거라고 착각했다.

마코가 그 이유를 알려주었다.

"그건 부모님이 이혼했기 때문이야. 그때 고향을 떠나 도쿄에 간 것도 엄마가 해방된 게 무엇보다 큰 계기였어. 새삼 성씨를 바꿀 필요도 없었지만, 아버지의 성을 쓰기가 싫어서 엄마의 결혼 전 성씨로 맞췄어."

부모님이 매일 같이 싸우고 그러면서도 헤어지지 않는 것 때문에 마코는 큰 상처를 입었다. 그 싸움의 원인은 대부분 아버지의 부정 때문이라고 했다. 그래서 아버지 쪽에 그리 좋은 감정을 가질 수 없었던 것도 당연하다.

"도쿄에서 약혼하고 홍콩으로 혼전 여행도 다녀오고, 정말 행복했어. 그 하룻밤의 잘못만 아니었다면."

편지에 적혀 있던 그 일이다. 나는 주먹을 부르쥐었다.

"잘못이라니, 절대 아니에요. 마코 씨는 피해자라고요!"

"그래. 하지만 모두가 그렇게 생각해 주지는 않더라. 오히려 주위의 많은 사람들이 이런 얘기를 했지. 술에 잔뜩 취해서 남자를 집 안에 들였을 때부터 이미 빈틈을 보인 거라고."

말도 안 되는 소리다. 잘못한 것은 남의 선의를 이용해 무도한 방식으로 제 욕정을 채우려 한 그자가 아닌가!

분노로 입술이 파르르 떨렸다. 그런 나를 보고 마코는 그때가 그립다는 듯 후후 웃음을 토해냈다.

"그래, 너라면 내 편이 되어서 분노해 줄 줄 알았어. 그래서 그 편지를 썼지."

"미안해요. 그런 소중한 편지를 받았으면서도 나는 아무것도 하지 못했어요."

"아무것도 하지 못하게 썼는데 뭘. 네가 사과할 일이 아니야."

빗방울이 얼굴을 후려쳤다. 아팠다. 지나가는 차도 없고, 등 뒤에 있어야 할 미호시 씨와 모카와 씨조차 어딘가로 사라진 것 같다. 마코의 목숨을 걸고, 필사의 대화가 이어졌다.

"첫 문장을 읽자마자 마코 씨가 자살하려고 한다는 걸 알았어요. 하지만 끝부분에 적힌 의미심장한 문장은 지금까지 무슨 말인지도 알지 못했어요. 그리고 조금 전에야 드디어 알았어요. 마코 씨의 인생을 이토록 괴롭혀 온 운명의 장난을."

마코의 두 눈이 똑바로 나를 바라보았다.

"내가 가장 이해하지 못했던 것은 그 부분이었어요."

—만일 아직 내 이름을 기억하고 있다면, 종이 위에 그 저주받은 이름을 적어놓고 가만히 향기를 맡아보기를 바랄게.

"우연히도 오늘 그 문장을 해독할 열쇠가 되는 얘기를 했었지요? 바로 **겐지 향**이었어요."

다섯 가지의 향을 차례대로 맡아보고 어떤 향과 어떤 향이 똑같고 혹은 다른지를 맞히는 게임이다. 모든 조합에는 《겐지 이야기》 각 권의 제목이 붙여진 것이다.

"마코 씨의 이름, 즉 '고지마 마코'의 다섯 개의 음을 그 겐지 향에 맞춰보는 거예요. 그러면 첫 번째 글자와 다섯 번째 글자가 같고, 세 번째 글자와 네 번째 글자가 같다는 게 나오죠. 그리고 그 조합에 붙여진 《겐지 이야기》의 제목은……."

첫 번째 가로선과 다섯 번째의 세로선이 전체를 뒤덮듯이 맞물린다. 그리고 세 번째와 네 번째의 세로선이 짧은 가로선으로 이어져 있다. 그 겐지 향도에 표시된 제목은…….

"그래, 제51첩 〈**우키후네**〉야."

모든 일의 원흉은 거기에 있었다. 그것이 바로 마코가 우키후네의 운명에 자신을 겹쳐 보는 애초의 발단이었던 것이다.

"그것도 성씨를 바꾼 이유 중의 하나였는데……."

마코는 손으로 가슴을 짚었다. 그 편지를 썼을 무렵, 그녀는 이미 간자키라는 성을 쓰고 있었다.

"하지만 그날 밤에 깨달았어. 이제 새삼 성씨를 바꿔본들 나는 우키후네의 운명에서 도망칠 수 없다는 걸. 왜냐고? 그자가 내게 한 짓은 니오우노미야가 우키후네를 속여 범했던 것과 완전히 똑같았으니까."

아니, 반대로 그때까지는 이름과 겐지 향의 일치 외에는 마코가 우키후네에게 자신을 겹쳐 볼 일은 없었던 게 아닐까. 우키후네의 양친, 정확히는 친모와 양부가 다투는 장면도 있기는 있었다. 하지만 그것도 혼담을 둘러싼 말다툼일 뿐, 양부의 부정이 원인은 아니었다.

마코는 분명 처음에는 단순히 우키후네의 성품이나 일화에 흥미를 느꼈을 뿐이리라. 그러던 게 어느새, 아니 그 악몽 같은 하룻밤을 겪은 뒤로, 우키후네의 비극적 운명을 자신의 운명으로 받아들이고 점점 그것을 믿어버리게 된 게 아닐까.

"우키후네는 나중에 니오우노미야에게로 마음이 기울었잖아요. 원래부터 가오루에 대한 불만이 많았고, 그래서 빈틈이 생겼던 거예요. 하지만 마코 씨는 달라요. 마코 씨는 전혀 아무 잘못도 없었어요. 그러니까 결코 우키후네와 똑같은 경우가 아니에요."

나는 몸을 내밀어 보려고 했다. 하지만 마코의 시선이 날카롭게 제지했다.

"거기까지는 분명 내 잘못은 아니었지. 하지만 지금의 불륜은 어떻게 생각해 봐도 명백히 내 잘못이야. 네가 나를 경멸한다고 해도 변명의 여지가 없어."

"나는 결코 마코 씨를 경멸하지 않아요. 그야 불륜은 좋지 않죠. 하지만 마코 씨는 그걸 누구보다 잘 알고 있고, 그래서 그만두려고 노력했잖아요."

"그걸 어떻게 알아?"

"내가 봤으니까요, 야스이콘피라구에서 마코 씨의 에마를."

―미노리가 불륜을 멈추게 해주세요.

"나는 내내 불륜은 마코 씨의 남편 쪽이라고 착각했어요. 그래서 그 에마는 남편의 불륜이 끝나기를 기원했다고 생각했죠. 하지만 실제로는 마코 씨 쪽이었어요. 그렇다면 그 에마가 가진 의미는 크게 달라져요. 마코 씨는 상대가 더 이상 자신을 찾지 않기를 빌었어요.《겐지 이야기》의 종반에서 우키후네가 가오루에게 했던 것처럼, 그 뒤의 관계를 거절하기 위해 상대와의 인연을 끊겠다는 기원을 에마에 적었던 거예요."

즉, '미노리'라는 건 마코의 불륜 상대였다. 미나가와 노리카는 우연히 이름이 맞아떨어진 것일 뿐, 전혀 관계가 없었다.

"도저히 거절할 수 없었어."

마코는 어두운 하늘을 올려다보았다.

"몇 번이나 헤어지자고 말했지만 결국 그 사람을 밀쳐내지 못했어. 사랑했으니까."

"왜 그렇게까지……."

어리석은 질문이었다. 누군가를 깊이 사랑하는 일에 이유 따위가 있을까.

하지만 마코는 분명하게 대답해 주었다.

"6년 전, 너에게 그 편지를 보내고 나는 정말로 이 다리에서 몸을 던졌어."

심장이 쥐어뜯긴 것처럼 아팠다. 역시 그녀는 미수에 그친 게 아니라 실행에 옮겼던 것이다.

"하지만 그때는 우지가와 강물이 지금처럼 거칠지 않았어. 고통스러워서 허우적거리는데 한 남자가 강에 뛰어들어 나를 구해줬어. 그이야, 여태 관계를 끊지 못한 그 사람."

결혼했다는 거, 그때는 몰랐어, 라고 마코는 말했다. 자신을 구해준 사람과 사랑에 빠졌고, 깊은 관계로 발전했다. 그가 기혼자라는 것을 알았을 때는 이미 때늦은 일이었다.

오늘 내가 남편은 어떤 사람이냐고 물었을 때 그녀가 했던 말이 머릿속에 떠올랐다.

―착하고 멋진 사람. 힘도 센 사람.

남편은 아니지만 사랑하는 사람에 대한 말이라고 봐도 무방하리라. 그렇다면 역시 그런 느낌을 받은 것도 이해가 된다. 마코로서는 목숨을 구해준 사람이었으니까.

"이런 관계, 잘못된 짓이라고 수없이 생각했어."

돌풍이 들이쳐 마코의 몸이 휘청거렸다.

"그 사람에게 나는 그냥 대역이었을 뿐인데."

"……대역?"

"닮았대, 그 사람이 예전에 진심으로 사랑했던 여자를. 그 사람, 그 여자와 맺어지지 못했으니까."

우지가와강에서 죽으려던 게 미수에 그친 뒤, 우키후네

는 또다시 소식을 듣고 찾아온 가오루의 구애를 받는다. 그 가오루에게 우키후네는 죽은 오이기미의 형상을 꼭 닮은 대역으로 소개받아 만난 사람이었다.

그것과 똑같다. 여기에서도 마코의 운명이 우키후네의 그것과 겹친다.

"벌써 6년째 그 사람과 관계를 질질 끌어왔어. 예전에 아버지의 불륜 상대를 그토록 증오했던 내가 남의 가정을 무너뜨리다니, 그건 도저히 못 할 짓이야. 이런 나를 도저히 용서할 수 없었어. 그런데도 그 사람을 거절하지 못한 거야. 헤어지자는 말을 꺼내도 붙잡고, 찾아오면 결국 그의 말대로 할 수밖에 없었어."

그리고 마코의 의식은 상상으로 흘러갔다.

"우키후네라면 어떻게 했을까. 그 길로 가오루의 구애를 받아들였다면 그 뒤에 그녀는 그런 자신을 어떻게 했을까. 그렇게 생각하니까 나에게는 우키후네가 다시 한번 죽으려고 하는 미래밖에, 이번에야말로 분명하게 우지가와 강물에 몸을 던지는 미래밖에 안 보였어. 그래서 나도 그렇게 하기로 했어. 나를 구해준 사람의 눈앞에서 그날 실패로 끝나버린 일을 다시 하기로."

마코는 난간을 짚은 두 손을 무릎 사이로 옮겼다.

아차 싶었다. 이야기가 끝나가고 있다. 그 남자는 아직 나타나지 않았지만, 어떻게든 계속 그녀의 의식을 이야기 속에 좀 더 붙잡아 두어야 한다.

너무 얕고 하잘것없는 생각인지 모르지만, 나는 이곳에 달려오는 길에 필사적으로 생각해 낸 것을 그녀에게 말했다.

"아니, 나는 그렇게 생각하지 않아요. 마코 씨가 틀렸어요!"

허를 찔린 듯 마코는 눈을 깜작거렸다.

"마코 씨가 얘기해준 그 우지 10첩의 결말, 그 뒤에 찬찬히 생각해 봤어요. 나는 우키후네는 죽지 않았다고 결론을 내렸어요."

"어째서?"

마코 씨를 이대로 죽게 놔두고 싶지 않기 때문이다, 라는 내 본심이 튀어나오려는 것을 애써 가슴속에 욱여넣었다.

"제25첩 〈반딧불이〉에서 히카리 겐지가 다마카즈라에게 이야기책이라는 것에 대한 지론을 펼치는 장면이 있잖아요. 그건 무라사키 시키부가 히카리 겐지의 입을 빌려 자신의 소설론을 펼친 것으로 평가받고 있어요. 아주 흥미로운 장면이었기 때문에 나도 자세히 기억나요."

예전에 히카리 겐지의 연인이었으나 원혼에 씌어 덧없이 생을 마친 유가오, 그녀의 딸이 바로 다마카즈라다. 〈반딧불이〉에서는 장맛비가 내리는 계절에 이야기책에 빠져든 다마카즈라의 집에 겐지가 찾아와 이야기라는 것에 대해 논한다.

"히카리 겐지는 그 지론의 마지막에서 '좋게 보면 어떤 것도 모두 헛되지 않느니라'라고 말했어요. 그건 이야기책 속에 적혀 있는 것은 무엇이든 쓸데없지 않다, 라는 뜻으로 읽히죠."

요사노 아키코의 현대어 번역이 얼른 이해가 되지 않아서 인터넷을 검색해 오시마본―널리 알려진《겐지 이야기》의 사본―의 원문을 찾아서 내 나름대로 해석해 보았다.

"그게 어떻다는 거지?"

마코는 의아한 얼굴이었다. 어젯밤에야 겨우 한 번 통독했을 뿐인 내가 10여 년에 걸쳐 그 책을 애독한 그녀에게 해설을 시도하다니, 가소로운 일이었다.

하지만 그래도 나는 전하지 않으면 안 되었다. 마코가 사랑하는 '이야기'라는 것을 무라사키 시키부가 어떻게 인식하고 있었는지, 그리고 그 결과《겐지 이야기》를 어떤 식으로 매듭지었는지. 해석을 비틀어서라도 내 생각을 전해서 그녀가 다시 새로운 결말을 쓰도록 해야만 한다.

"히카리 겐지의 지론은 뒤집어 보면 이런 얘기가 되겠죠. 쓸데없는 것이 이야기책 속에 적혀 있어서는 안 된다. 자아, 그런 작품론을 가진 무라사키 시키부가《겐지 이야기》를 제대로 마무리할 수 있었다면 과연 어떻게 했을까요?"

마코는 대답하지 않았다.

"무라사키 시키부는, 이제 더 이상 쓸 필요가 없다, 써봤자 쓸데없다, 라고 생각했기 때문에 그다음 편을 쓰지 않았어요."

"무슨 말이야?"

"아무 일도 없었다고요. 무라사키 시키부는 우키후네와 가오루의 관계는 거기서 더 이상 아무 일도 없었다. 우키후네는 가오루를 계속 거절했고 가오루도 결국 우키후네를 단념했다. 그리고 우키후네는 출가한 그대로 불도수행에 정진하는 여생을 보냈다. 그런 얘기라면 〈몽부교〉까지의 내용을 무의미하게 늘리는 것뿐이잖아요. 그래서 거기서 멈춘 거예요. 더 이상 써봤자 쓸데없다고 생각했던 거라고요."

나는 짧게 한 걸음을 내디뎠다. 이상할 만큼 간단히 마코는 나의 동작을 묵인했다.

"만일 우키후네가 몸을 던져 죽었다면, 무라사키 시키부가 그렇게 상상했다면, 그런 중요한 얘기를 쓰지 않고 끝내버렸을 리 없어요. 쓰지 않았다는 건 극적인 사건은 아무것도 일어나지 않았다는 뜻이죠. 그러니까 마코 씨도 여기서 이럴 필요 없어요. 우키후네는 강한 의지로 끝끝내 가오루를 거절했으니까요. 마코 씨도 마음을 굳게 먹고 그 사람과의 관계를 끊을 거라고요."

이런 거, 이제 그만해요. 나는 천천히 또 한 걸음, 마코에게 다가가려고 했다.

하지만 마코는 한쪽 발을 들어 난간 위에 얹었다.

"너의 그 얘기, 재미있었어. 좀 더 일찍 그런 얘기를 들었다면 좋았을 텐데."

웃었다. 그녀는 웃고 있었다. 내가 조금이라도 동작을 취하면 그 공기의 흐름만으로도 뒤로 추락할 것 같은 위태위태한 자세로.

"근데 이제는 물러설 수 없어. 나는 여기서 죽을 거야."

가느다란 목소리도, 잠긴 목소리도 아니었다. 내 귀에까지 똑똑히 들리는 카랑카랑한 목소리였다.

그녀는 진심이다. 이런 걸로 동정을 산다든가 하는 그런 연약함 따위는 털끝만큼도 느껴지지 않았다. 내 말이나 내 뜻이 그녀의 마음에 가닿지 않은 게 아니다. 그런 것으로는 꿈쩍도 안 할 만큼 그녀는 죽음에게 끌려가 버린 것이다.

더 이상 어떤 말도 소용없다. 어떤 것도 안 된다. 이판사판으로 덮쳐서 붙잡는 것밖에는.

그 순간, 우리 둘밖에 없던 세계의 외부에서 소리치는 사람이 있었다.

"그럼 그렇게 하세요!"

나는 뒤를 돌아보았다.

미호시 씨였다.

어느새 그녀가 앞으로 다가와 내 옆에 서 있었다.

"죽지 않고서는 구원받을 수 없다면 그렇게 하세요!"

이런 미호시 씨는 한 번도 본 적이 없다.

웃는 건가, 우는 건가. 화가 난 것인가 아니면 슬픈 것인가. 그 모든 것으로도 보이고, 그 어느 것도 아닌 것으로도 보였다.

표정을 읽어낼 수가 없다. 쏟아지는 비에 흠뻑 젖어 물이 뚝뚝 떨어지는 미호시 씨가 뭘 감지하고 뭘 생각하는지 전혀 짐작도 가지 않았다.

"미호시 씨……."

그녀 주위에 감도는 기이한 분위기에 나는 압도되었다. 마코도 놀란 듯 그 모습에 시선이 못 박혀 있었다.

미호시 씨가 한 걸음, 산노마 안으로 들어갔다.

"가까이 오지 마!"

마코의 눈썹이 치켜 올라갔다.

안 돼요, 미호시 씨, 자극하면 안 됩니다. 그렇게 생각하면서도 나는 꼼짝도 할 수 없었다.

미호시 씨는 아랑곳하지 않고 마코에게로 다가갔다. 사교댄스 스텝처럼 한쪽 다리를 내밀고 또 한쪽 다리를 거기에 맞추고 다시 한쪽 다리를 내미는 동작을 하고 있었다. 그리고 마침내 마코 앞에 섰다.

마코는 어리둥절해서 뛰어내리기를 깜빡 잊은 듯한 얼굴이었다. 하지만 미호시 씨가 설령 팔을 내밀더라도 그 손이 닿기 전에 얼마든지 뛰어내릴 수 있었다. 자칫하면 미호시 씨까지 휘말릴지도 모른다. 잠시도 방심할 수 없는 상황이었다.

몹시 길고 긴 한순간이 흘러갔다.

미호시 씨가 움직였다.

"미호시 씨, 왜…….."

나도 모르게 부르짖은 소리가 후려치는 바람에 지워져 버렸다.

미호시 씨가 오른손으로 눈앞에 있는, 자신의 것이 아닌 왼쪽 손목을 잡았다.

그대로 들어 올려 마코의 어깨에 댔다. 가만히 한 차례 쓰다듬듯이.

그리고 다음 순간.

미호시 씨는 잡고 있던 왼손을 홱 밀어버렸다.

다리 바깥쪽으로.

검은 긴 머리가 허공에 휘날렸다.

나긋한 지체가 난간 너머로 떨어져 내려갔다.

이윽고 나는 들었다. 미쳐 날뛰는 강물에 커다란 물체가 충돌하는 털썩인지, 첨벙인지, 크게 울리는 소리를.

튕겨진 듯이 뛰어갔다. 다리를 가로질러 하류 쪽 난간 아래를 들여다보았다.

가까스로 눈에 들어온 검은 머리의 끝이 순식간에 탁류에 먹혀 가라앉았다.

4

목이 바짝 타들어 갔다.

"대체 왜 그런……."

산노마로 돌아선 나는 너무도 돌발적인 미호시 씨의 행동에 부들부들 떨었다.

"마코 씨는 죽었습니다."

미호시 씨는 빈주먹을 움켜쥐고 정면을 지그시 노려보며 말을 이어갔다.

"소설 속 이야기에 인생을 지배당한 거예요. 그렇다면 마코 씨가 믿을 수 있는 이야기를 실현하는 것 외에는 운명을 받아들일 방법이 없어요. 나는 그걸 들어드린 것뿐이에요. 그리고 바로 지금 마코 씨의 고통은, 누군가의 대역으로 사랑받았던 불륜의 고통은, 모두 다 우지가와 강물에 휩쓸려 갔어요. 그러니까……."

미호시 씨의 얼굴이 꾸깃꾸깃 일그러졌다.

그 순간, 나는 가까스로 그녀의 감정을 이해할 수 있었다.

그녀는 웃고 울고 분노하고 슬퍼하며 온 마음으로 한 인간을 구해냈던 것이다.

"그러니까, 이제 괜찮지요, **마코 씨?**"

난간 위에서 마코는 얼어붙은 듯 꼼짝도 하지 않았다.

나는 고개를 돌려 모카와 씨의 차 쪽을 보았다. 활짝 열린 트렁크에 비가 들이쳐 물웅덩이를 만들고 있었다.

"방금 강물에 떨어뜨린 것은……."

그럴 상황이 아닌데도 나는 궁금해서 견딜 수 없었다. 미호시 씨가 나를 흘끔 돌아보았다.

"**인형**이에요. 아저씨가 '다레이랑'이라고 하면서 애지중지했던."

그다음 얘기는 마코를 향해 건넸다.

"마코 씨의 어깨를 짚어 모든 재앙을 받아 안고 강물에 휩쓸려 갔어요, 액받이 인형으로서."

미호시 씨가 언젠가 모카와 씨에게 인형을 당장 치우라고 지시했었다. 그때 모카와 씨는 무거워서 차 없이는 못 옮긴다면서 인형을 차에 실었다. 아무래도 그 이후로도 인형은 내내 트렁크 안에 있었던 모양이다.

"마코 씨, 누군가의 대역으로 사랑받았던 것이라면, 그리고 그 끝에 죽음을 원했던 것이라면, 죽는 것 역시 대역이 떠안고 가도 되잖아요."

이번에야말로 미호시 씨는 마코에게로 손을 내밀었다. 마코는 이제 더 이상 가까이 오지 말라고 위협하지 않았다. 인형에게 영혼까지 뽑혀나가 자신이 인형이 되어버린 것처럼 멍해져 있었다.

"그러니까 살아요. 마코 씨가 만든 이야기는 끝을 내고, 그다음 현실을 살아가야지요."

미호시 씨가 마코의 몸을 껴안았다. 그리고 조용히 난간 앞으로 내려놓았다.

마코는 저항하지 않았다. 인형과 뒤바뀐 것처럼 힘없이 미호시 씨가 하는 대로 몸을 맡겼다. 그녀는 살아난 것이다.

그래도 미호시 씨는 한참 동안 손을 놓지 않았다. 그녀가 살아있는 것을 확인하듯이 차가워진 몸을 꼭 껴안았다.

그 옆으로 다가가 나도 두 사람의 등에 손을 보탰다. 미호시 씨가 눈빛의 신호를 보내왔다.

나와 미호시 씨, 둘이 마코의 양팔을 부축해 일으켜 세웠다. 모두 함께 모카와 씨의 차에 타는 동안, 누구보다 마코를 받쳐줘야 할 내가 너무도 안도한 나머지 그 자리에 주저앉을 뻔했다.

뒷좌석에 앉은 마코는 말없이 눈을 떨구고 있었다. 준비해 둔 수건이 없어서 머리며 옷에서 떨어진 빗물이 금세 좌석을 적셨다. 하지만 그런 것을 걱정할 여유는 없었다. 그토록 아끼는 차를 더럽혔는데도 모카와 씨가 잔소리하지 않은 것에 감사했다.

차가 출발했다. 우지교를 남서 방향으로 JR 우지 역 쪽을 향해 천천히 건너갔다.

그리고 그때 내가 왜 창밖을 내다봤는지 모르겠다.

조수석에는 미호시 씨가 앉았고, 운전석 뒤쪽 좌석의 마코를 내가 옆에서 돌보고 있었다. 고개를 떨군 마코의 등을 쓸어주면서 나는 문득 왼편 창문 너머를 내다본 것이다.

사람이 있었다.

시야를 가리는 거센 빗발 사이로 무라사키 시키부 동상 옆에 우산을 들고 선 사람의 모습이 보였다. 차가 스쳐 가는 아주 짧은 동안이었지만 내 눈은 분명하게 그를 포착했다.

"차 세워요!"

아마 무슨 영문인지 몰랐을 것이다. 내 고함 때문이라기보다 단순히 깜짝 놀라서 모카와 씨는 급브레이크를 밟았다.

차는 우지교 앞 사거리로 50미터쯤 나간 지점에서 멈췄다. 나는 차 문을 열고 다시 빗속으로 뛰쳐나갔다.

"아오야마 씨, 어디 가요!"

미호시 씨의 비명 같은 목소리도 순식간에 빗소리에 지워졌다.

무라사키 시키부 동상을 향해 달려가자, 그가 나를 알아본 것 같았다. 우산을 내던지고 도망치려고 했지만 내가 앞을 막아서 남은 길은 뒤쪽밖에 없었다. 그는 아까 낮에 마코와 내가 나란히 앉았던 강변 쪽으로 냅다 뛰었다.

정신없이 쫓아가 그 몸에 매달렸다. 하지만 단숨에 맥없이 내동댕이쳐졌다.

"뭐야, 너! 왜 이래?"

그가 내뱉었다. 나는 강변에 엉덩방아를 찧은 채 그자를 노려보았다.

이글 커피의 마스터, 다카노 다카였다.

―미노리가 불륜을 멈추게 해주세요.

나는 전에도 그 '미노리'라는 호칭은 《겐지 이야기》 제40첩 〈미노리〉에서 따왔는지도 모른다고 생각했었다. 그때는 미나가와 노리카를 염두에 둔 채, 그야말로 마코다운 작명이라고 느꼈다.

미나가와 노리카 쪽은 엉뚱한 착각이었지만, 그 생각 자체는 틀리지 않았다. '다카노 다카'라는 다섯 음의 이름을 겐지 향에 맞춰보면 첫 번째 글자와 네 번째 글자, 두 번째 글자와 다섯 번째 글자가 각각 같은 조합이 된다. 거기에 해당하는 《겐지 이야기》의 책 제목이 바로 '미노리'인 것이다.

―그 커피점에 불륜 상대가 있어.

이글 커피를 방문했던 날, 마코에게서 도착한 메시지는 매우 간단했다. 그리고 진실 또한 매우 간단한 것이었다.

마코가 불륜 중인 상대라는 게 바로 다카노 다카였다.

"왜 저런 곳에서 쳐다보고만 있었어요?"

축축한 모래를 움켜쥐며 나는 일어섰다.

"마코 씨가 금세라도 강물에 뛰어들려는 거, 다 봤잖아요. 왜 말리지 않았냐고요!"

"……내가 도착했을 때는 이미 너희가 설득 중이었어."

다카노는 내 머리 너머로 보일 터인 산노마 쪽으로 시선을 던지며 얼굴이 일그러졌다.

"그녀가…… 마코가 몸을 던지려고 했다면 그 원인은 분명 나와 관계가 있겠지. 내가 6년 전에 저 강물에 몸을 던진 그녀를 구해냈으니까."

—착하고 멋진 사람. 힘도 센 사람.

"괜히 나섰다가 자칫 그녀를 자극하기라도 하면 돌이킬 수 없게 돼. 그래서 지켜보는 수밖에 없었어."

"거짓말!" 나는 단호하게 잘라버렸다. "관여하고 싶지 않았겠죠. 마코 씨는 당신에게 어차피 예전 약혼자의 대역일 뿐이니까. 쓸데없는 짓을 하는 바람에 당신에게서 떠나버린 약혼자를 대신할 존재로만 생각했으니까."

—나도 모르게 그녀의 자취를 찾고 있더라고.

—그녀를 대신해 줄 사람을 찾는 거야.

"네가 뭘 안다고!"

마주 선 다카노의 고함이 강변에 울려 퍼졌다.

"아니, 당신이야말로 아무것도 모르고 있어. 마코 씨는 6년이나 당신을 사랑했고, 그만큼 고통스럽게 애끓는 심정으로 헤어지자는 말을 꺼냈어. 그걸 당신이 진지하게 받아주지 않은 탓에 마코 씨는 이렇게까지 궁지에 몰렸어. 그녀가 오늘 죽기로 했던 거, 당신 탓이라고!"

"시끄러워, 닥치라고!"

다카노가 포효하며 내게 덤벼들었다.

몸싸움이 벌어졌다. 하지만 체격 좋은 다카노에게 나는

전혀 상대가 되지 않았다. 온 힘을 다해 밀쳐내려다가 오히려 떠밀렸다.

그 반동이 예상을 훨씬 뛰어넘을 만큼 강했다.

"커헉."

몸이 허공에 붕 뜨는 느낌이 들었다.

뒷걸음질 치던 내 신발 바닥이 쭈욱 미끄러지면서 강변을 떠났다. 다카노의 화들짝 놀란 얼굴이 시야 끝을 가로로 스쳤다.

다음 순간, 나는 등짝으로 우지가와강의 거칠게 날뛰는 물속에 털썩 떨어졌다.

인간과는 비교가 안 될 만큼 막강한 힘이 눈 깜짝할 사이에 온몸을 빨아들였다. 탁해서 토할 듯한, 그러면서도 어쩐지 애틋한 강물의 향기를, 맡았다.

―이렇게 죽는구나.

본능적으로 마구 팔을 쳐들었다. 허공을 휘저었다. 아무것도 잡히지 않았다. 텅 빈 머릿속으로 탁한 물이 거세게 밀려들었다.

정신이 가물가물해지려던 그때…….

오른손 손가락이 뭔가에 잡혔다.

그 뭔가가 내 손가락을 단단히 꼈다. 데려가려는 강의 힘과 붙잡으려는 힘 사이에서 내 팔은 금세라도 떨어져 나갈 것 같았다.

옆구리가 단단한 바위에 쓸리면서 찢어질 듯이 아팠다. 거역할 수 없는 강물의 흐름을 거스르며 내 몸이 강하게 당겨지고 있었다.

이윽고 나는 우지교 아래 강변으로 끌어올려졌다.

흙바닥에 누운 채 컥컥거리며 물을 토해냈다. 그제야 위쪽이 시야에 들어왔다.

"괜찮아? 정신이 좀 들어?"

마코가 내 얼굴을 들여다보았다.

그녀가 깍지 낀 내 손은 아직도 맞붙은 것처럼 단단히 잡혀 있었다.

그 옆에 미호시 씨와 모카와 씨의 모습도 있었다. 그렇다면 마코가 강물에 쓸려가는 내 손을 붙잡았고 셋이 합세해서 끌어올린 것인가. 그야말로 절박한 순간에 터져 나온 슈퍼 파워다. 그 강물의 기세는 인간의 힘으로는 도저히 당해낼 수 없는 것이었는데.

"……괘, 괜찮아요."

목소리가 제대로 나오지 않았다. 띄엄띄엄 답했더니 마코는 그제야 손을 풀어주었다. 그리고 웃으면서 두 손바닥으로 내 뺨을 꽉 잡아보더니 자리에서 일어섰다.

윗몸을 반쯤 일으켜 마코의 시선 끝을 보았다.

다카노는 완전히 하얘진 얼굴로 우두커니 서 있었다.

그자를 마코는 거센 증오의 눈빛으로 노려보았다. 한때

나마 깊이 사랑했던 상대에게 던져진 눈빛이라는 게 믿어지지 않을 정도였다. 죽여도 시원찮다……. 그런 저주까지 들려올 듯한 눈빛이었다.

사랑의 슬픈 단절을 실감했다.

다카노가 발길을 돌려 떠나려고 했다. 그 등을 향해 나는 말을 건넸다.

"잠깐만요!"

다카노는 뒤돌아보지 않았다. 하지만 그래도 걸음은 멈춰주었다.

뒤를 이은 한마디는 반드시 전하지 않으면 안 된다고 생각했다.

"……**고맙습니다!**"

마코가 놀라서 이쪽을 돌아보았다. 나는 한껏 목소리를 쥐어짰다.

"6년 전에 마코 씨를 구해주셔서 고맙습니다. 나는 마코 씨가 살아 있어서 진짜 다행이라고 생각하거든요. 마코 씨가 죽지 않아서 정말로 좋았어요. 진짜로……."

그다음은 말이 되지 않는 고함이었다. 자갈에 연거푸 내리친 주먹이 아팠다.

다카노는 고개를 들어 이쪽을 보면서 뭔가 말하려고 하는 것 같았다. 하지만 결국 아무 말 없이 다시 몸을 돌려 강변을 지나 빗발 너머로 자취를 감췄다.

미호시 씨가 나를 와락 끌어안았다. 또다시 그녀를 난감하게 만들어버렸다.

마코는 아직도 빗속에 그 잔상이 남아 있는 것처럼 다카노가 사라진 방향을 지그시 보고 있었다.

이제는 조금 전처럼 사나운 눈빛이 아니었다.

거기에 있는 것은 단지 이별을 애석해하는 한 여인의 모습이었다.

나는 왜 그런지 견딜 수 없이 슬퍼졌다. 마코는 살았고, 자기 자신을 가뒀던 소설의 세계에서 이제는 현실로 돌아와 그 고통의 근원을 끊어냈다. 해피엔드라고 해도 좋을 텐데, 어떻게도 도와줄 수 없는 그녀의 사랑을 생각하니 슬퍼서 견딜 수가 없었다. 미호시 씨의 어깨에 얼굴을 기대고 필사적으로 소리를 죽이며 아주 잠깐, 나는 울었다.

그러고는 그 길로 의식을 잃었다.

에필로그

부디 이 원앙차가 맛있어지기를

커피점 탈레랑은 그동안 헤아릴 수 없을 만큼 드나들었다. 하지만 카운터 안쪽에 들어간 것은 그때가 처음이었다.

나는 미호시 씨가 커피를 내릴 때의 손놀림을, 지금까지 수없이 바로 앞에서 지켜봤던 그 방법을 충실히 재현해 보았다. 드르륵 원두를 갈고 융 필터에 가루를 넣고, 잠시 뜸을 들인 뒤에 원을 그리듯 뜨거운 물을 따른다. 똑같은 원두와 똑같은 도구다. 최대한 똑같은 맛이 나올 수 있게.

카운터에 갓 내린 커피를 넘실넘실 담은 컵을 냈다. 그곳에 앉아 기다리던 손님은 느긋하게 향기를 맡아보더니 첫 한 모금을…….

그리고 경탄의 목소리를 올렸다.

"와아, 정말이네! 탈레랑 백작의 격언 그대로의 맛이야."

간자키 마코가 빙그레 웃으며 말했다.

우지가와강에서의 투신 미수 사건으로부터 2주일쯤이 지났다. 그날, 나는 태풍 속에 구급차로 병원에 실려 갔다. 하긴 병원에 도착할 무렵에는 이미 멀쩡하게 정신이 돌아와서 간단한 검사를 받고 두세 시간 누워 있으니 곧바로 귀가 조치가 내려졌다. 구급차에 동승할 수 있는 인원수가 정해져 있어서 미호시 씨만 내 옆을 지키고, 마코는 우지교 근처의 자택까지 모카와 영감님이 차로 데려다주었다.

나를 구해준 순간부터 마코는 사람이 바뀐 것 같았다. 구급차를 불러야 한다고 가장 먼저 말한 것도 그녀였다. 바로 직전까지 투신하려고 했던 사람이라는 게 믿어지지 않을 만큼 빠릿빠릿해서 집에 데려다준 모카와 씨에게는 큰 폐를 끼쳤다고 진지하게 사과하고, 이제 정말 괜찮다고 말했다고 한다. 그 모습을 보고 모카와 씨도 안심하고 그녀를 혼자 남겨두고 돌아왔다는 얘기였다.

그 뒤로도 나는 마코가 다시 이상한 생각을 하지 않도록 자주 연락을 주고받았다. 전화 너머로 환한 목소리를 들으면 한결 마음이 놓였지만, 그녀는 바쁘다면서 좀체 나를 만나주지 않았다. 그러다가 오늘 오랜만에 시간을 내줘서 3주 만에 그녀를 탈레랑에 데려온 것이다.

돌이켜 보면 태풍 전야의 고요함이란 게 바로 그런 경우였다. 잠시 비가 그친 우지가와 강변에서 마코에게 작별 얘기를 들었을 때, 내 머릿속을 스친 가장 큰 아쉬움은 11년 전 마코와의 약속이었다. 그리고 마침내 그 약속을 지킬 수 있게 되었다. 꼭 내 손으로 탈레랑 백작의 격언 그대로의 커피를 내려주고 싶었다. 내가 커피의 세계에 들어선 것도 그 시초를 따져보면 탈레랑의 격언에 딱 맞는 커피를 도무지 찾을 수 없어서 그렇다면 내가 직접 해보자고 마음먹은 게 계기였다.

"후유, 맛있다니 다행이에요. 이제 그 약속은 지킨 셈이죠?"

연달아 마시는 마코를 보며 나는 흐뭇해졌다. 마코가 좋아해 줘서 다행이다. 그것만으로도 내 인생의 소중한 부분을 보상받은 것 같았다.

평소 그대로의 탈레랑 사람들, 미호시 씨와 모카와 영감님과 고양이 샤를이 바라보는 가운데 마코는 잠깐 사이에 커피를 다 마셨다. 그리고 냉큼 리필해 달라고 할 만큼 편안한 분위기에서 그녀는 말했다.

"교토를 떠날 생각이야."

"네에, 그렇군요."

나 자신도 의외일 만큼 순순히 받아들였다. 그럴 거라고 언젠가부터 예감했기 때문이다. 우지가와강이 있는 그곳에 오래 머물고 싶지 않은 건 아마도 자연스러운 일일 것이다.

"이번에는 어디로?"

"아예 일본을 떠나버릴까 해."

마코가 슬쩍 윙크를 날렸다. 비밀 데이트 얘기라도 하는 듯한, 장난꾸러기 같은 몸짓이었다.

"그 정도가 아니고서는 또 마음이 흔들려서 이래저래 끊지 못할 거 같아. 이 나라에는 사방에 《겐지 이야기》의 정신이 스며 있잖아."

그런 말을 들으니 다시금 걱정이 몰려왔다. 표정에도 그게 드러난 모양이다. 마코는 불쾌한 냄새를 없애듯이 손을 홰홰 저었다.

"아이, 괜찮아. 마음으로는 벌써 미래를 향해 달려가고 있으니까. 동업하는 친구가 알려줬는데 세계 각지에 미용사 취업 프로그램이 있대. 근데 우리하고 헤어스타일이 너무 다른 나라는 솔직히 자신이 없고, 그래서 좀 가까운 홍콩쯤으로 신청해 볼까 하고 있어."

"그러고 보니 홍콩에는 가본 적이 있었죠?"

"응, 예전 약혼자와 혼전 여행으로."

미소를 지으며 마코는 슬쩍 시선을 숙였다.

"재미있는 도시였어. 지금도 좋은 인상만 남았지. 물론 그때 일이 떠올라 힘든 점도 있겠지만……. 생각해 보면 내 인생은 그 무렵이 가장 좋았어. 그래서 홍콩에 가면 다시 행복했던 시절의 나로 돌아가 새 삶을 살 수 있을 거 같아."

변함없이 마코다운 사고방식이다. 하지만 이번에는 괜찮

다고 나는 생각했다. 필요할 때, 우리 곁에 있어 주는 게 바로 이야기가 아닐까. 오래전에 그녀가 만든 이야기로 큰 도움을 받았던 나는 그녀가 앞으로 써 내려갈 이야기가 긍정적인 힘이 되어줄 거라고 믿고 싶었다.

"미용사 일은 앞으로도 계속하겠네요?"

"물론이지, 그걸로 지금까지 먹고살았는데. 어렵게 이룬 꿈이잖아. 열심히 해볼 생각이야."

꿈이란 이뤄지면 그 즉시 꿈이 아니라 현실이 된다고 예전의 그녀는 말했었다. 그렇다면 지금은 그 현실도 똑똑히 바라보고 있다는 얘기다.

"갑작스럽게 해외로 떠난다고 해서 좀 놀랐지만, 그런 거라면 걱정 없네요. 언제 어디서든 마코 씨 자신이 행복해지는 것만 생각하시면 돼요."

"어이구, 넌 진짜 마지막까지 건방지구나."

우리는 일제히 웃음을 터뜨렸다. 그녀는 틀림없이 행복해질 거라고 나는 생각했다.

"그럼, 이만 가볼게."

마코가 의자를 뒤로 물리며 일어섰다. 그리고 미호시 씨와 모카와 영감님을 향해 깊숙이 머리를 숙였다.

"두 분께 정말 큰 도움을 받았습니다."

"건강하게 잘 지내세요."

"귀국하면 우리 커피점에도 꼭 오시게나."

샤를의 머리를 가볍게 쓸어주고 마코는 웃는 얼굴로 탈레랑을 나섰다.

마코의 커피값은 내가 계산했다. 대접하겠다고 약속했으니 내가 내린 커피값을 내가 내는 것이다. 그리고 굳이 지금 안 해도 되는 돈 계산을 하면서 내 표정을 들키지 않고 내 마음도 달랠 필요가 있었다.

그런데 미호시 씨의 한마디에 나는 뺨이 굳어버렸다.

"가보지 않아도 돼요?"

그녀는 약간 서글픈 얼굴로 나를 빤히 보고 있었다.

내 자만심에서 나온 착각인지도 모르지만, 그건 아마도 질투의 표정이 아닌가 싶었다.

"아직 말하지 못한 게 있잖아요. 단둘이 좀 더 얘기하시는 게 좋을 텐데요."

그녀가 왜 그렇게 느꼈는지는 모르겠다. 여자의 감일까. 오래전 내가 마코에게 순수한 사랑을 품었다는 것은 미호시 씨에게는 단 한 마디도 얘기한 적이 없었는데.

어찌 됐든 곧장 묵직한 문짝을 열어젖히고 뛰쳐나가 외쳤다.

"마코 씨!"

마코는 탈레랑의 입구, 두 개의 처마가 만든 터널 건너편에 있었다.

초가을 햇살이 쏟아지는 정원 끝, 터널을 끼고 우리는 마주했다. 뭔가 소설처럼 아름답게 정리된 말을 하고 싶었건만 내 입에서 흘러나온 것은 두서없는 본심이었다.

"메일이든 뭐든 가끔 연락해 주세요. 혹시 힘든 일이 있으면 너무 막판까지 가기 전에 나한테든 누구한테든 얘기해 주시고요. 그래도 도저히 안 풀릴 때는 최소한 힌트라도 주세요. 반드시 도와주러 갈 테니까요."

마코는 쓴웃음을 지었다. 나를 아주 어린애 취급하는구나, 라고 투덜거렸다.

그리고 그녀는 말했다.

"나, 살아 있어서 다행이었어."

마치 어둠침침한 터널 안까지 환히 비추듯이.

"네 손이 내 손에 잡혔을 때, 진심으로 그렇게 생각했어."

나는 그것도 그렇지만 꼭 그것뿐만은 아니라고도 생각했다. 내 목숨을 구해준 그녀에게는 아무리 감사해도 부족하다. 하지만 그건 그저 알기 쉬운 사례였을 뿐이다. 깨닫지 못했을 뿐, 그녀가 살아 있어서 구원을 받은 사람이 그 밖에도 분명 수없이 많을 터였다.

인간은 혼자서는 살아갈 수 없다. 하지만 그건 능력의 얘기가 아니다. 살아 있는 한, 아무에게도 영향을 끼치지 않고 아무에게서도 영향을 받지 않는다는 건 있을 수 없다. 어떤 식으로 살아가든 인간은 결코 혼자가 아닌 것이다.

그래서 나는 마코가 살아 있어서 정말로 좋다고 생각했다.

"홍콩, 올래?"

갑작스러운 초대였다. 어쩌면 그녀 나름의 호의의 표명이었는지도 모른다.

나는 못 알아들은 척했다.

"네, 한번 놀러 가고 싶네요. 커피 대접했으니까, 다음에는 내 머리 깎아주세요."

아주 잠깐, 마코는 시큰둥한 표정이었다. 그런 다음에, 웃었다.

"멋진 남자가 됐네."

나는 가슴을 당당히 폈다.

"좋아하는 사람이 있거든요."

마코는 고개를 끄덕이고 손목시계를 보았다. 잘 지내, 라고 손을 흔들었다.

"마코 씨."

마지막으로 나는 다시 한번 그녀의 이름을 불렀다.

"우리, 다시 만날 수 있죠?"

11년 만에 말하는 똑같은 대사였다. 하지만 마코의 대답은 달라져 있었다.

"만날 수 있지. 꼭 만나자."

그리고 터널 건너편에는 햇살이 쏟아지는 도미노코지 길만 남아 있었다.

"이제 됐어요?"

탈레랑으로 다시 돌아오자, 미호시 씨가 카운터 너머로 말을 건넸다.

"네……. 다음에 만나는 건 또 11년 후가 되려나."

시답잖은 소리를 잠깐 중얼거리고 나는 카운터 자리에 앉았다.

"아까 커피, 무리한 부탁을 해서 미안해요."

"아뇨, 아오야마 씨라면 안심하고 우리 커피를 맡길 수 있어요."

"그렇게 말해주니 마음이 놓이네요. 아, 그리고…… 마코 씨와의 일, 정식으로 감사 인사 드릴게요. 미호시 씨 아니었으면 그녀는 아마 다시 일어설 수 없었을 거예요. 살아 있을지 어떨지도 모르고."

미호시 씨는 조용히 고개를 저었다. 이 대목에서 아무 말도 안 하는 점이 그야말로 미호시 씨답다.

"그래도 설마 인형을 강에 던져버릴 줄은 몰랐어요."

나도 그랬지만 아마 마코도 간담이 서늘했을 것이다. 허를 찌르는 그런 행동이 아니고서는 단단히 굳어버린 마코의 마음을 녹이는 건 불가능했다고 이제 새삼 감탄했다.

"그냥 충동적으로 한 일이었어요."

미호시 씨는 겸연쩍은 듯이 말했다.

"아오야마 씨가 필사적으로 주의를 끌려고 하는 걸 다

봤거든요. 나는 뭘 해야 할지 고민하면서 우선 차 안에서 쓸 만한 걸 찾아봤더니 그 인형이 눈에 띄었죠. 저걸 대역으로 쓰자, 얼른 생각이 나더라구요."

분명 미호시 씨의 평소 모습과는 다르게 과격한 행동이었다. 하지만 바꿔 말하면, 그만큼 절실하게 마코의 죽음을 막으려 했다는 얘기다.

미호시 씨는 과거에 소중한 사람을 강에서 잃은 적이 있었다. 섣부르게 입에 올릴 말은 아니지만, 그녀 앞에서 비극이 되풀이되지 않아서 정말 다행이라고 나는 생각했다.

"한 가지, 궁금한 게 있어요. 마코 씨는 결혼하지 않았고, 불륜을 저지른 건 그녀 본인이라는 거, 미호시 씨는 언제 알았어요?"

미호시 씨는 핸드밀로 원두를 갈기 시작했다.

"처음에 의문을 품은 것은 커피 원두 스트랩 때문이었어요. 한 열매에서 난 두 개의 콩을 스트랩 한 쌍으로 만들어 언젠가 맺어질 운명을 표현했다는······."

그녀의 스마트폰은 카운터 끝에 있었다. 내가 선물한 원두 스트랩이 틀림없이 달려 있었다.

"남편과 그리 좋은 관계가 아니라면 한 번쯤 관심을 가져볼 만한 상품이죠. 게다가 마코 씨는 가게 아주머니의 설명에 눈물을 흘릴 만큼 마음이 흔들렸어요. 그런데도 아오야마 씨가 권했을 때, 그걸 사기는커녕 '그딴 걸 건네다니, 말도 안 된다'는 반응이었다고 했죠. 그렇다면 이건 뭔가 복잡한 사연이 있겠구나, 하고 짐작했어요."

그러고 보니 그 얘기를 했을 때, 미호시 씨는 뭔가 미심쩍은 눈치였고, 나 역시 마코가 무슨 생각을 하는지 이해가 안 되었다. 하지만 스트랩은 필요 없다는 판단 자체에 부자연스러운 점은 아무것도 없었다. 그날을 끝으로 나는 스트랩에 대해서는 까맣게 잊고 있었다.

이제야 돌이켜 보면, 마코는 다카노와 헤어지려고 몸부림치던 중이었는데 인연을 맺어주는 스트랩을 선물하다니, 그건 말도 안 된다는 대꾸였던 것이다.

"그렇군요. 하지만 그것뿐만은 아니었지요?"

"네, 작은 위화감이 분명한 의심으로 바뀐 건 야스이콘 피라구에서의 일이었어요."

"에마 말이군요."

"실은 마코 씨가《겐지 이야기》를 애독했다는 것, 그리고 예전 성씨가 '고지마'였다는 얘기를 들었을 때, 그걸 겐지 향에 조합해 보고〈우키후네〉가 얽힌 일이라고 일찌감치 눈치를 챘어요."

간단한 일처럼 대답하지만, 보통 사람이라면 도저히 생각도 못 할 일이다. 역시 미호시 씨의 지적 호기심은 심상치 않다.

"그래서 에마에서 특정 인물을 가리키는 '미노리'라는 글자를 봤을 때도 금세 겐지 향의 〈미노리〉 얘기라고 짐작했죠. 게다가 거기에 이글 커피 마스터의 그 희귀한 이름도 나왔잖아요. 우연이라기에는 지나치게 잘 짜인 얘기죠. 그래서 그 커피점을 마코 씨가 소개해 줬느냐고 물어본 거예요."

이글 커피를 나온 직후에 마코가 내게 보냈던 메시지 내용을 미호시 씨는 알지 못했다. 그곳에 불륜 상대가 있다는 건 나 혼자만 가진 정보였던 것이다. 그런데도 미호시 씨는 에마와 두 사람의 이름을 바탕으로 그 관계성을 간파했다. 성씨가 다르니 당연히 부부 사이일 리는 없다. 그런데도 상대가 불륜을 멈추도록 기원했다면……. 그렇다면 마코가 부디 끝나기를 기원했던 불륜은 기혼자인 다카노와 마코 자신의 교제라고 생각했다는 것이다.

"하지만 마코 씨와 다카노가 교제 중이더라도 반드시 마코 씨가 결혼을 안 했다고 할 수는 없잖아요. 오히려 마코 씨에게 남편이 있어서 다카노와의 관계로 고민했다고 볼 수도 있으니까요. 실제로 우키후네도 그런 입장이었어요."

나는 의문을 던져보았다. 어쨌든 성씨가 바뀐 것이다. 결혼했다고 생각하는 게 자연스럽다.

미호시 씨는 드르륵 원두를 갈면서 말했다.

"우선 가정 폭력을 당한 척했을 때 마코 씨는 '남편'이라는 말은 한 번도 하지 않았어요. 폭력 자체가 거짓말이었으니까 결혼했다면 그냥 남편이라고 해도 아무 문제가 없었을 텐데 말이에요."

"아, 그러네. 이를테면 마코 씨가 남편을 가오루, 다카노를 니오우노미야로 생각했다고 쳐도 굳이 니오우노미야를 악인으로 만들 필요는 없었던 거네요. 우키후네가 오노에 숨겨달라고 했던 것은 가오루와 니오우노미야, 양쪽의 눈을 피한다는 의미도 있었으니까."

오히려 내 집으로 피신을 부탁하려면 폭력의 주체는 함께 사는 남편이어야 한다. 결혼하지 않았기 때문에 그녀는 '남편'이라는 말을 쓸 수 없었던 것이다.

하긴 실제로는 딱 한 번, 사루가쓰지에 갔던 날에 마코는 내 앞에서 '내 남편'이라는 말을 썼다.

—내 남편이 오늘 우리를 목격할 일은 절대 없으니까.

그건 그렇다. 왜냐하면 마코의 남편이라는 인물은 애초에 이 세상에 존재하지 않았으니까.

"그리고 이건 논리라기보다 단순히 감에 따른 얘기지만……."

"감이라면?"

"이를테면 마코 씨에게 남편이 있는데 그 상황에서 불륜 때문에 고민했다면, 에마에 적어둔 말은 너무 공허하게 느껴지잖아요. 남편에게는 미안하게 생각한다, 하지만 나 스스로는 불륜을 멈출 수 없다, 그러니 미노리가 불륜을 멈추게 해주세요……. 그건 뭐랄까, 너무 주체성이 부족하지 않아요?"

그래서는 안 될 상황인데도 나는 쓴웃음이 터져버렸다.

"그랬다면 나도 한마디 해주고 싶었겠네요. 에마 같은 것에 소원을 비니 불륜을 딱 멈추는 게 좋지 않으냐고."

두 남자 사이에서 뒤흔들리는 마음 같은 건 마코에게는 없었다. 오로지 한 남자만 사랑했기 때문에 그녀는 그토록 막판까지 내몰렸다.

솔직히 말하면 아직도 약간은 논리적 빈틈이 있는 것 같았다. 한편으로 미호시 씨가 모든 걸 확신했던 것은 아니라는 생각도 들었다. 마코에 대해 이래저래 생각해 보다 큰 가능성의 하나로서 그녀가 독신이고 불륜 중인지 모른다고 짐작만 했을 것이다. 마코의 앞날을 염려하고 투신을 우려하는 데는 그것만으로도 충분했다. 만일 잘못 짚었다면 그때는 웃어넘기면 끝날 일이었다.

"사실은 마코 씨가 독신인지 모른다고 꽤 오래전부터 의심했다는 얘기잖아요. 근데 왜 나한테 미리 알려주지 않았어요?"

그러자 미호시 씨는 수평으로 돌리고 있던 손을 멈췄다.

"그야 좀 불안해서……."

"불안?"

"아오야마 씨 스스로는 알지도 못했겠죠. 마코 씨를 바라보는 그 눈빛, 진짜 심상치 않았거든요?"

미호시 씨가 뺨을 붉혔다. 아마도 그건 나한테도 전염되었을 것이다.

"예? 아뇨, 그럴 리가."

"11년 전에 둘 사이에 어떤 일이 있었는지는 모르지만, 아마 그렇게까지 **깊은 사이**는 아니었겠죠. 중학생과 성인이었으니까. 하지만 아오야마 씨가 품었던 감정쯤은 충분히 짐작할 수 있던데요?"

"엇, 설마. 거짓말이죠?"

"다 들키셨습니다."

크윽. 목구멍에서 이상한 소리가 났다. 조금 전에 '여자의 감'인가 싶었던 게 바로 이것이었던가.

"하지만 마코 씨가 결혼했다고 착각한다면 아오야마 씨도 그녀를 연애 상대로 볼 일은 없을 것 같아서……. 그래서 말하지 않았어요. 심술을 좀 부렸죠."

미호시 씨는 점점 더 얼굴이 빨개졌다. 아마 그것도 내게 전염되었을 것이다.

그렇게 생각한 다음 순간, 그녀의 얼굴에 그늘이 졌다.

"근데 그런 일이 터지다니……. 내가 미리 말해야만 했어요. 자칫하면 돌이킬 수 없는 결과가 될 뻔했잖아요."

"그건 아니죠, 미호시 씨는 아무 잘못도 없어요."

미호시 씨에게 그런 후회를 하게 만든 나 자신이 절절히 한심했다. 그런 말을 하면 그녀가 더욱더 자책할 게 눈에 뻔히 보여서 입 밖에 내지는 않았다.

미호시 씨는 갈아낸 원두로 서버에 커피를 내리기 시작

했다. 컵에 내리는 게 아니네, 하고 생각했다. 매번 그렇지만 나는 딱히 주문은 하지 않았다.

"홍콩이라……. 난 가본 적이 없어서 상상도 못 하겠네. 원앙차도 자주 마시겠죠? 원앙처럼 사이좋게 지낼 멋진 사람이 마코 씨에게도 나타났으면 좋겠어요."

무심코 말하는 내게 미호시 씨가 이런 질문을 던졌다.

"아오야마 씨는 원앙의 생태를 아세요?"

"아뇨, 생각해 보니 수컷과 암컷이 늘 한 쌍으로 움직인다는 것밖에는 아는 게 없어요. 아마 그런 모습에서 화목한 부부 사이를 가리키는 말이 됐겠죠?"

"네, 하지만 실제로는 번식기 때마다 파트너를 바꾼다네요? 평생 단둘이 함께하는 건 아니에요."

"엇, 그래요?"

처음 듣는 얘기였다. 눈이 둥그레진 나를 아랑곳하지 않고 미호시 씨는 다 내린 커피를 옆으로 밀어놓고 이번에는 찻주전자를 가져왔다. 원두를 가는 시간만큼 홍차는 미리 뜸을 들인 모양이다.

"그에 비해 인간은 어떤지……. 부부의 인연을 맺을 때는 평생 함께한다는 것을 전제로 하는데 실상은 세 쌍 중에 한 쌍이 이혼하고, 혹은 이혼까지는 아니어도 불륜으로 내달리는 이들도 많아요. 종의 보존을 위해 해마다 상대를 바꾸는 원앙을 우리가 과연 비웃을 수 있을까요."

웬일로 미호시 씨가 힘 빠진 듯한 말을 했다.

"내 주위에도 유부남과 현재진행형으로 불륜 중인 친구가 있어요. 그 남자의 가정에는 미안하지만, 본인들끼리 즐기겠다는데 그걸 어떻게 막겠어요. ……하지만 언젠가 꼭 정식으로 결혼할 거라면서 물러서지 못하거나 마코 씨처럼 관계를 끊지 못해 불륜을 미적미적 이어가는 사람들을 보면 역시 가슴이 아프더라구요. 힘들어하는 친구를 위한다는 마음으로 따끔한 말을 해준 적도 있죠. 하지만 일단 누군가를 좋아해 버리면 어떻게도 할 수 없나 봐요."

미호시 씨는 서버에 커피와 홍차를 섞고 거기에 통조림 무가당 연유와 설탕을 넣었다. 그리고 컵에 따라서 내게 내밀었다.

한 모금 맛을 보았다. 부드러운 달콤함 뒤에 이국적인 청량감이 입안에 퍼졌다.

"오, 맛있네! 이 원앙차, 맛있어요."

환성을 올렸다. 미호시 씨는 흐뭇한 미소를 지었다.

"이제 겨우 맛있게 나왔네요. 만들 때마다 빌었거든요. 이번에는 부디 이 원앙차가 맛있어지기를, 하고."

결혼도 똑같은 일이겠죠, 라고 미호시 씨는 말을 이었다.

"세 쌍 중에 한 쌍이 이혼이라는 게 요즘 현실이기는 해요. 그래도 다들 멋진 원앙 부부가 되기를 간절히 빌면서 결혼하겠지요. 이글 커피의 다카노 씨도 옛 약혼자를 잊고 행복해지기를 바라며 지금의 부인과 결혼했을 거예요."

그렇다, 누구든 분명 처음에는 잘 살기 위해서 결혼하는 것이다. 그런데도 잘 안 풀리는 일이 생긴다. 이런저런 노력을 거듭한다고 해도 결국에는 간절히 비는 수밖에 없는지도 모른다. 부디 이 결혼이 잘 풀리기를, 두 사람이 멋진 원앙 부부가 되기를, 이라고.

"불륜으로 괴로워하는 친구가 아오야마 씨의 말대로 자기 자신이 행복해지는 것만 생각하기를 빌면서 나는 그냥 지켜볼 수밖에 없었어요. 둘 중 한쪽만 비난할 생각은 없어요. 분명 자업자득인 면도 있겠죠. 하지만 그런 부도덕한 일로 허덕이는 사람이 한둘이 아니라는 건 분명한 사실이에요. 마코 씨는 그중 한 사례일 뿐이지요."

미호시 씨는 잘 알고 있다. 타인의 연애 문제에 함부로 이러니저러니 할 수 없다는 것을. 만일 불륜 때문에 힘들어하는 사람을 만난다면 그녀는 순하게 귀를 기울여 주고, 부정하지 않고 따뜻하게 다독여 줄 것이다. 미호시 씨는 그런 사람이다.

하지만 그녀의 내면에 자리한 성실함은 고통으로 가득한 사람을 보면 통증을 느낀다. 이 세상에 생겨난 슬픔이 정말로 슬프고 안타까워서 견딜 수 없는 것이다.

어쩌면 그녀가 그런 심정을 누군가에게 털어놓은 건 이번이 처음 아닐까. 나는 그것을 소중히 받아들이고 싶었다.

"미호시 씨는 참 서툰 사람이군요."

그녀는 어이없다는 얼굴로 말했다.

"아니, 다른 사람도 아니고 아오야마 씨가 하실 말씀은 아니죠."

"하하하. 그래도 나는 그런 미호시 씨가 좋아요."

그녀가 다시금 뺨을 붉혔다. 아마 이건 내가 전염시킨 것이리라.

아예 이참에 우리도 원앙 부부가 되십시다, 라는 말을 해 버려도 괜찮았을지 모른다. 하지만 모카와 영감님이 흘끔흘끔 쳐다보고, 샤를은 나를 향해 등의 털을 곤두세우는 것 같고, 아무래도 나한테 매우 불리한 상황인 것 같아서 관뒀다. 그냥 홀짝홀짝 원앙차만 마셨다.

민망함을 감추려는 것인지, 미호시 씨는 왈각달각 소리를 내며 설거지했다. 방금 혼자 중얼중얼하는 소리가 내 귀에 들어왔다.

"으이그, 홍콩이든 어디든 냉큼 가버릴 것이지."

마코가 은근슬쩍 유혹의 말을 건넸던 것을 미호시 씨는 알지 못한다. 분명 별 뜻 없이 혼자 투덜거린 소리일 것이다.

"마코 씨는 내가 정신적으로 약해졌을 때, 옆에 있어 준 사람이에요."

내 말에 미호시 씨는 손을 멈추고 얼굴을 들었다.

"그래서 그녀가 정신적으로 힘든 것을 알고 그 옆에 있어 주고 싶었어요. 그건 연애 감정과는 전혀 달라요. 그냥 힘을 내줬으면 한 것뿐이에요."

"네, 자연스러운 일이에요."

미호시 씨는 그렇게 응해주었다. 나는 말을 이어갔다.

"누구든 정신이 허약해지는 순간이 있어요. 애초부터 길을 벗어날 마음을 먹는 건 아닐 거예요. 행복해지고 싶어서, 행복해지려다가, 정신적으로 약해진 순간에 아차 잘못된 선택을 하는 거겠죠. 그러다가 문득 깨닫고 보면 뒤로 물러설 수 없게 되는 것이고."

마코도 정신적으로 약해진 상태가 아니었다면 그토록 혐오했던 불륜에 빠져 고통받는 일도 없었을 것이다. 사람은 가장 혐오하던 길에까지 간단히 발을 들이미는 경우가 있다. 그럴 만큼 인간이란 허약한 생물인 것이다.

"나 역시 똑같은 인간이에요. 정신적으로 약해져서 평소에는 돌아보지도 않을 무서운 속삭임에 귀가 솔깃해지는 일도 있겠죠. 만일 그날 마코 씨를 끝까지 붙잡지 못했다면 나도 정말 어떻게 됐을지 모르겠어요."

분명 5년의 세월을 건너뛰어 편지 한 통을 받았을 뿐인 고등학생 때와는 비교도 할 수 없을 만큼 크나큰 슬픔을 떠안았을 것이다.

슬픔은 연쇄한다. 옆에 있어 주고 싶다는 순수한 선의에서 나온 생각과 행동이 훨씬 더 강력한, 분명하게 슬픔을 떠안기는 일로 전개된다.

"정신적으로 약해진 누군가와 함께한다는 건 정말 무섭고 큰 용기가 필요한 일이라는 걸 알았어요. 선량함만으로 대충 해결되는 그런 문제가 아니죠……. 그런데 미호시 씨가 곁에 있어 준 덕분에 마코 씨는 목숨을 건졌어요. 그리고 그 마코 씨 덕분에 내 목숨도 건졌죠. 곁에 있어 주고 싶다는 마음을 가져서 정말 다행이었어요. 그 선량함을, 용기를, 버리지 않아서."

"저도, 네, 그렇게 생각해요."

미호시 씨는 천천히 고개를 끄덕였다.

나는 자세를 바로잡고 심호흡했다.

"만일 언젠가 내가 정신적으로 약해졌을 때, 미호시 씨는 내 옆에 있어 줄까요? 무서운 속닥거림에 귀가 솔깃해진 내가 미호시 씨를 슬픔으로 끌고 들어가는 일이 있어도, 그래도 계속 용기를 내줄까요?"

"물론이에요."

미호시 씨의 대답에는 망설임이 없었다.

"당신이 어디에 있건 그곳을 즉시 알아내고, 슬픔의 소용돌이에서 빠져나올 때까지 내가 계속 손을 내밀 거예요."

저절로 스멀스멀 미소가 번졌다. 그녀의 마음이 그저, 한없이, 기뻤다.

"그 말, 완전히 똑같이 미호시 씨에게 돌려드립니다. 그러니까……."

나는 스마트폰을 호주머니에서 꺼내 눈높이까지 치켜들었다.
"우리, 같이 삽시다!"
원두 스트랩이 흔들렸다.
미호시 씨가 벙글벙글 미소를 지었다.

―설령 이 사랑이 한때의 사랑으로 끝나버리는 날이 올지라도.
나는 이 순간에도 굳게 믿는다. 언제까지고 그녀와 멋진 한 쌍으로 남으리라는 것을. 그 마음의 소중함은, 아름다움은, 무슨 일이 있어도 결코 잃지 않으리니.
지금은 그냥 같이 살자. 아무 두려움 없이. 아무 걱정 없이.
살자.
눈을 감으면 그리운 강변 풍경이 선하게 떠오른다.
언젠가 내가 나고 자란 동네를, 큰 강이 흐르는 풍경을, 미호시 씨에게도 보여주고 싶다.

특별 수록

이 애플파이는 맛이 없어

"이런 곳에 있었다니……."

'커피점 탈레랑'이라는 전기 간판을 발견한 순간, 나는 저절로 발길이 멈춰졌다.

저녁나절, 아내와 함께 정든 교토 거리를 산책하는 중이었다. 간판은 좁은 골목길에 덜렁 서 있었다. 그리움인지 쓸쓸함인지 모를 기분이 들어서 나는 옆에 선 아내에게 제안해 보았다.

"여기서 애플파이라도 먹고 갈까?"

"이런 시간에 괜찮아? 이따 저녁도 잘 먹을 거지?"

아내는 일부러 뾰로통하게 입을 내밀었다. 실제로 불혹을 맞이한 무렵부터 거짓말처럼 식욕이 부쩍 줄었다. 하지만 파이 한 조각쯤이라면 문제없다. 아무튼 아내는 요리 솜 씨가 뛰어나니까.

"그럼, 저녁도 잘 먹을게."

나는 웃으며 응했다.

5년 전 어느 날 저녁. 일을 마치고 밤늦게 돌아오자, 아내가 웬일로 환하게 웃으며 맞아주었다.

"여보, 어서 와."

"웬일이야, 메이코, 기분이 좋아 보이는데? 무슨 일 있었어?"

"낮에 친구하고 카페에 갔었거든. 오랜만에 만났더니 정말 반갑더라."

전업주부인 아내에게 친구와의 대화는 좋은 스트레스 해소인 모양이다.

"재판소 근처의 탈레랑이라는 커피점이야. 애플파이를 먹었는데 그 친구가 여태 먹어본 것 중에 제일 맛있다고 어찌나 칭찬하던지."

"오, 그렇다면 꼭 한번 가봐야겠네."

그러자 아내는 잠깐 생각해 보는 몸짓을 보인 뒤에 말했다.

"내가 이다음에 사 올게, 포장도 된다니까."

그 말에 고개를 끄덕인 것도 나는 그다음 날에는 벌써 까맣게 잊고 있었다.

그런데 다음 주. 역시 귀가가 늦어진 나에게 아내는 하얀 상자에 든 애플파이를 보여주며 의기양양하게 웃었다.

"이거 봐, 지난번에 말했던 애플파이야. 홀 사이즈로 사 버렸어."

그리고 부채꼴로 6등분해서 그중 한 조각을 내게 내밀었다. 이미 저녁을 먹고 왔지만 차마 거절할 수 없어서 입에 넣고 우물우물 먹다가 나는 고개를 갸우뚱했다.

"……당신 친구, 이걸 맛있다고 칭찬했다고?"

아내는 눈썹 끝이 축 처졌다.

"입에 안 맞아?"

"미안하지만, 솔직히 이 애플파이는 맛이 없어."

그녀도 똑같이 한 귀퉁이 먹어보고 잔뜩 풀이 죽어서 말했다.

"그때그때 맛에 편차가 있는지도 모르겠다. 사과 상태에 따라서도 달라질 테니까. 다음에 다시 한번 사 올게."

그 뒤로도 아내는 이따금 생각난 것처럼 애플파이를 사 왔다. 그때마다 나는 맛을 봤지만 역시 공치사로라도 맛있다고 하기는 어려웠다.

그런 일이 다섯 번쯤 이어졌을 때쯤이었을까. 내가 매번 똑같이 파이를 먹고, 매번 똑같이 맛이 없다는 말을 한 참에 아내가 갑작스럽게 두 손으로 얼굴을 가리고 울음을 터뜨렸다.

그러고는 말했던 것이다. 이혼합시다, 라고.

"……그런 일도 있었지."

추억 얘기의 마지막에 나는 반쯤 혼잣말처럼 중얼거렸다. 아내는 테이블 맞은편에서 복잡한 표정을 보였고 그러면서도 미소를 지었다.

"하지만 그런 일이 있었던 덕분에 지금의 우리가 있잖아."

커피점 창가의 테이블 자리에서 우리는 주문한 커피와 애플파이가 나오기를 기다렸다. 카운터 안쪽에서는 젊은 여자 직원이 커피 원두를 갈고 있고, 그 옆에 선 노인의 손 밑은 보이지 않지만, 애플파이를 잘라 나눠 담는 것 같았다. 그 얼굴이 어쩐지 심각해 보였다. 목소리가 너무 크지 않게 조심했는데, 우리 얘기가 다 들린 걸까.

지난 5년 사이에 애플파이 맛이 부디 좋아졌기를 나는 빌었다.

아내 메이코는 친구 소개로 알게 되었고 1년 동안 교제 끝에 결혼했다.

그녀의 가정적인 면이 마음에 들었다. 요리며 디저트 만들기를 좋아했고, 나는 항상 그것을 맛있다, 맛있다, 하면서 싹싹 비웠다. 청소며 빨래도 부지런히 잘해냈다. 나는 원래부터 고풍스러운 가정관을 가진 사람이다. 나는 나가서 열심히 일해 돈을 벌고 아내는 집을 지켜주었으면 하는 마음이 있었다. 그녀는 그 뜻을 받아주었다.

아이라도 생겼다면 상황이 달라졌을지도 모른다. 하지만 결혼한 지 3년째가 되자 나는 일이 바쁘다는 핑계로 귀가 시간이 점점 늦어졌다. 저녁은 거의 매일 밖에서 했다. 여자와 함께일 때도 있었다. 처음 한동안은 내가 집에 들어갈 때까지 깨어 있던 아내도 이윽고 나를 기다리지 않고 먼저 자게 되었다. 식을 대로 식어버린 부부 관계. 점차로 이혼이라는 두 글자가 뇌리를 스치곤 했다.

그런 가운데서 일어난 애플파이 사건은 우리에게 오랜만에 제대로 대화할 기회를 가져다주었다. 소소한 대화의 실마리, 자그마한 계기를 둘 다 진심으로 원했던 거라고 생각한다. 애플파이는 내 입에 맞지 않았지만, 불끈해서 자꾸만 사 오는 아내의 모습이 귀엽기도 했다. 관계 개선의 조짐이 보인다. 태평하게도 나는 그렇게 인식하고 있었는데…….

"어째서 이혼을?"

당황한 나에게 아내는 그저 의례적인 대답을 할 뿐이었다.

"일만 하고 가정을 돌보지 않는 당신에게 이제 지쳐버렸어."

짐작되는 일은 지겨울 정도로 많았지만, 그렇다고 해도 너무나 갑작스러웠다. 나는 승복할 수 없어서 아내가 내민 이혼 서류를 꾸깃꾸깃 뭉쳐 쓰레기통에 던져버렸다.

"오래 기다리셨습니다."

여자 직원이 커피와 함께 서빙한 애플파이를 보고 나는 깜짝 놀랐다.

다르다.

눈앞에 놓인 애플파이는 달콤하게 조린 사과가 바삭한 파이 반죽에 감싸인, 이른바 미국식의 가장 대중적인 것이었다.

예전에 내가 먹었던 애플파이는 그렇지 않았다. 타르트처럼 사각사각한 반죽이 사과 위에 덮어 씌워진 타입의 파이였던 것이다.

"혹시 애플파이 만드는 방법이 바뀌었슙니까?"

나도 모르게 물어봤더니 노인이 우리 쪽을 노려보면서 답했다.

"10년 넘게 전혀 바꾼 적이 없소이다."

"……하지만 전에 내 아내가 이곳에서 사 온 것은 **영국식**이었는데요?"

그러자 여성 직원이 내 얼굴을 바라보며 몇 차례 눈을 깜작였다.

"잘 아시네요. 영국식 애플파이는 우리나라에는 별로 알려지지 않았는데."

그 순간, 나는 갑자기 그 무렵 아내 메이코의 말이며 행동 모두를 단번에 깨달았다.

내가 영국식 애플파이를 알고 있는 것은 전에 메이코에

게 그 낯선 모양새에 대해 물어봤기 때문이었다. 다만 그건 까마득한 옛날, 나와 메이코가 아직 결혼하기 전의 일이다. 그녀가 처음으로 내게 만들어준 애플파이가 영국식이었던 것이다. 디저트에 거의 관심이 없어서 나만 몰랐을 뿐이지 분명 그리 드물지는 않을 거라고 착각하고 그 뒤로 영국식 애플파이를 수없이 먹으면서도 전혀 특이하다는 생각을 못 했다.

연인이 만들어준 디저트의 모양새에 대해 그런 질문을 했던 이유는……. 얼마간이라도 고통을 줄여보기 위해서였다.

메이코는 요리며 디저트 만들기를 좋아했다. 하지만 **왜 그런지 모두 다 맛이 없었다.**

교제하는 동안 나는 그런 생각을 애써 감춘 채 맛있네, 맛있어, 거짓말을 하면서 그녀가 해준 요리를 억지로 먹었다. 그녀의 가정적인 면에 끌린 것은 사실이다. 요리가 맛없다는 것 말고는 결점이 눈에 띄지 않았기 때문에 결혼했다. 요리쯤은 차츰 능숙해질 거라는 기대도 있었다. 하지만 미각에 뭔가 이상이라도 있는지 그녀의 요리는 전혀 나아지지 않았다.

거짓말을 했던 게 켕기기도 해서 나는 그녀의 맛없는 요리를 지적할 수 없었다. 어쩌다 한 번씩 "양념이 너무 진한가?"라는 식으로 넌지시 말해봤지만, 그녀는 내 입맛을 의심할 뿐 전혀 심각하게 받아들이지 않았다. 그러다 보니 점점 귀가가 늦어졌다. 그녀가 차려주는 음식을 먹지 않으려고 미리 끼니를 해결하고 들어갔기 때문이다.

아마 그녀도 어렴풋이 그걸 눈치채기 시작했던 것이리라. 그래서 그녀는 나를 시험했다.

예전에 내가 맛있다면서 싹싹 비웠던 애플파이를 만들고, 어딘가 **가게에서 사 온 척하면서** 내 본심을 확인하려 했던 것이다.

나는 영국식 애플파이가 드문 것이라는 인식이 없었기 때문에 그녀가 손수 만들었다는 것도 전혀 눈치채지 못했다. 매번 홀 사이즈를 사는 게 부자연스럽다는 것도 별로 신경 쓰지 않았고, 결혼 전에 먹었던 애플파이 맛도 잊어버려서 아예 기억에 없었다. 설령 기억하고 있었더라도 그녀가 추천했으니, 맛이 비슷해도 이상할 게 없다는 정도로만 생각했을 것이다.

그녀는 맛이 없다는 내 말에 낙담하면서도 쉽게 희망을 버리지 않았다. 너무 오랜만에 만들어서 실패했을 뿐이다, 다음에는 분명 맛있다고 할 것이다……. 그걸 다섯 번이나 거듭한 끝에 그녀는 마침내 깨달았다. 남편의 귀가가 점점 늦어지는 까닭을.

그녀가 이혼을 요구한 진짜 이유는 바로 그것이었다.

"여보, 왜 그래, 괜찮아?"

5년 만에야 진상을 알고 멍해져 버린 내게 아내가 말을 건넸다. 나는 고개를 저었다.

"아니, 아무것도 아냐, **아야카**."

지금의 아내 아야카와 혼인신고를 한 것은 메이코와 이혼하고 2년 뒤였다. 메이코와 혼인 기간 중에 시작한 교제였지만, 이혼 때 위자료 청구서가 날아오는 일은 없었다. 메이코는 요리 문제로 속을 끓였을 뿐, 나의 불륜은 알지 못했던 것이다.

불륜으로 시작한 관계였기 때문에 아야카에게 메이코와의 일은 대략 털어놓았다. 애플파이를 먹고 있었는데 갑작스럽게 이혼 얘기를 꺼냈다는 것도 반쯤은 우스갯소리처럼 들려줬기 때문에 오늘 여기서 그 이야기를 되풀이한 것에 거부 반응은 없었다.

아야카는 그리 가정적인 느낌의 여자는 아니다. 애초에 상사와 부하 직원으로 만났고, 그녀는 지금도 직장에 다니고 있다. 다만 요리는 잘했다. 나는 그 한 가지에 반해서, 그리고 부하 직원이라는 편안함도 있어서, 메이코와는 달리 어떤 말이든 스스럼없이 하는 관계를 쌓아올 수 있었다. 결혼한 지 3년째, 마침 나와 메이코의 관계가 어긋난 기간과 똑같은 만큼의 세월이 흘렀지만, 아직도 손을 잡고 다닐 만큼 잘 지내고 있다.

단 한 번, 메이코도 재혼했다는 소식을 풍문으로 들었다. 우리의 결혼은 실패였는지도 모른다. 살다 보면 인간은 실패하는 일도 있으리라. 하지만 그건 결코 나쁜 일만은 아닐 것이다. 실패를 받아들이고 다시 뛰어든 결과, 서로가 좀 더 행복해지는 길을 찾을 수 있다면 이미 어그러져 버린 관계에 매달리는 것보다 낫다. 하지만…….

메이코가 만들어준 애플파이를 억지로 삼키던 고통을 곱씹으면서 나는 생각했다.

만일 교제 중이던 젊은 시절의 내가 단 한마디, "이 애플파이는 맛이 없어"라는 말을 할 수 있었다면, 그랬다면 그녀와의 결혼 생활을 문제없이 지속했을까.

아니, 그 반대인가. 그런 말조차 못 하는 관계를 첩첩이 쌓아 올린 게 바로 우리의 실패였다.

"여보, 이 애플파이 진짜 맛있다. 어서 먹어봐."

환하게 웃는 아내에게 고개를 끄덕여 주고 나는 애플파이를 입에 넣었다. 그야말로 흠잡을 데 없을 만큼 맛있었지만, 그게 어쩐지 몹시 슬픈 일처럼 느껴졌다.

옮긴이의 말

소설과 현실 사이의 추리 게임

역사 깊은 옛 도읍지 교토, 큰길에서 조금 벗어나면 길가에 나란히 선 두 채의 낡은 가옥 사이로 마치 터널 같은 골목길이 보인다. 홀린 듯 따라 들어가면 도심지에 이런 곳이 있나 싶을 만큼 호젓한 초록빛 정원이 나타난다. 그리고 그 안쪽에 자리한 가게에서 흘러나오는 커피 향……. 지금 그 문을 열면 딸랑 울리는 종소리와 함께 '커피점 탈레랑'의 바리스타 미호시 씨가 '어서 오세요'라고 인사하는 목소리가 들릴 것 같다. 카운터에서 그녀와 뭔가 얘기를 나누다 돌아보는 사람은 낯익은 아오야마 씨, 그리고 저 안쪽 지정석 소파에서 꾸벅꾸벅 졸고 있는 모카 영감님과 앙큼한 샴고양이 샤를…….

'커피점 탈레랑의 사건 수첩' 시리즈는 추리소설이지만 잔인하고 극단적인 소재는 거의 사용하지 않는다. 일상에서 일어나는 소소한 사건들이 복선으로 촘촘하게 깔리고, 그것을 남김없이 거둬들이며 어느덧 깊은 추리의 세계로 독자를 인도한다. 미호시 바리스타가 내려주는 한 잔의 커피를 마시듯이 우리는 잠시 여유롭게 일상의 수수께끼 풀이라는 우아한 두뇌 유희를 즐기면 된다.

한 치의 오차도 없이 탈레랑 백작이 얘기한 그대로 '이상적인 커피'를 내려주는 바리스타, 명민한 두뇌로 수수께끼를 풀어나가는 미호시 씨는 그야말로 최상의 추리 파트너다. 아오야마는 그녀를 좋아하면서도 얼른 고백하지 못하고 미적미적 뜸을 들이는 우유부단한 성격으로 독자의 한숨을 자아낸다. 게다가 수수께끼를 풀 때마다 번번이 엉뚱한 착각을 하는데, 실은 그 덕분에 사건의 다양한 측면을 이리저리 되짚으며 곱씹어 보게 된다. 모카와 씨는 신 스틸러라고 할까, 걸핏하면 구박을 받는 주책 영감님 캐릭터지만, 요긴한 순간에는 어김없이 나타나 문제해결에 도움을 준다. 게다가 커피점 탈레랑의 인기 메뉴 애플파이는 이 영감님의 손끝이 빚어내는 환상의 맛이다. 이번에 특별 수록한 짧고 강한 단편에서는 그의 애플파이가 중요한 단서로 빛을 발했다.

시리즈 소설은 출간되기를 기다려 읽다보면 등장인물은 물론이고 그 장소와 일정한 패턴에 이르기까지 어느새 잘 아는 지인이나 이웃의 일처럼 친근해지고 적잖이 정이 든다. 이야기가 우리 안에 스며들어 어딘지 모를 가상의 공간에 마치 또 다른 현실처럼 그들이, 그 장소가, 그 패턴이 분명하게 자리를 잡는다. 이야기의 세계는 현실에 지친 우리를 위로하기도 하고 영감의 원천이 되기도 하고, 또 다른 독자와 공감의 정서를 형성하기도 한다. 시리즈를 모두 찾아 읽은 이들뿐만 아니라 첫 권을 읽기 시작한 이들까지, 서로 만난 적은 없어도 시공을 초월해 저절로 그 이야기의 세계를 공유하는 것이다. 그렇게 이야기는 어떤 형태로든 실제 현실에 관여한다.

다섯 권째의 이번 소설은 이야기가 가진 그런 매력과 함께 현실의 약한 곳에 틈입해 일으키는 위험한 마력에 대해서도 짚고 있다. 스스로는 어떻게도 할 수 없는 불행 앞에서 몸과 마음이 약해져 있을 때, 이야기란 위로를 넘어 자기연민의 깊은 구렁으로 빨아들이는 무서운 늪인지도 모른다. 이야기를 읽을 때, 건강한 정신은 알게 모르게 그것을 현실과 구분하고 또 다른 가상의 공간으로 받아들여 소화하고 발전시키는 제어 시스템을 가동한다. 그것이 무너지면 이야기의 세계가 때로는 실제 세계를 뒤흔들 수 있다는 점을 새삼 깨닫는다.

어린 시절에 경험한 아련한 첫사랑의 기억은 성인이 되어 돌아보면 한없이 미숙하고 쑥스러운 것으로 여겨지는 일이 많다. 아무 계산 없이 사랑에 눈뜬 순수의 시간은 멀어져가고, 현실의 탁한 강물이 걷잡을 수 없이 밀려들기 때문이리라. 첫사랑의 그녀를 둘러싼 부조리한 일들에 분노했던 정의감은 사라지고, 그 사라짐이 아오야마의 가슴속에 작고 단단한 앙금이 되어 꺼림칙한 후회의 기억으로 남았다. 어쩌면 평범한 가정의 소년으로서는 알기 어려운 불우한 환경, 마코의 의식 속에 자리한 기구한 운명의 스토리 등이 뭔가 위험한 기척을 품고 있었기 때문에 그에게 더욱더 특이한 매력으로 다가왔는지도 모른다. 불합리한 현실을 드러내는 이야기는 사람을 끌어들이고, 때로는 선한 마음을 일깨워 단호한 각오로 이끌어주는 것이다. 선한 것이 마침내는 가장 강하다, 라고.

　작가 오카자키 다쿠마는 일관되게 교토를 무대로 시리즈를 집필해 왔다. 교토는 794년 헤이안 시대의 개막 이후로 여러 시대를 거쳐 1868년까지 1천 년 넘게 일본의 수도였던 역사 깊은 도시다. 오카자키 씨는 후쿠오카 출신이지만, 교토 대학 법학부에서 공부했고 그렇게 자신의 청춘을 보낸 곳이었기 때문인지 옛 도읍지의 골목골목, 해묵은 유적에 대한 애정이 작품 곳곳에서 묻어난다. 덕분에 커피 향이 흐르는 교토 거리를 그의 이야기와 함께 발목이 시리도록 실컷 걸어본 느낌이 든다.

　이번 소설에서는 헤이안 시대(794년~1185년)의 고전문학

《겐지 이야기》를 추리의 키포인트로 삼았다. 옛날 옛적, 변변한 종이조차 없고 붓으로 글을 쓰던 시절이었는데도 요즘 200자 원고지로 치면 5천 매에 달하는 방대한 양을 집필한 것으로 알려진 작품이다. 선대 천왕의 미천한 후궁의 아들로 태어난 '겐지'를 주인공으로, 권력의 부침과 자유분방한 연애 편력을 나이에 따라 그려나갔다. 옛글답게 한시의 자구를 적재적소에 인용하고 애증에 고뇌하는 인간 심리를 미사여구로 묘사하는 문장력에 중점을 두고 있다. 이번 소설은 그중에서도 주인공이 '겐지'에서 그 아들인 '가오루'로 바뀌면서 전개되는 마지막 부분, '우지 10첩'을 주로 다루었다.

《겐지 이야기》를 통틀어 가장 불우한 등장인물이라는 '우키후네'의 가엾은 처지가 이 소설의 본문에 잘 정리되어 있어서 독자의 이해를 돕고 있다. 어쩌면 《겐지 이야기》는 겐지와 가오루가 주인공이라기보다 그들의 그늘에서 가혹한 운명에 순응하거나 혹은 저항했던 수많은 여인들의 이야기라고 해야 할 것이다. 남성에 의해 번롱당하는 숙명을 끊기 위해서는 오로지 불교에 귀의하는 길밖에 없었던 시절의 장면들이 다시 천 년의 시간을 건너 마코의 경우와 대비된다. 불교에 귀의하는 대신, 멀리 홍콩으로 떠난 그녀에게 달콤하고 시원한 원앙차가 큰 위로와 새출발의 계기가 되어주기를 바라 마지않는다.

순수의 시대는 가뭇없이 멀어져가고, 현실의 조건에 접

질린 사랑은 이런저런 걱정으로 한없이 망설인다. 하지만 오래도록 뜸을 들이던 아오야마가 이번에는 흐뭇한 결단을 내려주었다.

설령 이 사랑이 한때의 사랑으로 끝나버리는 날이 올지라도.
나는 이 순간에도 굳게 믿는다. 언제까지고 그녀와 멋진 한 쌍으로 남으리라는 것을. 그 마음의 소중함은, 아름다움은, 무슨 일이 있어도 결코 잃지 않으리니.
지금은 그냥 같이 살자. 아무 두려움 없이. 아무 걱정 없이.
살자.

속 깊은 이야기를 그리 부담스럽지 않게 눙쳐주는 아오야마의 덤벙거리는 성품이 의외로 우리에게 큰 위로가 되었던 모양이다. 마지막 문장을 다시 적어 보면서 젊은 연인들을 위해 간절히 두 손을 모으게 된다. 그대의 사랑에 거침없이 뛰어들기를, 그리고 부디 이 원앙차가 맛있어지기를, 이라고.

커피점 탈레랑의 사건 수첩 5
부디 이 원앙차가 맛있어지기를

초판 1쇄 인쇄 2025년 11월 17일
초판 1쇄 발행 2025년 11월 26일

지은이	오카자키 다쿠마
옮긴이	양윤옥
책임편집	주소림
디자인	mykc
책임마케팅	최혜령, 박지수, 도우리, 양지환
마케팅	콘텐츠IP사업본부
해외사업팀	한승빈, 박고은
경영지원	백선희, 권영환, 이기경, 최민선
제작	재영P&B
교정·교열	서은미
펴낸이	서현동
펴낸곳	㈜오팬하우스
출판등록	2024년 5월 16일 제2024-000141호
주소	서울특별시 강남구 테헤란로 419, 11층 (삼성동, 강남파이낸스플라자)
이메일	info@ofh.co.kr

* 이 책은 저작권법에 따라 보호받는 저작물이므로 무단전재와 무단복제를 금지하며, 이 책 내용의 전부 또는 일부를 이용하려면 반드시 저작권자와 ㈜오팬하우스의 서면동의를 받아야 합니다.

* 책값은 뒤표지에 표시되어 있습니다.

* 잘못된 책은 구입하신 서점에서 바꿔드립니다.

ⓒ오카자키 다쿠마
ISBN 979-11-94979-77-7 (04830)
ISBN 979-11-94979-72-2 (세트)

모모는 ㈜오팬하우스의 출판브랜드입니다.